U0006018

GOBOOKS
& SITAK
GROUP©

致青春

檸檬汽水糖 中

蘇拾五 著
阿朂Amo 繪

高寶書版集團

目錄
CONTENTS

一瓶汽水　今天的小幸運

眼前的男生並沒有穿二中的藍白制服。

他穿著灰色帽T、黑色運動褲，個子好像比之前高了幾分，眉眼間的青澀也少了一些，輪廓線條分明鋒利，讓那張臉看起來比之前更加引人注目。

不知是不是燈光昏暗的緣故，他的氣質似乎也沉穩了少許。

冷白修長的手抓著門把，腕骨上那顆小痣被距離和燈光模糊。

周安然大腦一片空白。

陳洛白怎麼來了？

周安然幻想過許多再見到他的場景。

可能是在圖書館、學生餐廳、體育館、某條常走的小路，又或者是某個選修課的教室，她會在不經意間遇到他。

但怎麼也沒想到會是今天。

還是在這麼猝不及防的情況下。

她手裡還抓著學姐塞給她的烏梅罐，卻好像怎麼也抓不到一絲真實感。

不知是哪個學姐的聲音突然響起：「我們校草終於來啦，快進來，你姐剛才出去了。」

門口的男生鬆開門把，像是以前在二中那樣，他似乎完全沒注意到角落裡的她，抬腳往裡面走去。

門在他身後緩緩關上，周安然低下頭，看見他在離她不算太遠的位子上坐下。

唱歌的人不知怎麼剛好停下了，另一個學姐的聲音格外清晰地傳了過來：「妳怎麼沒說我們另一個新人就是他啊。」

「妳現在不是知道了嗎？」前一個學姐回她。

「我這段時間常常聽聞你的消息，聽說很難拿到你的聯絡方式。」後面那位學姐像是又轉去跟他說話了，聲音帶著笑，「不知道我有沒有這個榮幸？」

周安然感覺剛塞進嘴裡的這顆烏梅，好像特別酸。

隔了一秒，或者更久，那道久違的聲音終於響起，明明已經有兩年沒聽過他的聲音，卻還是無比熟悉。

「拿到我的聯絡方式算什麼榮幸。」

「那什麼才算榮幸？」那位學姐順著他的話問。

他的聲音多了一點熟悉的散漫：「對國家有所貢獻？」

唱歌的學長像是被他逗笑了，「噗哧」一聲透過麥克風傳出來，格外大聲。

「格局突然被拉大了。」

那位學姐不知是隨口開個玩笑，還是真想要他的聯絡方式。但她也沒糾纏，順著這個臺階漂亮地走下：「學姐就借你吉言了，希望以後能有幸為國家貢獻。」

周安然慢吞吞地把嘴裡那顆烏梅咽下，酸澀漸漸從嘴裡蔓延至心底。

她以為過了兩年，再見到他，她多少能比以前坦然一些，但纏在心上的透明細線始終沒有消失過，而對那些長線的控制權也全在他手上。

這個話題過去，包廂又恢復之前的熱鬧，唱歌的唱歌，聊天的聊天，那道聲音也沒再響起。

就好像和剛才一樣。

但周安然卻覺得四周的空氣都變稀薄，悶得讓人喘不過氣。

包廂其實很寬敞，但再寬敞也有限。

周安然有點怕被他發現，怕看見他發現她後的反應，怕知道他不想見她，更怕他已經完全不記得她。

她有些坐不住。

周安然把手機拿出來，低頭傳了一則訊息給俞冰沁：『學姐，我突然有點急事，能不能先回去？』

俞冰沁沒有立刻回她。

周安然抿抿唇，又伸手戳了戳旁邊的學姐。

周安然往她旁邊靠近一點，把烏梅塞回去給她，壓著聲音跟她說：「學姐，我有點事要先離開，妳等一下幫我跟俞學姐說一聲。」

學姐點點頭：「那妳路上注意安全啊。」

周安然拿著包包起身時，感覺身後像是有目光朝她落過來，不知有沒有一道是屬於他的。

她也不敢回頭看。

從他進門後，她就不敢再往他那邊看。

周安然低著頭，快速走出包廂。

等從ＫＴＶ走出來，被外面的冷風迎面一吹，周安然突然有點後悔沒再多待幾分鐘。

下次再見他也不知道是什麼時候了。

冷風再次吹來。

周安然才過來一個多月，還沒適應這邊的天氣，南城這時候多半還在穿短袖。

她攏了攏外套，低頭往學校走，心裡卻還想著剛才包廂裡的情景。

不再跟他同處一個房間，周安然的思緒從遲鈍回歸正常，此時才後知後覺地反應過來，他應該就是俞冰沁口中的另一個新人。

不會彈吉他又很愛挑食的人，原來就是他嗎？

還有他進來的時候，那位學姐說了句什麼話來著？

好像是「你姐剛才出去了」。

中途出去的人只有俞學姐一人，「你姐」指的是俞學姐嗎？他是俞學姐的弟弟？

姓不一樣，那是表弟？

又或者是她聽錯了？

沉浸在這股思緒中，周安然沒發現有一輛摩托車，突然從她身後的巷子裡竄出。

騎電動車的人一手握著龍頭，另一手拿著手機低頭在看，也沒注意到前方有人。

等周安然聽見動靜，轉過頭時，那輛摩托車幾乎要撞上她了。

電光火石的瞬間，有隻溫熱的手抓住了她的手腕。

下一秒，周安然撞進一個氣息清爽的懷抱中，避開了那輛摩托車。

她下意識抬起頭，想道聲謝，還沒來得及開口，就看見一張朝思暮想過千百遍的臉。

周安然倏然愣住，直到陳洛白先出聲。

男生一手握住她的手腕，另一隻手虛扶在她的腰上，聲音有些低：「嚇到了？」

周安然回過神，又像是還在恍神，腦中似乎有一堆問題，又好像只剩下一個，直到聽到自己的聲音，她才發現自己不假思索地問出口了：「你怎麼也出來了？」

「沒什麼。」陳洛白語氣淺淡，說完後鬆開手，拉開距離。

腕間的溫度和鼻間清爽的氣息一瞬遠去，卻又像是仍殘留著些什麼，鼻子和手腕都有輕微的癢意。

周安然想去摸剛才被他碰過的地方，又忍住，她低下頭，不敢再看他，腦子完全是亂的。

那輛摩托車早已走遠。

騎車的人有沒有道歉，她剛才都沒注意。

這是條小路，本來就安靜，一瞬間似乎只剩下風吹和樹葉嘩啦作響的聲音。

大概過了一兩秒，周安然聽見那道熟悉的嗓音再次響起，語氣有些平，像是隨口一問，聽不出情緒，「要回學校？」

周安然腦子裡「嗡」了一聲，亂得更厲害。

他覺得聚會沒意思，所以提前出來，她能理解；他路過看到她有危險，順手幫她一下，她也能理解。

他本來就是很有教養的男生。

但在幫完她之後，怎麼還會主動和她說話？

她那點心思，早在被叫去教務主任辦公室那天，就在他面前暴露得一乾二淨了。

按照他以前的習慣，知道哪個女生喜歡他，只會越發保持距離，不讓對方有一絲多想的可能性。

還是說……

他其實根本沒認出是她，只是剛剛在包廂裡不經意瞥過一眼，認出她也是社團的人，所以才這樣隨口一問？

這樣好像就說得通了。

畢竟她現在的模樣和高中相比，還是有些不同，個子高了一點，頭髮也長了不少，暑假被岑瑜教會如何化妝，今天為了給大家留個好印象，她出門前還抽空化了個淡妝。

畢竟他們當初也沒說過幾句話，是跟陌生人差不多的的普通同學。

他認不出她，再正常不過了。

得出這個答案後，周安然的心像是突然泡在了一汪酸水裡。

可與此同時，在面對他的時候，終於能坦然一點了。可能是因為這已經是她預想中最壞的答案，她也沒什麼好怕的。

周安然點了點頭：「嗯，回學校。」

「我也回學校，一起？」他的語氣聽起來依舊淺淡。

周安然又是一愣，忍不住抬頭看他。

男生站在暗處，大半張臉隱在夜色下，像是在垂眸看她，卻又看不清神情。

周安然倒是看清了面前的小路，路燈昏黃半亮，除了他們之外，就看不見其他人了。

下午過來的時候還是白天，此刻再看，確實有些偏僻。

要不是剛才心裡想著事，沒多想就悶頭過來了，周安然大概也不敢單獨走這條路，可能會選擇繞去熱鬧的大路或者坐車。

所以他才會這樣提議？

周安在收回目光前，留戀又克制地再多看了男生一眼。

男生單手插在口袋，鋒利的輪廓在夜色中模糊，還是能讓人一眼心動的模樣。

兩年過去，他好像變了一些，又好像沒變，依舊是當年那個匆匆跑上樓，看見她差點摔倒，就會順手扶她一把的少年。

還是很好很好、很值得喜歡的人。

即便他不喜歡她。

即便他們的關係已經從叫不出她名字的普通同學、退回到見面後認不出她來的陌生人。

她也不後悔喜歡上他。

從來都沒後悔過。

周安然捨不得拒絕他的提議，朝他點了點頭。

再卑劣地利用一次他的好心吧，等陪他走完這一段路，她就去跟俞學姐申請退社，之後就真的不再打擾他了。

像是驗證了她的猜想，接下來的一路，陳洛白都沒有開口說話。

周安然心裡還是一團亂，走到一半，才想起他前段時間腿受傷了，也不知道是不是已經痊癒了。

有心想問問他，最終還是沒開口。

以她現在的「陌生人」身分來看，好像不適合問他這種問題。

周安然還是第一次跟他一起同行。

應該也是最後一次。

男生身高腿長，個子看起來應該超過一八五公分了，因而即便他好像有刻意照顧她這個「陌生人」，略微放慢腳步，步伐仍比她大了不少，周安然還是有點跟不上，時不時會被他落在後面。

這樣看來，腿傷應該已經沒事了？

周安然跟在他後面仔細觀察了片刻，這才終於放下心。

她其實也挺情願像這樣被他落在後面的。

高中時，雖然知道按照他們的身高來說，位子幾乎不可能被排在一起，但她偶爾也盼著班導能把她排到他後面的位子，這樣她就不用每天找機會回頭看他，可以光明正大地看著他的背影。

今天終於有了像這樣不被打擾的機會。

可惜這段路好短、好短。

很快就到了盡頭。

校門遠遠出現在眼前的時候，周安然停下腳步，看見他們的影子有一瞬重疊在一起。親密得像是一個虛幻的擁抱。

就到這裡吧。

從小路轉出來的時候，路上的人就多了，再進去校門，他被認出的可能性就會更大。

就算看在他今天又幫了她一次的份上，她都不應該再給他造成任何困擾。

或許是察覺到身後的人沒跟上來，前方的男生也停下腳步，微轉過身，大半張臉仍隱在夜色中，「怎麼了？」

周安然胡亂指了指校門的另一邊：「我要過去幫朋友買點東西，就不跟你一起進去了，謝謝你剛才的幫忙。」說完也不知道為怎麼，很沒出息地酸了鼻子。

周安然勉強忍住這股酸澀，不敢再看他，也沒等他答覆，轉身朝她剛才指的方向走過去。

快走了幾步後，她才想起來，剛剛忘了跟他說再見。

但好像沒什麼再見的機會了。

說好了不再打擾他。

周安然低著頭，又往前走了一步，就聽見陳洛白的聲音在她身後響起。

「周安然。」

他聲線沒怎麼變，還是高中偷偷聽過千百次的熟悉。

但這三個字從他口中叫出來，卻好像無比陌生。

從報到那天遇見他到現在，上千個日子裡，周安然還是第一次從他口中聽到自己的名字。

以致於有那麼一瞬間，她都覺得自己是不是幻聽了。

周安然在一片茫然中轉過頭，看見陳洛白還站在原地沒走。

男生單手插在口袋，看見她轉身後，突然朝她大步走過來，最後停在她面前。

「周安然。」他又叫了她一聲。

昏黃路燈下，陳洛白那張在夜色中隱了一整晚的臉，終於清楚地出現在她眼前。

就像那年九月的福利社裡，他站在她面前，很近地看著她，只是此刻臉上沒有帶著那股散漫又莫名勾人心動的笑意。

男生的下顎線條微微繃緊，神情便無端多了幾分專注的意味，那雙眼也顯得格外深邃，像能把人吸進去。

周安然在加快的心跳聲中，聽見他再次開口。

陳洛白將插在口袋裡的那隻手伸出來，黑色的手機在他手裡隨意轉了一圈，半抬起時，腕骨上的那顆小痣在她眼前清晰了一瞬。

「難得在大學又碰上，加個聯絡方式？」

周安然提著四杯奶茶回到宿舍時，大腦都還處於茫然狀態。

她很早就離開了ＫＴＶ，現在還不到九點，柏靈雲和于欣月都還沒回來，宿舍裡只有謝靜誼一個人在。

周安然走到謝靜誼旁邊，把手上的奶茶放到她桌上：「幫妳們帶了奶茶回來。」

「謝謝然然寶貝。」謝靜誼把手機放下，打開包裝袋，「這瓶奶綠是給我的吧？」

周安然機械地點點頭。

謝靜誼把奶綠從袋子裡拿出來，插了根吸管進去。

周安然也順手拿了另一杯出來，插好吸管，喝進嘴裡後第一時間也沒嘗出是什麼味道。

還是謝靜誼先察覺出不對，她看了周安然杯子的貼紙一眼，一臉疑惑地「咦」了一聲：「然然，妳今天居然喝全糖？妳不是連喝少糖都覺得甜嗎？」

周安然慢了好幾拍，發現嘴裡滿是一股膩人的甜味，低頭一看，才發現自己拿到了幫柏靈雲買的烏龍奶蓋。

謝靜誼看她的表情，猜道：「拿錯了？」

周安然點了點頭。

「妳怎麼了？一副心不在焉的樣子。」謝靜誼問她，「而且嘴角還一直彎著，是碰到什麼好事了嗎，怎麼還突然請我們喝奶茶了？」

周安然咬著吸管：「沒什麼，就是，我有一個朋友——」

謝靜誼一副恍然大悟的表情：「我朋友就是我系列，我懂，肯定是發生了什麼事。」

周安然本來想拿剛才的事情問問她的意見，卻沒想到謝靜誼這麼敏銳，她又不好意思問了。

「不是。」她搖搖頭，隨便扯了個理由，「就是我朋友跟我講了個笑話。」

謝靜誼：「什麼笑話？」

周安然只對一個笑話印象深刻：「多啦A夢的世界為什麼一片漆黑？」

「因為『伸手不見五指』嘛。」謝靜誼一臉失望，一副「就這樣？」的表情，「這麼老掉牙的冷笑話，妳也笑這麼開心？還是說——」

她頓了頓，語氣又八卦起來：「還是說……這個冷笑話是某個異性朋友跟妳講的？」

周安然急忙否認：「不是，是我的好姐妹和我講的。」

謝靜誼不信：「真的？」

周安然：「……」

謝靜誼要是追問她為什麼開心，她可能還會露餡兒，但這個冷笑話確實是嚴星茜最先告訴她的。

「真的不是。」

「好吧。」謝靜誼盯著她看了兩秒，「看在奶茶的份上，今天就先放過妳，反正妳有情況的話，也瞞不過我們。」

周安然：「……真的沒有。」

「對了，」謝靜誼像是想起什麼，「你們那個新人會其他樂器嗎？」

周安然見到陳洛白後，大腦到現在還是一片混亂，哪還記得這件事。

「對不起，我忘記幫妳問了。」

「沒事。」謝靜誼無所謂地擺擺手，「也不是什麼急事，我就是隨便八卦一下，妳想到再幫我問吧。」

周安然慢吞吞地喝了口奶茶。

她都拿到他的聯絡方式了，應該會有下一次吧。

周安然喝完這杯甜得發膩的奶茶，時間還不算晚，另外兩個室友還沒回來。

但想到自己今晚不可能有心思看書，周安然就直接拿了東西去洗澡。

洗完澡躺上床後，周安然慢吞吞地打開通訊軟體。

主頁上多了一個新的聊天室。

周安然輕點上去。

其實之前買奶茶的時候，她就已經仔細地看過好幾遍了。

他的頭貼是一個NBA球員的卡通背影照，暱稱是一個大寫的字母C，狀態消息只有一個句號，個人動態完全是空白的。

周安然盯著聊天室那行「C已成為您的好友」的系統提示看了許久，覺得自己好像在做夢。

陳洛白怎麼會記得她的名字？

就算記得她的名字，又怎麼會願意再和她說話？甚至主動加她的聯絡方式。

周安然躺在床上，百思不得其解。

她感覺自己剛才喝的，可能不是一杯甜得發膩的奶茶，而是一大瓶汽水，酸酸甜甜的滋味盈滿胸腔，綿密的小氣泡不停冒上來，然後炸開。

無論如何都無法平靜下來。

周安然退出和他的聊天室，點進和嚴星茜她們四個人的群組。

點開鍵盤的一瞬，她的指尖又停下來。

要怎麼和她們說？

說她今天無意間碰到陳洛白，他還主動加了她的聯絡方式，問問她們這到底是什麼意思？

但也可能什麼意思都沒有。

可能真的像他自己說的那樣，難得在大學碰到以前的同學，所以跟她交換個聯絡方式。

告訴她們，反而會讓她們替她擔心，也會讓自己忍不住多想。

還是算了。

周安然又退了聊天室。

細密的小氣泡卻好像還在胸口不停炸開，始終無法平靜。

想了想，周安然最終決定上傳一則貼文。

就當作是紀念。

她挑了一張今天下午出門時隨便拍的花，和剛才幫柏靈雲和于欣月拍的奶茶照。

內文想了半天，最後只寫了短短一小句——

『今天的小幸運。』

只是讓她覺得幸運的不是路上偶遇的花，也不是奶茶，是他還記得她，是加到他的聯絡方式。

是以為往後只能跟他當陌生人之後，又突然天降一絲還能跟他當朋友的曙光。

文章上傳後，立刻跳出通知。

是嚴星茜幫她點了讚，又在下面回覆：『嗚嗚嗚，我也想喝奶茶。』

周安然躺在床上回她：『下週末聚會的時候買給妳。』

回完嚴星茜，周安然就看見盛曉雯也幫她點了讚，還在下面回道：『我看見了！我還截圖了！』

周安然莞爾，也回覆她：『也請妳。』

很快，張舒嫻也來湊熱鬧。

也不知道她們三個今天怎麼都在這時候看手機。

張舒嫻：『知道妳們下週末要聚會，就不能照顧一下我這個留守兒童！去私聊啦！』

盛曉雯回她：『誰叫妳不來，都說了我們一起幫妳出機票錢，而且我們也有把妳拉進聚會的群組，就算私聊妳也看得見啊。』

張舒嫻：『妳以為我不想嗎？我沒空啊！醫學生不配有週末（苦澀.jpg）。』

嚴星茜也回覆她：『沒事，我讓然然多請一杯，到時候我會幫妳把妳那份喝掉（doge.jpg）。』

幾個人就在她的貼文底下聊了起來。

周安然的提醒聲不斷，中間還夾雜著其他同學幫她點讚的通知。

又一次出現通知的時候，周安然以為那三個人還在聊天，隨手點開。

下一秒，周安然的心跳倏然漏了一大拍。

陳洛白幫她點了讚。

周安然睜大眼睛，確認了好幾遍，才相信自己真的沒看錯。

她盯著點讚列表裡的那個頭貼看了多久，心跳的速度就亂了多久。

他不是向來都會跟女生保持距離嗎？怎麼會幫她點讚？

是因為忘了當年的事，還是覺得已經過去了兩年，她高中的那點喜歡或許已經不算數了？

周安然忍不住點開和他的聊天室，才剛打開，就看到上頭顯示著「對方正在輸入」的圖示。

她的呼吸都要不自覺地停下。

他要傳訊息給她？

周安然覺得，今晚這場夢似乎永無止境。

幾秒後，又像是過了更久，手機突然響了一下。

C：『妳明晚有空嗎？』

雖然知道他多半是找她有事，不可能是約她，周安然已經亂得厲害的心跳還是又快了幾拍，幾乎要跳出胸腔一般。

周安然緩了一下呼吸，回他：『有空，怎麼了？』

「怎麼了」會不會有點生硬？

周安然刪了後面那句，重新打字：『有空，是有什麼事嗎？』

C：『有個東西在我表姐那裡，她明晚有事不在學校，但我只有明晚有空，我請她先放在妳那邊，明晚找妳拿？』

C：『是。』

周安然猜他說的是俞冰沁，穩妥起見，她還是多問了一句：『你表姐是俞學姐嗎？』

C：『可以嗎？』

周安然心跳快得厲害，想都沒想：『可以，我明晚有空。』

C：『明晚九點左右，我應該會路過妳們的宿舍，到時候再傳訊息給妳。』

周安然：『好。』

手機安靜了下來，話題就這麼簡單地結束了。

周安然盯著聊天室，有點懊悔剛才沒有再多傳幾個字。

不然再主動找個話題和他聊聊？問問他腿傷是不是已經痊癒了？

周安然的指尖落向螢幕，又撤開。

她洩氣般地嘆了口氣。

不行。

萬一他真的是覺得她已經不喜歡他了，才願意跟她當朋友呢？

現在的情況已經比她預期中的所有結果要好上太多、太多，她不敢再冒險。

還是算了。

手機卻在這時又震了一下。

周安然的心臟像是也跟著震了震。

C：『妳能把妳的課表傳給我嗎？』

周安然一愣。

怎麼突然跟她要課表？

沒等她多想，他又傳了一則訊息。

C：『有個朋友想去你們系上聽課。』

周安然輕輕吐了口氣。

原來是這樣啊。

周安然也沒失望，還能跟他當朋友已經是意料之外的驚喜。

周安然先回了他一句：『可以，你等一下，我找找。』

回完，她找出課表傳給他。

一秒後，手機又震動了一下。

C：『謝了。』

周安然看著聊天室上的最後兩個字，唇角一點點地彎起。

在二中的那一年多，她不後悔送糖果給他，不後悔把藥塞到他手上，更不後悔那天在辦公室擋在他身前，將事情攬到自己身上。

她只後悔籃球比賽那次，因為膽怯不敢站出來，最後只能趴在課桌上，聽著他跟別人道謝。

那份遺憾好像終於在今天被彌補了一點。

次日一早，周安然就收到了俞冰沁送來的東西，被一個小紙袋裝著，挺輕的，她也沒打開來看，拿進寢室後就仔細收在櫃子裡。

隨後，周安然跟于欣月一起去了圖書館。

傍晚吃完晚餐，也才六點左右，周安然在「回寢室等他」和「繼續待在圖書館」兩個選項中遲疑片刻，最後選擇了後者。

要是這麼早就回寢室，她肯定又會像昨晚一樣，不斷揣測他的心思，那就完全無法讀書了，雖然這時候回圖書館，她肯定也很難靜下心，但多少還能再看幾頁書。

在圖書館待到八點十分，周安然才提前回到宿舍。

原以為這個時間，宿舍多半是沒人的，結果一進門，她就看見謝靜誼在位子上寫作業。

周安然本來是想回來悄悄化個妝的。

但謝靜誼在寢室，她就不好意思了。

不過，昨天是去社團聚會，她會化妝很正常，今天已經提前跟他約好，她再化妝去見他，會不會有點刻意？

周安然猶豫片刻，最終還是放棄了化妝的想法。

她照了照鏡子。

皮膚狀態還可以，但頭髮好像有點毛躁？

洗個頭髮再去見他，總沒問題吧？

謝靜誼中途去洗手間洗手，見她又在洗頭髮，還有些好奇：「妳昨天不是洗過了嗎？」

周安然揉著泡泡，也不知道該怎麼和她解釋，只好胡亂找了個藉口：「剛剛不小心蹭到牆上，怕有灰塵。」

「好，那妳慢慢洗。」

周安然才不敢慢慢洗。

她昨天確實洗過，今天只是簡單洗了一遍，但吹頭髮花了點時間。

吹好後，她算著應該還不到九點，又不敢確認，第一時間拿起手機。

八點五十分，確實還不到九點。

但手機裡已經有一則他傳來的訊息。

周安然的心跳又快了起來，迅速解鎖螢幕。

C：『到妳宿舍樓下了。』

就在一分鐘前。

怎麼提前過來了！

周安然急忙回他：『不好意思，剛才去洗頭髮了，你等我一下，我馬上下去。』

C：『不急。』

C：『是我提前到了。』

周安然的嘴角翹了翹，將手機放下，從櫃子裡拿出俞冰沁給她的紙袋。

準備下去前，周安然又停下腳步，正對向鏡子，打算再確認一下頭髮有沒有整理好，坐在旁邊的謝靜誼這時突然站起身，一把抓住她的手腕。

「靠！陳洛白在我們樓下等人！」謝靜誼的語氣格外激動。

周安然：「……」

「我就說我們學校、甚至外校一些大大小小的美女想撩他，怎麼都鎩羽而歸了。」謝靜誼像是發現了天大的祕密似的，「莫非我們陳大校草早就有女朋友，而且女朋友就在我們這棟宿舍！」

周安然也沒想到，他才在樓下站了一兩分鐘，消息這麼快就傳遍了。

她小聲回了一句：「他大概是來找普通朋友的。」

雖然她也不知道他們算不算得上是普通朋友，但好像也沒有更適合的說詞了。

「妳怎麼知道？」謝靜誼有些好奇。

「可能是因為——」周安然頓了頓，她不想再隱瞞謝靜誼，主要是也瞞不住，「他是來找我的。」

謝靜誼愣了一秒，然後哈哈大笑起來。

她抬手捏了捏周安然的臉頰：「然然，妳居然也會開這種玩笑了。」

周安然：「……」

她不相信的話，那也沒辦法了。

怕他多等，周安然也沒再跟謝靜誼多說：「我先下去送點東西給同學。」

謝靜誼鬆開她的手：「去吧。」

周安然拎起桌上的袋子，正要走，就聽見謝靜誼繼續說：「我去陽臺看看。」

腳步一頓，周安然問她：「妳要去陽臺看什麼？」

謝靜誼衝她眨眨眼：「看看到底是哪個漂亮的小妖精，把我們陳大校草勾走了。」

周安然：「……」

兩瓶汽水　出於私心

周安然從宿舍出來後，就看見陳洛白站在她們宿舍外的花壇旁。

男生今天穿了一身黑，黑色運動褲搭配黑色帽T，帽子鬆鬆地掛在腦袋上，站姿有些隨意，一腿直立，一腿微曲著抵在花壇邊，脊背卻是筆直的。

他的身形和樣貌過分出眾，來來往往的人都盯著他看，他卻只是低著頭、看著手機，和以前在高中時一樣，完全不在意周圍人的目光。

離他不遠處的兩個女生猶豫了一下，像是想朝他那邊走過去。

周安然的腳步停頓了一下，陳洛白卻在這時恰好抬起頭。

她的目光隔空撞進他那雙黑眸中，心跳不爭氣地快了一拍。

陳洛白將手機往口袋裡一收，保持著單手插在口袋的姿勢，依舊沒在意周圍的其他人，大步走到她面前：「這麼快就下來了？」

周安然在加快的心跳中點點頭，把手上的袋子遞給他。

陳洛白抬手接過，語氣帶著熟悉的散漫：「謝了。」

周安然一站到他面前就不自覺緊張，說了句「不用謝」就不知道該說什麼了，也不敢跟他對視太久，半低下頭，想著送完東西是不是就該和他說再見了，就聽見男生又叫了她一聲。

「周安然。」

周安然聽到他叫自己的名字，還是覺得很不真實，不禁又抬起頭。

陳洛白已經沒把帽子戴在頭上，不知道是不是自己掉下去的。他頭髮不長，還是很純粹的黑色，一點短碎髮搭在額前。

「不急著上去吧？」

周安然有點不明白他的意思，仍誠實地搖了搖頭。

陳洛白朝她晃了晃手中的紙袋：「請妳吃個消夜？」

從昨天他加她聯絡方式到現在，周安然一直覺得自己在做一個漫長的夢，可即便是夢，她好像也從未夢過他會單獨請她吃飯。

周安然愣了一下，呆呆地看著他，有那麼短暫的一瞬都忘了反應。

面前的男生卻不知怎麼了，突然笑了一下。

重逢以來，周安然還是第一次見到他笑。

他這一笑，身上那股少年氣又盡數冒了出來。

她的心跳再次加快。

「去嗎？」陳洛白又問了她一遍，他抬手看了一下腕錶，「不過時間不早了，只能請妳去學生餐廳吃消夜。」

周安然回過神，壓下心裡那些不停炸開的小氣泡，朝他點點頭。

跟他一同走去學生餐廳的路上，周安然也跟著收了不少注目禮。

她一直都知道他很受歡迎，但還是第一次以這種視角來感受，以前她也只能和其他人一樣在旁邊看著他，甚至還不如其他人那樣大方。

而現在，每一道落在他身上的目光，都會有一部分落到她身上。

周安然感到有些不自在。

更多的是開心與雀躍。

倒不是因為受關注，只是因為他。

因為走在她身邊的是他。

只是沒走幾步，她的手機就響了起來。

是訊息的提示音。

周安然低頭解鎖螢幕，看見是謝靜誼傳了訊息給她。

謝靜誼：『！』

謝靜誼：『什麼情況！』

周安然剛打開聊天室的時候，還只有這兩則訊息，隨即，手機一響再響，裡面飛速跳出一則又一則的新訊息。

謝靜誼：『陳洛白居然真的是來找妳的？』

謝靜誼：『妳還跟他一起走了？』

謝靜誼：『妳今晚還會回來嗎？』

隔著螢幕都能感覺到謝靜誼的驚訝與激動。

或許是接連的響動吵到了旁邊的男生，周安然餘光瞥見他突然偏頭朝她這邊看過來。

她生怕他看到謝靜誼最後那句話，想都沒想就迅速按下鎖定螢幕的按鍵。

陳洛白看了她暗下的手機螢幕一眼：「有事？」

即便知道他們最多止步於朋友關係，周安然還是下意識不想讓他誤會，急忙搖搖頭：「沒有，是我室友，她看到了一個娛樂八卦，有點激動。」

說完，周安然莫名有點心虛。

不過這也不算跟他撒謊吧？

就是稍微把事實誇大了那麼一點點，多加了「娛樂」兩個字。

謝靜誼的訊息依舊沒停，周安然怕她又傳一些亂七八糟的話，不敢打開來看。

好在手機響了好幾聲後，終於消停了下來。

到了學生餐廳，周安然被男生帶去了二樓的一個點餐區，這裡的價格比一樓要貴上一些，環境也好上許多。

陳洛白在點餐櫃檯前停下：「想吃什麼？」

周安然抬頭看了上面的菜單一眼。

她其實完全不餓，暫時不想吃東西，想著俞學姐昨天說他很愛挑食，她搖搖頭：「我吃東西不怎麼挑，你選吧。」

陳洛白：「真的？」

周安然又點點頭。

男生不知怎麼了，突然又笑了一下，他朝不遠處的隔間抬抬下巴：「好，那妳先去那邊坐著等我。」

周安然應下，轉身走去座位時，心裡仍覺得有些神奇。

沒想到報到那天認識的學姐，居然會是他表姐，這樣看來，他們好像也不算沒有緣分。

陳洛白點好餐，轉過身，背倚在點餐櫃檯上，看見女生很乖地坐在位子上看手機。

跟高中相比，她變化不小，個子高了，也更漂亮了，黑色過肩的長髮垂在雪白的頰側，髮梢微捲，素著一張小臉，卻顯得更加乖巧恬靜。

學生餐廳裡有好幾個男生頻頻看向她。

「同學，你的湯、蝦餃這些都好了。」學生餐廳的阿姨在後面叩了叩桌板，「燒烤那些要現做，還要再等等。」

陳洛白轉身接過餐盤：「好，麻煩您了，其他的我等一下再過來拿。」

周安然其實在苦惱該怎麼回謝靜誼，見他過來，就先把手機放下，打算回宿舍再直面暴風雨。

她低頭，看到他餐盤裡裝得滿滿的：「怎麼點這麼多啊？」

「多嗎？」陳洛白將餐盤放下，語氣隨意，「還有幾樣沒做好。」

周安然也不知道他餓不餓，不好讓他直接退掉，只提醒他：「我吃不了多少。」

「吃不完的話，我等等再打包回宿舍。」陳洛白在她對面坐下。

周安然稍稍放下心。

不會浪費就好。

她確實一點都不餓，勉強吃了一個蝦餃，一串燒烤和一小碗牛丸湯就停下來了。

見她放下筷子，陳洛白抬眸：「不吃了？」

周安然搖搖頭，看他也順手將筷子放下：「你也不吃了嗎？」

陳洛白「嗯」了一聲。

兩人突然沉默下來。

不像剛才都低頭吃飯，現在面對面坐著，好像有點尷尬？

周安然有點想找個話題跟他聊聊，又不知道該說什麼，她到現在都還不明白他為什麼會主動跟她要聯絡方式。

但就這麼直接結束，下次再見也不知道是什麼時候了。

猶豫間，周安然突然聽見對面的男生又叫了她一聲。

「周安然。」

周安然慢慢抬起頭。

高中和他同班一年多，她都沒從他口中聽過一次她的名字，和他說話的次數少之又少。但就這兩天，他叫她名字的次數，好像已經數不清了。

陳洛白把手機抵在桌面上，像是在翻來倒去地轉著玩，語氣隨意：「這週六有空嗎？」

這個問題有些猝不及防。

雖然知道他多半又是有什麼事情，周安然的心跳仍在那瞬間完全亂了節奏，有些反應不過來：

「啊？」

「祝燃，妳還記得吧？」陳洛白問她。

周安然不知道他怎麼會突然提起祝燃，還是誠實地點點頭。

他最好的朋友，她怎麼會不記得。

「他週六會來A大，聽說妳也在——」陳洛白仍在轉著手機，表情看起來有些漫不經心，「想找妳一起吃頓飯。」

周安然的心重重一跳。

她剛才還在想，下次再見到他不知道是什麼時候了，沒想到這個機會來得這麼快。

但是……

「我週六有個同學聚會。」她努力壓住語氣裡的失望。

陳洛白停下轉手機的動作，抬眸看她：「同學聚會？」

周安然還是不敢跟他對視超過一秒，她低下頭，輕輕「嗯」了一聲：「就是和嚴星茜、張舒嫻、盛曉雯她們，還有董辰和賀明宇。」

「賀明宇。」陳洛白重複了一下這個名字，語氣聽起來仍舊散漫，像是隨口一問，「妳和他一直有聯絡？」

周安然不知他為什麼會問這個問題，她不敢多想，卻莫名不想讓他誤會什麼：「也沒有，畢業後才聯絡上的，茜茜和董辰的關係不錯——」

這兩個人在高中的時候，見了面就吵，但好像越吵關係越好。

「賀明宇和董辰也滿要好的，剛好他也考上了A大。」

不過她和賀明宇的話都不多，交換聯絡方式後，到現在也沒聊過幾句。

空氣安靜了一兩秒。

周安然忍不住稍稍抬起頭，看見對面的男生又重新開始轉起了手機，表情很淡，看不出什麼情緒。

她又覺得自己解釋這麼多有點莫名其妙。

他怎麼可能會在乎她和別的男生有沒有聯絡。

陳洛白的聲音恰在這時再次響起，「那你們介意同學聚會再多兩個人嗎？」

周安然隔了一秒才反應過來：「你們也要去？」

陳洛白「嗯」了一聲：「不是同學聚會嗎，我和祝燃也算妳的同學吧？」

周安然點頭：「當然算。」

「那妳問問他們？」陳洛白把手機在桌面上輕輕抵了一下。

「嗯。」

周安然應完這聲，把手機拿出來，打開前幾天嚴星茜為聚會創立的群組。

這幾天嚴星茜和董辰一直在群組裡吵架，她就把通知關靜音。

此刻，這兩人還在吵週六下午要去哪裡。

董辰：『我還是選密室逃脫。』

嚴星茜：『我堅持選KTV。』

董辰：『去KTV就變成妳一個人的演唱會了，無非又是聽妳把妳偶像的歌從第一張專輯唱到最後一張，有什麼意思？』

嚴星茜：『那密室逃脫又有什麼意思？你不過是想炫耀一下你那不怎麼高的智商，就不能跟賀明宇學習低調嗎？』

周安然點開鍵盤，突然又停住。

要怎麼和他們說？

說陳洛白也想參加我們的同學聚會？

「陳洛白」三個字一出現，群組大概就要爆炸了。

或許是見她遲遲沒動，陳洛白忽然問了一句：「怎麼了？」

周安然心裡一跳，連忙搖搖頭：「沒什麼。」

「不然——」她大腦有些茫然，「我把你加進群組裡，你自己和他們說？」

「你們有群組？」陳洛白轉手機的動作又停下了。

周安然點了點頭，傳了一則訊息到群組裡：『我加個人進來啊。』

嚴星茜：『可以啊，不過妳要加誰啊？』

周安然：「……」

她突然在群組裡面提起陳洛白，和她突然把陳洛白加進群組，這效果應該也差不了多少？

但是話都說了，也沒辦法再反悔。

周安然先胡亂回了一句：『也是我們學校的同學。』

然後她一狠心，迅速把加人的步驟搞定了。

系統顯示「C加入了群組」。

嚴星茜：『C是誰？』

張舒嫻也在群組裡，立刻冒出來：『你們學校的？A大嗎？』

張舒嫻可能是一下沒反應過來：『我們二中也只有然然和賀明宇在A大，還有誰在？』

盛曉雯：『確實還有一個。』

盛曉雯：『而且我有在班長那邊看過這頭貼和名字，應該就是他。』

嚴星茜反射弧也很長：『他？誰啊？』

董辰：『陳洛白。』

這個名字一出來，剛剛還熱鬧不已的群組突然陷入一片死寂。

周安然拿著手機：「……」

她悄悄往對面看了一眼。

陳洛白剛好也朝她看過來：「他們好像不太歡迎我？」

周安然聽他語氣略帶著笑意，不像是在生氣或是介意，卻還是忍不住解釋：「不是，可能只是有點驚訝。」

話音一落，她手機突然又瘋狂響起。

比之前謝靜誼一則接一則傳給她還要誇張，像是瞬間有好幾則訊息一起湧入，一聲還沒響完，另一聲已經接著響起，似乎是有好幾個人同時傳訊息給她，而且響聲一直沒停。

陳洛白眉梢輕輕一揚：「驚訝到都去私訊妳了？」

周安然：「……」

她不用看都知道，肯定是嚴星茜她們幾個人。

他向來聰明，肯定是瞞不過他的。

周安然老實地點點頭，剛想著要不要再解釋幾句，就聽見他的聲音再次響起，「需要我幫忙嗎？」

周安然一下沒明白：「什麼？」

陳洛白卻沒直接回答她。

男生低頭在手機上打字，他手指修長且骨節分明，格外好看，腕骨上的小痣在燈光下特別清晰。

幾秒後，周安然的手機跳出了兩則訊息。

C：『別找她了。』

C：『想知道什麼就直接問我。』

群組又安靜了片刻。

張舒嫻可能是反應過來了，試探性地問了個問題：『你怎麼知道我們在找她，你們兩個現在在一起？』

明知道張舒嫻指的是地理位子上的「在一起」，周安然的呼吸還是亂了一拍，也不敢再像剛才那樣去偷看他的反應。

一秒後。

C：『是。』

周安然捏著手機的指尖緊了一下，又鬆開。

他應該是沒多想吧？

但下一秒，嚴星茜的訊息又緊接著跳出來。

嚴星茜：『你們現在在一起？』

周安然從來都不知道，看個群組訊息也能看得像坐雲霄飛車一樣。

她知道嚴星茜向來大大咧咧，生怕她不小心說出什麼更亂七八糟的話，急忙回覆：『我們在學生餐廳吃消夜。』

陳洛白落在手機螢幕上的指尖微頓。

他微抬起頭，看見對面的女生低垂著眼，捲翹的睫毛像蝶翅一樣在燈光下輕輕顫動，粉潤的雙唇緊抿著，似乎有些緊張。

盛曉雯的訊息又在群組裡跳出來。

比起前面那兩個，她的問題看起來就相對正常又安全：『你們兩個怎麼突然聯絡上了？』

周安然抿唇盯著螢幕，還以為他會把俞冰沁和社團的事大致說一下。

C：『我們現在在一間學校，聯絡上不是很正常嗎？』

周安然心裡又是一跳。

她從沒想過，有一天她和他會在他口中變成「我們」，哪怕這其中並不摻雜任何曖昧。

可能是都跟他不熟，不好放肆，這個問題問完，群組又安靜了下來。

C：『沒問題了？』

C：『那下週六的同學聚會，多我和祝燃兩個人，你們不介意吧？』
嚴星茜：『不介意。』
張舒嫻：『歡迎。』
盛曉雯：『非常歡迎（鼓掌.jpg）。』
C：『其他人呢？』
董辰：『主揪說了算。』
嚴星茜：『不用理董辰，他的意見不重要。』
兩則訊息幾乎同時傳出來。
一秒後。
董辰收回了一則訊息。
董辰：『雖然主揪說了不算，但我個人還是滿想見一下老同學的。』
周安然看著這兩人的互動，不由又笑起來。
陳洛白放下手機，剛好看到她唇邊兩個淺淺的梨渦露出來。
「走嗎？」他低聲問。
周安然抬起頭，看見桌上還剩下一堆食物：「你剛才不是說要打包？」
陳洛白「嗯」了一聲，站起身：「我去拿打包的盒子。」
知道下週六又會再見面，打包完後，周安然也不像方才那般不捨，低聲問他：「現在下去？」
「等一下。」陳洛白看了一下手機。

周安然眨眨眼：「還有事嗎？」

「等個人。」陳洛白說著微轉過頭。

周安然順著他的目光望去，看見一個清瘦的男生朝他們這邊走來，牛仔褲洗得有些發白，但整體穿著很是乾淨整齊。

等他走近，陳洛白將打包好的東西遞過去：「買多了，你帶回去跟他們一起吃了吧，不過可能有點冷掉了。」

男生的話似乎不多，也沒看周安然，點頭接過：「好。」

等他離開，陳洛白往她這邊略略一偏頭，像是隨口解釋一句：「我室友。」

周安然也猜那應該是他室友。

一秒後，她又反應過來：「你不跟他一起走嗎？」

陳洛白垂眸看著她，突然又笑了一下，他朝門口抬抬下巴：「走吧，送妳回去。」

周安然才剛緩下來的心跳，瞬間又亂了起來。

她一邊跟他走向樓梯，一邊在心裡告誡自己。

不要多想。

他送妳回去只是教養使然。

忍住不去多想、從學生餐廳出去的時候，周安然還是忍不住問了昨天不敢問的那個問題。

「你的腳傷沒事了吧？」

陳洛白腳步一停，偏頭朝她看過來：「妳知道我腳受傷？」

男生漆黑的瞳孔在夜色中顯得格外明亮且深邃，周安然被他看得心跳又開始不穩，她別開視線：「學校都傳開了啊。」

所以她知道也很正常。

作為普通朋友，哪怕是普通同學，表示一下關心也很正常吧？

安靜了一秒後，她看見男生繼續往前走，聲音從旁邊傳過來：「沒事了，只是這段時間暫時還不能做劇烈運動。」

周安然鬆了口氣。

她其實還想問問他是怎麼受傷的，但不知道以他們現在的關係，她問出這個問題算不算越界，最後還是咽了回去。

「那就好。」

周安然回到寢室時，柏靈雲和于欣月都已經回來了。

她一推開門，謝靜誼就從座位上站起來，板著一張臉，雙手抱在胸前看著她：「解釋一下。」

周安然走到她旁邊，把剛才在樓下的自動販賣機買的汽水放到她桌上。

「請我喝汽水也沒用。」謝靜誼不買單。

柏靈雲正打算去刷牙，見狀不由問了一句：「妳們兩個吵架了？」

于欣月回來後繼續看書，此刻也轉頭看過來。

謝靜誼傳的那一堆訊息，周安然都還沒回，主要是她也不知道怎麼回。

聞言，她急忙搖搖頭：「沒有。」

「那妳凶然然做什麼？」柏靈雲問謝靜誼。

謝靜誼：「我凶她了嗎？」

周安然繼續搖頭：「沒有。」

柏靈雲拿著牙刷走過來：「那妳們兩個到底是怎麼了？」

就連于欣月也放下書走過來。

謝靜誼：「陳洛白今天晚上來我們宿舍樓下找人了，妳們知道嗎？」

于欣月搖頭。

柏靈雲點頭：「今天開完會的時候，有聽到學生會的其他人在討論，好像是來我們樓下找了個女生，還帶她去學生餐廳甜甜蜜蜜地吃了一頓消夜，都在傳是不是他女朋友。我剛才回來的時候，還想問妳知不知道那個女生是誰，不小心就忘記了。」

周安然聽到「女朋友」三個字，明知道是假的，耳朵還是莫名燙了幾分。

謝靜誼瞥了周安然一眼：「何止啊，他還送那個女生回宿舍。」

「所以那個女生到底是誰啊？」柏靈雲也被她勾起興致，「妳快說，妳的消息不是一向最靈通了嗎？」

謝靜誼抬手一指周安然：「遠在天邊，近在眼前。」

于欣月面露驚訝。

柏靈雲的牙刷掉了。

一分鐘後，周安然被三個室友圍在中間，柏靈雲也學謝靜誼抱胸，故意板起臉，連向來對八卦不怎麼感興趣的于欣月也跑來湊熱鬧，擺出一副要審視她的架式。

「到底是什麼情況？」謝靜誼又問了一遍。

周安然小聲幫自己辯解了一句：「我下去之前就跟妳說了，他是來找我的，是妳不相信。」

「妳從來沒告訴過我們妳認識陳洛白，突然跟我說他是來找妳的，妳要我怎麼相信？」謝靜誼還裝出一副冷淡的模樣，「說吧，妳什麼時候認識他的？」

周安然被三個室友盯得頭大，怯怯道：「他是我高一的同班同學。」

「妳不是蕪城一中的嗎？」柏靈雲不解。

于欣月更不解：「是啊，陳洛白是南城二中的。」

「我是南城人，高一的時候就讀南城二中，高二才轉到蕪城那邊去的。」周安然轉向于欣月，

「我以為妳知道。」

于欣月：「我高三才認識妳，就以為妳一直都是一中的學生……」

「妳也是很厲害。」謝靜誼裝出來的那副冷淡模樣，被于欣月搞得差一點破功，笑了一下，又重新板起臉看向周安然，「所以，妳和陳洛白明明就是同學，聽我們亂說他的八卦，居然都不插嘴？」

周安然：「……」

在昨天以前，她真的以為這輩子和他都只能與陌生人無異，不會再有任何交集。

但聽室友這麼說，她多少有些心虛：「我高中和他完全不熟，根本沒說過幾句話。」

「那怎麼突然熟起來了？」柏靈雲也裝不下去了，八卦地衝她眨眨眼。

周安然：「……現在也不熟。」

謝靜誼：「不熟他來宿舍樓下找妳，還請妳吃消夜？」

「真的，俞學姐他們社團的另一個新人就是他，我也是昨天才和他交換了聯絡方式，今天只是幫別人送東西給他，他才請我吃消夜，送我回來——」周安然頓了頓，像是在跟她們解釋，也是在勸自己不要繼續亂想，「只是因為他教養好而已。」

「就這樣？」謝靜誼問。

周安然點點頭：「妳不是都說了嗎？我有什麼事情也瞞不過妳們，更何況是跟他。」

「這倒也是。」謝靜誼也裝不下去了，拉住她的手，「那妳和我們說說，陳洛白高中的時候是什麼樣子啊？」

周安然腦海中突然閃過無數畫面。

他高中啊……

她想了想，斟酌地挑了兩個不帶感情傾向的評價：「成績好，教養也好。」

「誰要聽這個啊？」謝靜誼無語道，「他高中有沒有女朋友啊，或是跟哪個女生走得比較近？」

「沒有。」周安然搖搖頭，「他高一除了讀書就是打球。」

謝靜誼一臉失望：「還以為能有點什麼獨家八卦呢。」

于欣月轉身繼續看書。

柏靈雲：「等等，我的牙刷呢？我明明拿在手上的啊。」

周安然漱洗完躺上床後，稍稍深呼吸，隨後才解鎖手機，打算來面對另一場暴風雨。

她打開和嚴星茜她們四個人的群組，上面全是滿滿的問號和驚嘆號，最後一則訊息是半小時前盛曉雯傳的。

盛曉雯：『妳回宿舍後，最好老實跟我們交代。』

周安然不知道要怎麼交代。

她想了想，先傳了個貼圖：『（可憐.jpg）。』

那幾個人像是都在等著她。

這個貼圖一傳出去，群組裡瞬間跳出了好幾則訊息。

嚴星茜：『裝可憐也沒用。』

盛曉雯：『說吧。』

張舒嫻：『坦白從寬，抗拒從嚴。』

周安然失笑。

猶豫片刻，她索性簡單地把這兩天發生的事情，不帶任何猜測與偏頗地跟她們說了一遍。

嚴星茜也是一副失落的語氣：『就這樣？』

嚴星茜：『所以你們昨天才聯絡上？今晚會跟他在一起，就是因為妳幫他送東西，所以他請妳吃消夜？』

張舒嫻：『但陳洛白什麼時候主動加過女生的聯絡方式？又單獨請過哪個女生吃消夜？』

盛曉雯：『他到底是什麼意思？』

這個問題，周安然到現在也還沒想通。

周安然抿了抿唇：『可能真的沒什麼意思吧。』

周安然：『畢竟能在大學再次碰上高中同學，確實很難得，我們班也就三個人在A大。』

嚴星茜：『加聯絡方式勉強可以理解，也不用單獨請妳吃消夜吧？大可以像那次球賽一樣，隨便買一堆零食當作謝禮就好。』

周安然晚上跟他去學生餐廳的路上時，就想過這個問題：『但現在不像高中，大家每天都在一間教室，他要買零食送我，就意味著他還得再找我一次，好像更麻煩。』

盛曉雯：『他週六不是也要參加我們的聚會嗎？』

盛曉雯：『到時候我們自己看看吧。』

嚴星茜：『也是。』

張舒嫻：『我也想看！』

張舒嫻：『不行，我要去買機票，我也要去參加聚會。』

周安然：『妳不是說作業做不完嗎？』

張舒嫻：『我就算是這幾天熬夜，也要提前把作業趕出來，空出週末的時間。』

周安然：『妳要不還是下次再來吧。』

張舒嫻幾分鐘後才回訊息。

她直接貼了張機票購買證明的截圖到群組裡。

張舒嫻：『我週六上午十點半到！』

周安然見她機票都買好了，也沒再勸她：『那我去接妳吧。』

張舒嫻：『不用妳接。』

盛曉雯：『就是說啊，接什麼接，我們去接就行了。』

嚴星茜：『雖然我們可以去接，但為什麼不讓然然接啊？』

周安然：『就是啊。』

周安然：『為什麼不讓我接？』

張舒嫻：『茜茜，妳傻了嗎？她如果去接我的話，要怎麼跟陳洛白一起去餐廳？』

周安然：「……」

周安然：『都說了，他應該沒別的意思。』

張舒嫻：『是啊。』

張舒嫻：『我也沒別的意思。』

張舒嫻：『你們都從A大出發去聚會的餐廳，約著一起過去不是很正常嗎？』

周安然剛想說應該不太可能，手機卻在這時震了震。

她退出群組的聊天室回到主頁，看見這兩天盯著看了無數遍的頭貼跳到了最上方。

上面多了個紅色的數字「1」。

陳洛白傳了一則訊息給她，不用點進聊天室都能看見全部的內容——

C：『晚上忘了問妳，週六一起過去餐廳？』

周安然的心重重一跳，捏著手機的指尖倏然發緊。

他再這樣的話，她真的要忍不住多想了。

周安然盯著最上面的聊天室，遲遲沒有點進去，手機卻突然又響了一下，聚會群組聊天室跳到了最上面。

有人在裡面標註她。

周安然點開群組，看見標註她的是今晚一直沒說話的賀明宇。

賀明宇：『週六一起去餐廳？@周安然。』

周安然看著賀明宇的訊息，加快的心跳又重新平息下來。

連平時不怎麼聯絡的賀明宇，都邀她那天一起出發，看來這應該是一件很正常的事情。

群組裡面，董辰的訊息跟在賀明宇後面冒出來。

董辰：『你是不是沒看前面的訊息，你有發現我們群組裡多了一個人嗎？陳洛白下週六也會來聚會。』

賀明宇：『是嗎？』

周安然抿抿唇，重新點進他的聊天室。

私心來講，她更希望再有和他獨處的機會。

但賀明宇是在群組裡問她的，要是她在群組裡拒絕賀明宇，再答應他的要求，那她那點心思只怕要和在教務主任辦公室那天一樣，在他面前變得昭然若揭。

周安然不知道他是不是沒把高中那點事放在心上，現在才願意和她當朋友。

但難得有了和他當朋友的機會，她也捨不得再退回陌生人的關係。

周安然點開鍵盤，猶豫片刻，指尖終於落上去打字：『你看見群組訊息了嗎？』

傳送。

幾秒後。

C：『嗯。』

周安然抿著唇：『到時候我們三個一起過去吧？』

過了差不多快半分鐘，陳洛白才回她。

C：『好。』

周安然輕輕吐了口氣。

說不出是不是失望。

周安然盯著聊天室裡極簡單的對話看了片刻，沒再試圖找話題打擾他。

她退出去，重新打開群組聊天室，正想著要怎麼和賀明宇說，就看見董辰在群組裡標註了陳洛白。

董辰：『你週六也是從A大出發嗎？@C。』

C：『是。』

董辰：『那你們三個正好可以一起過去。』

張舒嫻：『是啊，三個人一起叫計程車還能省車錢。』

周安然不由好笑，卻又同時覺得窩心。

他怎麼可能需要省這點車錢。

但張舒嫻不可能不知道這個事實，會傳這句話，無非是因為不知道剛才陳洛白私下問她要不要一起走，想趁機幫她多爭取一點和他相處的機會。

雖然多半沒這個必要，但她現在的心情亂成一團，還是等週末見面再和她們仔細說清楚吧。

出神間，陳洛白已經回覆了董辰。

還是和剛才回她的一樣簡潔。

C：『好。』

董辰：『對了。』

董辰：『你不是說祝燃也要來嗎，怎麼沒把他加進群組？』

C：『他太吵了。』

C：『本來想讓你們再清淨一會兒。』

C：『現在加。』

這次重逢，周安然隱約覺得他的性格似乎比高中沉穩了少許，但看著他在群組裡調侃祝燃的這幾句話，又覺得他好像一點都沒變。

應該是因為和她不熟吧。

系統很快提示祝燃也加入了群組。

祝燃好像也沒變。

祝燃：『hello! everybody!』

祝燃：『好久不見啊！』

祝燃：『週末聚會要約去哪裡，該不會只是吃個飯而已吧？』

董辰：『我差點忘了。』

董辰：『有兩個選項可以選擇，KTV或者密室逃脫，你們想挑哪一個？』

祝燃：『密室逃脫吧。』

祝燃：『某人去KTV也不唱歌，生怕我們聽他唱一次，他就會虧幾百萬似的，沒意思。』

董辰：『你呢？@C。』

C：『其他人選什麼？』

董辰：『賀明宇說隨便，幾個女生想去KTV。』

張舒嫻：『其實去密室逃脫也不錯啦。』

盛曉雯：『密室逃脫加一。』

嚴星茜：『密室逃脫也可以。』

董辰：『是誰剛才說密室逃脫沒意思的？@嚴星茜。』

嚴星茜：『關你什麼事啊？』

周安然大概能猜到她們幾個為什麼改變主意，不由有些失笑。

下一秒，手機輕輕震了一下。

C：『妳呢？@周安然。』

明知所有人都已經選好，就只剩她還沒回，但看到他主動標註她，她心裡不由又有幾顆小氣泡冒出來，然後輕輕炸開。

祝燃和他們也不熟。

剛剛那句「某人去KTV也不唱歌」應該就是在說他吧。

周安然：『密室逃脫吧。』

C：『好，那就選密室逃脫。』

周安然知道陳洛白來宿舍找她的事情，肯定會引起注意，卻沒想到第二天一早去上課，就有人拿這件事來問她。

雖然她就讀理工科系，但男女比例相差不大，這一屆幾乎是一比一了。

問她的是隔壁班一個叫聶子蓁的女生，長捲髮，外貌不錯，就算上早八的課也帶著精緻漂亮的妝容，此刻就坐在她前面。

聶子蓁轉身看著她：「周安然，聽說陳洛白昨天晚上去妳們宿舍樓下找妳了，還跟妳一起去學生餐廳吃消夜，你們是什麼關係啊？」

她這話一問出來，旁邊好幾個人都轉頭看過來，男女都有，似乎都有些好奇。

周安然知道他也不愛被傳這些亂七八糟的緋聞消息，也不想因此造成他的困擾，想了想，乾脆簡單解釋了一下：「沒什麼關係，他是我的高中同學，昨天我幫別人送東西給他，他就請我吃了消夜。」

「妳居然是他的高中同學？」聶子蓁眼神微亮，「妳有他的聯絡方式吧？如果你們沒什麼關係，妳能把他的聯絡方式告訴我嗎？」

周安然愣了一下。

她不明白聶子蓁怎麼就順著她剛才那句話，直接跟她要陳洛白的聯絡方式。

她連聶子蓁的聯絡方式都不知道。

但不管是出於尊重他，還是出於自己的私心，她都不想答應這個要求。

即便她知道自己和他不可能，她也不想親手把追他的機會送給別人。

謝靜誼和聶子蓁都是學生會的，接觸過幾次，知道她說話直接，大小機會都想抓一下，有時會顯得比較功利，但人其實稱不上壞。

這次也不例外，多半就是看周安然臉皮薄好說話，才會趁機提出這樣的要求。

謝靜誼正想提醒周安然，就看見她搖了搖頭，「抱歉，我不能不經過他的同意，就私自把他的聯絡方式給妳。」

聶子蓁不肯放棄：「妳偷偷告訴我，他又不知道，要不然妳幫我問一下他也可以啊，就說妳朋友想加他，他看在妳的面子上，肯定會答應的。」

周安然：「……？」

她什麼時候成了她的朋友？

而且她在陳洛白那裡，能有什麼面子？

她搖搖頭，繼續拒絕道：「我跟他不算熟，在他那沒什麼面子。」

聶子蓁盯著她看了幾秒，像是在打量她有沒有撒謊：「妳不想幫就直說。」

謝靜誼幫腔道：「但陳洛白確實不喜歡別人不經他同意，就私自把聯絡方式告訴其他人。聽說前幾天他班上有個男生，沒經過他同意就把他的聯絡方式給了一個女生，他當著那男生的面把他的聯絡方式刪了，一點情面都沒留。」

聶子蓁愣了一下，也沒再糾纏：「這樣嗎？那算了。」

她說完又轉回去。

周安然聽著謝靜誼的話，不由有些驚訝，湊過去輕聲問她：「真的嗎？」

「真的啊。」謝靜誼點頭，「妳不知道嗎？」

周安然抿了一下唇，小聲說：「我跟他真的是前天才聯絡上的，如果妳平時什麼都沒跟我說，我根本不知道。」

「可能是我忘了跟妳們八卦了。」謝靜誼說。

快要上課了，周安然也沒再打擾她。

她盯著桌上的課本，稍稍有些走神。

印象中，他好像一直都挺好相處的，有一大群朋友，好像跟哪個男生都能隨便開點玩笑。

不過確實也不是完全沒脾氣的人。

那次的籃球比賽，他就沒給十班那個體育生留一點面子。

班上的男生好像也都不敢吵他睡覺。

上課鐘聲一響，周安然斂神。

一週的課上完，週五晚上，周安然沒在圖書館待太久，九點就回了寢室。

漱洗完躺上床後，周安然打開聚會的群組，就看見群組裡聊得正熱鬧。

祝燃：『這是你們畢業後的第一次聚會嗎？還是之前就聚過了？』

董辰：『暑假聚過一次。』

祝燃：『你們幾個人都來了嗎？』

祝燃：『周安然不是因為搬家去蕪城了嗎？』

董辰：『就是因為她那陣子剛好回南城，住在嚴星茜家，所以聚了一下。』

祝燃：『早知道就讓你們叫上我們了。』

祝燃：『我暑假在家都快無聊死了。』

董辰：『我還以為你們會出去旅遊呢。』

祝燃：『沒，姓陳的今年哪裡都不肯去。』

祝燃：『對了，你們明天幾點出發啊？』

董辰：『十一點左右吧，訂的餐廳有點遠，太晚去的話，怕會耽誤下午玩密室逃脫。』

嚴星茜：『你還好意思說？誰叫你挑了這麼遠的餐廳？』

董辰：『不是妳說這間餐廳好吃嗎？』

嚴星茜：『我什麼時候說過這間餐廳好吃了？』

董辰：『不好意思，少打了個字。』

董辰：『不是妳說間餐廳不好吃嗎？所以我才特意訂了這家。』

嚴星茜：『滾！懶得理你。』

嚴星茜：『我跟曉雯去機場接了舒嫻就不回學校了，直接到飯店放好東西就去餐廳，應該會提早到。』

董辰：『那你呢？@賀明宇。』

嚴星茜：『然然妳呢？@周安然。』

祝燃：『你們兩個還滿有默契的。』

嚴星茜：『誰跟他有默契？是他學我。』

董辰：『看清楚一點，我的訊息在妳前面。』

嚴星茜：『搞不好是網路延遲？』

周安然看完這一小段訊息，賀明宇的訊息緊接著跳出來。

賀明宇：『我們明天十一點在學校北門外集合，行嗎？@周安然。』

周安然：『可以。』

周安然一直沒看到陳洛白出來聊天，回完這一則訊息，正猶豫著要不要趁機主動標註他，就看到祝燃先標註他了。

祝燃：『人呢？死去哪裡了？@C。』

C：『十一點集合，對吧？』

C：『好。』

周安然不喜歡讓別人等，第二天特意提早出發，從北門出去時，發現居然有人比她早到。

男生今天穿著綠白色的棒球外套，內搭一件簡單的白色T恤，下身穿了灰色束口長褲，看起來格外清爽。

他站在樹邊，單手拿著手機，一看就是在等人，可能是神情有些淡，周圍有幾個女生頻頻回頭，卻也沒人敢上前搭訕。

周安然慢吞吞地朝他走過去。

快走近時，陳洛白大概是發現了她，他抬起頭，把手機塞回褲子，手就插在口袋裡也沒拿出來，嘴角微勾了一下，那股冷淡感一下就沒了。

「怎麼來得這麼早？」

周安然在離他還有兩步遠的位子停下，壓下心裡那點緊張感，盡量讓語氣自然一點：「你比我更早到啊。」

陳洛白垂眸看著她，聲音壓得有些低：「總不能讓妳等我。」

他是扇形的雙眼皮，眼形偏狹長，這樣低頭看人的時候，莫名顯得幾分專注，周安然明知道他是因為教養使然，不想讓一個女生等他，心跳仍不受控制地開始加速。

不過他可能什麼都不用說，也不用做，只要站在她面前，她的心跳好像就沒辦法平穩。

周安然微低下頭，不知道該和他說什麼。

好像什麼話題都想和他說，又怕和他說什麼都不適合。

陳洛白單手插在口袋裡看著她。

今天是陰天，天氣不冷不熱，女生穿了一件淺綠色的針織開衫，裡面搭了條長裙，頭髮編了一下，一隻白皙的耳朵露在外面，臉更顯小巧，皮膚白得近乎透明，白天的光線比前兩次晚上見面時還要好，他幾乎能看清她臉上細小的絨毛。

「周安然。」

周安然抬起頭。

陳洛白對上她那雙偏圓、漂亮又無害的杏眼。

「周安然。」另一道聲音從不遠處傳來。

周安然轉過頭，看見賀明宇朝他們這邊走來。

她開學後還沒見過賀明宇，乍一看差點沒認出來，他的眼鏡從高中時的黑框換成了金絲，穿著一件灰色毛衣，高高瘦瘦的，很顯斯文。

賀明宇走過來，衝陳洛白點了一下頭。

陳洛白也很淡地衝他點點頭。

賀明宇停在周安然旁邊：「不好意思，沒想到妳這麼早就到了，沒等太久吧？」

周安然搖搖頭：「沒有。」

「有車。」陳洛白突然插了句話。

周安然轉過頭，看見不遠處確實停了一輛計程車。

陳洛白伸手攔了一下，司機往他們這邊開過來。

周安然偏頭看了旁邊的男生一眼，低聲問他：「你剛才要和我說什麼？」

「沒什麼。」計程車停在他們面前，陳洛白順手拉開後座的車門，偏頭看向她，衝車內一揚下巴，「上車吧。」

周安然沒想到他是在幫她開門，唇角不禁彎了一下：「謝謝。」

陳洛白的目光在她頰邊的小梨渦停了一下：「沒事。」

周安然彎腰上了車。

陳洛白又淡淡地看向站在一旁的賀明宇，手搭在半關的後座車門上：「不用我幫你開副駕駛座的車門吧？」

賀明宇：「……不用。」

賀明宇拉開了副駕駛座的車門。

周安然在車內聽到了這段簡短的對話，可等男生在她旁邊落坐，那股不知是不是洗衣精的清爽香味，在鼻間若有若無地縈繞時，她的脊背還是稍稍僵直了一些。

好像從來都沒跟他坐得這麼近過。

坐在副駕駛座的賀明宇跟司機報了一下地址。

可能是彼此都不算熟悉，車子發動後，狹窄的車廂內頓時陷入一種微妙的安靜中。

司機不知是不是也感覺到了，都沒有試圖搭話。

行駛片刻後，賀明宇打破沉默：「周安然，妳能不能把妳的課表傳給我，有兩節課我想去你們系上旁聽一下。」

周安然：「好啊。」

她說完後解鎖手機，想去翻課表。

陳洛白那道無比熟悉的聲音，此時在她耳邊很近的地方響起：「也傳一份給我吧。」

周安然一愣，轉頭看他。

「妳上次傳給我的那份，我不小心刪了。」陳洛白說。

周安然剛想點頭。

「聊天記錄裡應該還有吧。」賀明宇突然接話，「除非你把聊天記錄刪了。」

「也是。」陳洛白目光轉向副駕駛座，眉梢輕輕一揚，「你不說我都忘記了，我看一下啊。」

周安然就沒急著翻相簿。

旁邊的男生從長褲口袋裡把手機拿出來，可能是剛好拿反了，黑色的手機在那隻修手好看的手上轉了一圈。

周安然很喜歡他這些小動作，能看出來不是故意耍酷，越是不經意，反而越能顯出滿滿的少年氣息。

她一時忘了把視線撇開，他好像也沒有避著她的意思，手機螢幕在不經意間往她這邊傾斜了一下。

周安然看清了自己在他通訊軟體裡面的名字。

沒有特別的稱呼，就是她的名字。

她抿了抿唇，也不覺得意外。

他們聊天記錄不多，周安然看見他只是隨便往上翻了翻，就找到了她傳給他的課表。

「果然沒刪。」男生的聲音聽起來懶洋洋的，「那正好，不用讓她傳給妳了，我直接傳到群組裡。」

賀明宇：「……」

一秒後，周安然看到他把她的課表傳去群組裡，聲音還是懶懶的。

「不用謝。」

塞車塞了片刻。

周安然一行抵達餐廳的時候，其他人已經落坐。

包廂裡擺著一張大圓桌，嚴星茜、盛曉雯和張舒嫻一起坐在靠門口的位子，祝燃跟張舒嫻隔了兩個空位，董辰坐在另一邊，跟嚴星茜之間隔著兩個空位。

看見他們進來，嚴星茜立刻從座位上站起來，跑到門邊一把抱住周安然，親暱道：「然然，我好想妳啊。」

周安然看她穿了條短裙和靴子，低聲問她：「這種天氣還穿短裙，妳不冷啊？」

「不冷啊。」嚴星茜抱了幾秒才放開她。

周安然握了握她的手，感覺不涼，就也沒管她，只是稍稍靠近一點，小聲跟她說：「妳真的有說過想吃這家店。」

「啊？」嚴星茜一臉驚訝。

周安然昨晚就想告訴她，後來翻完群組的訊息，大家聊起了今天要幾點出發，她就直接忘記了。

「九月中的時候，妳有把這家店的介紹影片分享到社群網站上。」

嚴星茜知道她記性好又細心，這樣跟她說，肯定確有其事。她低頭去翻之前貼文，心裡湧上一股奇怪的感覺。

張舒嫻這時拍了拍旁邊的座位：「然然，妳過來跟我坐吧。」

祝燃也拍了拍靠近他的那個空位：「陳洛白，你站在門口做什麼？過來坐。」

「老賀，你坐我這邊吧。」董辰朝賀明宇招了招手，「正好幫我隔開嚴星茜這個瘋婆子。」

嚴星茜剛翻到那則貼文。

她隱約想起來，當時是看到一個網紅介紹這家餐廳，菜色看起來都不錯，她就分享到社群網站上，但她向來就是分享完就忘了的性格。

此刻再翻到這則貼文，想起董辰昨天那句話，她心裡那股奇怪的感覺越發明顯，剛想抬頭去看他，就聽見董辰的這句話。

嚴星茜那種奇怪的感覺瞬間消失：「董辰你找死啊，你說誰是瘋婆子？你有本事就把碗端去包廂外面吃啊，那不是離我更遠？」

「餐廳又不是妳家開的。」董辰輕飄飄地瞥她一眼，「妳讓我出去，我就出去啊？」

兩人瞬間又吵起來。

周安然剛拉開座椅坐下，她許久沒當面聽這兩人吵架了，多少覺得有些親切，嘴角不由彎了彎。

旁邊頓時傳來輕微的椅子拖拽聲，那股清爽的氣息瞬間拉近。

是比剛才在計程車上更近的距離。

周安然呼吸微屏，垂眼看見他落坐時，棒球外套的白色袖子似乎輕輕從她開衫的袖子上一擦而過。

她有點想往張舒嫻那邊挪動，又捨不得。

遲疑間，陳洛白突然低頭朝她這邊靠過來，那股清爽的氣息一瞬近至鼻前，清晰地縈繞在周身。

周安然看著男生挺直的鼻梁，呼吸澈底屏住。

陳洛白的聲音壓得比之前在校門口的時候還要低，幾乎像是耳語：「他們每次見面都會吵架嗎？」

周安然見他似乎是在看嚴星茜那邊，點點頭：「對啊，他們從高中第一次見面就這樣吵。」

「第一次見面？」陳洛白像是隨口跟她閒聊，「報到還是開學？」

周安然：「開學那天，高一第一學期他們兩個坐前後桌，第一天的第一個下課時間，兩人桌邊掉了一支筆，茜茜說是她的，董辰說是他的，兩人就吵起來了，誰也不讓誰。」

「結果呢？」陳洛白問她，「筆是誰的？」

「都不是。」不知是因為可以像朋友一樣跟他閒聊，還是因為想起那天的烏龍，周安然忍不住笑起來，「筆是另一個女生的，他們兩個人的筆一個夾在課本裡，一個塞在抽屜裡，都忘了自己放在哪裡。」

「早知道——」陳洛白頓了頓。

周安然不由又偏頭去看他。

這一偏頭，目光徑直撞進了男生的視線中。

他不知道自己從什麼時候開始，沒再看嚴星茜和董辰吵架，而是側頭看向她。眸色漆黑的緣故，眼神便顯得有些專注。

陳洛白就這麼看著她，緩緩接道：「我就不跟老高說，只坐最後一排了。」

周安然心裡重重一跳，總覺得他這句話像是意有所指，細想後又覺得這很正常。

服務生在這時敲門進來詢問要不要開始點餐。

董辰和嚴星茜因此停止了吵架，他們這段閒聊自然也就此終止。

吃完飯，一行人轉戰密室逃脫。

他們這次玩的是一個恐怖主題的密室逃脫，他們八個人剛好可以組成一個小隊。

進去的第一間房間挺寬敞的，也不是全暗，但裡面的光線偏藍綠色調，熒熒的藍綠光打在所有人臉上，顯得陰森森的，不比全暗還要好。

房裡有一臺電腦，正停在開機輸入密碼的畫面，是他們要解的第一個謎題。

八個人原本是站在一起的。

開始找尋線索後，祝燃抬手搭上賀明宇的肩膀。其實在吃飯的時候，他跟賀明宇就沒講到幾句話，這時卻一副自來熟的模樣：「老賀，跟我說說你們在A大都上一些什麼課吧？你們的科系可是我的第一志願啊，可惜我沒考上A大。」

他一邊說，一邊勾肩搭背地把人拉到房間的另一邊去了。

嚴星茜不知是踩到了什麼，突然尖叫著往一邊跑。

董辰一副嫌棄的口吻：「別嚇到NPC了。還有，妳跑什麼?小心踩壞人家的東西。」

他嘴上嫌棄著，倒是在第一時間朝嚴星茜那邊追過去。

張舒嫻一拉盛曉雯的手：「曉雯，我們去那邊看看吧。」

轉眼間，周安然旁邊就只剩陳洛白一個人了。

她知道張舒嫻和盛曉雯多半是故意的，嚴星茜不好說，可能真的是踩到了什麼東西，但最開始走開的是祝燃和賀明宇。

他應該不會多想什麼吧?

「怕不怕?」那道熟悉的聲音突然在耳邊響起，壓得有些低，格外好聽。

周安然猶豫了一下。

她其實是第一次玩密室逃脫，不過她之前連恐怖片都不太敢看，大概也不耐嚇。

比起給他留下膽小的印象，她更不想對他撒謊，誠實地點點頭：「有一點。」

陳洛白的聲音仍低，側臉在幽暗的光線下依舊帥氣：「那妳先跟著我。」

周安然的心裡像是又有小氣泡在炸開，她唇角很淺地彎了一下：「好。」

陳洛白很快找到了線索。

是一張泛黃的紙。

周安然有點好奇，又不好主動靠近他。

男生卻在這時把手上的紙稍稍朝她這邊移動：「好像是籬笆密碼，有聽過嗎？」

「聽過。」周安然點頭。

陳洛白把泛黃的紙張遞給她：「那妳來解？」

籬笆密碼不難，周安然也就沒拒絕，她接過來看了看：「好像是 we love——」

她話音倏然一頓，耳朵尖突然變熱。

「We love——」陳洛白低聲問，「然後呢？」

周安然想拿空著的手去摸一下耳朵，又忍住，她不好意思繼續把那句話念完：「我直接去電腦那邊試試吧。」

見他們走向電腦，其他人又湊了過來。

「這麼快就找到線索了。」祝燃的手依舊搭在賀明宇的肩膀上，「阿洛，你解的？」

陳洛白抬手指了指電腦前的女生：「不是我，是她。」

「厲害啊，周安然。」祝燃有點驚訝，「我還以為妳是那種不怎麼敢看恐怖片的女生，沒想到還滿冷靜的。」

周安然一邊低頭準備輸入密碼，一邊回他：「也沒有，就是一個挺簡單的籬笆密碼。」

祝燃拿起她放在桌上的那張紙：「我看看啊，確實不難，We love each other，喲……看來還真是個淒美的愛情故事。」

周安然已經輸入完最後一個字母。

聽見他念出那串密碼，耳朵尖又熱了一下，頓了頓，才按下 Enter 鍵。

從第一個密室順利逃脫後，第二個房間的空間更寬敞，像是一間有著很多座位的超大辦公室。

這是一間「玩偶公司」。

除了座位之外，還有隨處可見的玩偶，各式各樣，大小不一的都有。

只是大部分都做得神情詭異，連絨毛玩具都失去了平日的可愛，不是上面有著大片像是血跡的暗紅，就是頭部歪歪斜斜、看起來要掉不掉的樣子。

周安然一進來，就有種頭皮發麻、寒毛直豎的感覺。

但這個空間比剛才還要大，他們決定像剛才那樣分開找線索。

祝燃還是在第一時間拖走了賀明宇：「走走走，我們一邊找，一邊繼續聊剛才的話題。」

張舒嫺的膽子大，氣定神閒地把盛曉雯拉走了：「我們去另一邊。」

嚴星茜不情不願地看向董辰：「算了，我勉強跟你一組吧。」

董辰的語氣聽起來挺愉悅的：「嚴星茜，妳要是怕就直說，老實說妳害怕，我就不笑妳。」

嚴星茜張了張嘴，下意識想反駁，最後又忍下來：「好，我怕，很害怕，可以了吧？」

董辰沒想到她會是這個反應，愣了一下。

嚴星茜沒理他，偏了偏頭，看向剩下的兩個人，語氣還是有點不太情願：「陳洛白，然然是連恐怖片都不敢看的人，你是男生，就麻煩你照顧她一下，我也害怕，容易一驚一乍的，她要是跟我一起走，大概會被我嚇到。」

周安然心裡覺得熨貼，又害怕陳洛白會看出點什麼。

好在男生幾乎沒有猶豫。

嚴星茜說完這句話，陳洛白就點頭應下：「好，她今天下午都可以跟著我。」

「然然。」嚴星茜隨便指了一個方向，「那我們先過去另一邊了。」

周安然點點頭。

嚴星茜和董辰一走，進門處又只剩下她和陳洛白兩個人。

男生站在她面前，聲音像剛才那樣壓低：「怕的話，要不我陪妳站在這裡等著？他們應該很快就能找到線索。」

難得出來玩，周安然也不想影響他的體驗，她搖搖頭：「沒事，我們也去找吧。」

陳洛白看了她在燈光下顯得有些蒼白的臉色一眼，垂在一側的手指動了動，最後只說：「那妳走我旁邊。」

周安然跟在他旁邊開始找線索。

說完全不怕當然不可能，她總覺得隨時都會有NPC，從某個絨毛娃娃裡鑽出來嚇人。

只是每每經過能藏人的大型絨毛娃娃時，旁邊的男生也不知有意無意，好像都會幫她擋一下。

周安然看了男生的背影一眼，心裡好像又有許多小氣泡冒出來，再炸開。

他是肩寬腿長的標準好身材，因而即便看起來清瘦，背影卻能給人一種莫名的安全感。

出神間，嚴星茜的尖叫聲再次響起。

周安然抬頭看過去，看見她預想中最恐怖的場景——

NPC從娃娃裡鑽了出來。

嚴星茜一邊尖叫，一邊扯著董辰亂跑。

NPC大概是看到這邊的驚嚇效果已經達成，開始朝離得最近的他們這邊跑過來。

陳洛白低頭看了女生垂下的手一眼，心下猶豫了一瞬。

還沒等他做出決定，他就看見那隻細白的手突然抓住了他外套的袖子。

周安然的聲音聽起來有些顫抖：「你別跑。」

陳洛白沒聽清楚：「嗯？」

之前在群組裡商量玩哪一家密室逃脫的時候，祝燃說既然要玩，就玩最刺激的，這家收費不菲，NPC也不是隨便套件衣服、戴個面具來糊弄人，無論是妝髮還是造型都做得很逼真。

周安然餘光瞥見對方越靠越近，頭皮一陣發麻，她緊抓著男生棒球外套的袖子，像是從中汲取了一點力量，聲音終於不再發飄。

「你別跑，你不是還不能做劇烈運動嗎？」

陳洛白低頭看著外套上那隻有些發顫的小手，有那麼一兩秒沒說話。

周安然見他沒反應，也不知道他是不是也嚇到了：「要不——」

她想說「要不你站我後面吧」。

雖然她不知道自己哪來的勇氣和他說這句話。

但她只說了兩個字，就突然被打斷。

「好。」陳洛白抬起頭。

在昏暗的光線中，男生像是笑了一下，有點像那天在籃球場上，他投完後撤步三分時的那個笑容，張揚又肆意，一身壓不住的蓬勃少年氣。

聲音卻還是低低的，莫名有點溫柔。

「不跑。」

周安然的心跳快得厲害，不知是因為害怕，還是因為他的笑容。

下一秒，她的視線突然暗下來。

一隻大手擋在她眼前。

那隻手並沒有直接貼到她的皮膚上，只是虛擺在她眼前，但一開始可能沒掌握好距離，大拇指和小指分別在她的額頭和鼻梁上極輕地碰了一下。

一觸即分。

周安然卻覺得額頭和鼻梁都開始發燙。

一片黑暗中，她聽見嚴星茜還在亂叫，聽見NPC故意掐著嗓子發出嚇人的聲音，像是已經離得極近。

周安然卻不再像剛才那樣害怕。

她聽見了自己的心跳聲，也聽見了他的聲音。

就在她頭頂響起，帶著明顯的笑意。

「能麻煩您去嚇其他人嗎？」

陳洛白頓了頓，像是好聲好氣地在跟NPC商量。

「她害怕。」

三瓶汽水　萌生醋意

從密室逃脫出來後，他們又一起去了另一個地方吃晚餐。之後，聚會便就此結束。

周安然和嚴星茜、盛曉雯雖然同在一個城市，但平時課業繁重，想要見面也不是那麼容易，因而早就商量好在聚會結束後不要立刻回學校，而是去找一家飯店住一晚，第二天她們姐妹再小聚一下。

加上張舒嫻千里迢迢地飛過來，她們今晚就更不可能再回學校。

周安然上午出來時，就在包包裡放了換洗衣物，而嚴星茜已經幫她把其他東西都拿去飯店了。

吃完晚餐後，周安然被張舒嫻挽著走在最前面。

張舒嫻湊到她耳邊跟她咬耳朵：「要不妳今晚還是回學校，明天再過來找我們？」

「我回學校做什麼？」周安然不解。

張舒嫻衝她眨眨眼：「再給妳一點時間跟他單獨相處啊。」

周安然：「……」

她臉一熱，伸手去掐張舒嫻的腰：「妳們有完沒完啊，而且我們有三個人，獨什麼處。」

「也是。」張舒嫻笑著躲開她的攻擊，「那妳今晚就勉強陪陪我們吧。」

兩人說著出了餐廳大門。

夜晚的溫度降了不少，冷風迎面吹來，周安然下意識攏了攏開衫，又想起什麼似的，拉著張舒嫻退回去：「等等。」

她轉身看向走在她們身後的嚴星茜：「茜茜，降溫了，妳去洗手間換上我包包裡的長裙吧。」

「沒事，不用換。」嚴星茜繞過她出了門。

兩秒後，她縮著脖子鑽回來：「啊啊啊！溫度怎麼一下降這麼多！然然，妳還是把裙子借給我吧。」

周安然把包包遞給她：「我陪妳去吧。」

嚴星茜剛想點頭應下，又立刻搖頭：「不用，曉雯剛才說她想去廁所，我跟她一起去。」

周安然：「……」

餘光瞥見那道熟悉又高大身影大步走近。

周安然還要等嚴星茜，就往旁邊挪了挪，讓了個位子給他。

陳洛白卻在她旁邊停了下來。

「妳不回學校？」他低聲問。

周安然感覺下午不小心被他碰到的額頭和鼻梁，好像又燙起來，也不敢抬頭看他，只點點頭：「嗯，我今晚跟她們去住飯店。」

說完，周安然以為話題會就此結束，卻聽見他又問了一句：「飯店在哪裡？」

周安然還是忍不住抬起頭，目光瞬間撞進男生帶笑的眼中，雖然不像下午那般晃眼，但好像是在笑的。

她抿抿唇：「就在前面而已，我們打算走過去。」

「嗯。」陳洛白應了聲，語氣聽起來有些散漫，像是隨口一說，「到了和我說一聲。」

玩了一整天，嚴星茜、盛曉雯和張舒嫻一到飯店就往床上一躺，周安然還沒洗澡，不太想躺上去，就被三個人拉著往床上一拖。

她連手機都沒拿穩。

「快點老實交待。」

周安然被拉著躺到她們中間：「交待什麼呀？」

「還能交待什麼。」張舒嫻轉身趴到床上，目光緊緊盯著她，「當然是陳洛白。」

周安然把一旁的枕頭扯過來，眨眨眼，有點不好意思：「沒什麼好交待的，我不是說了嗎？我不喜歡他了。」

「好啦。」嚴星茜翻了個白眼，「我們那天只是捨不得拆穿妳而已。」

盛曉雯：「就妳今天這表現，還好意思跟我們說妳不喜歡他？」

周安然稍稍一驚：「很明顯嗎？」

「也沒有，畢竟妳都不太敢看他。」張舒嫻說，「別人可能看不太出來，但我們一看就知道有鬼。」

周安然：「……」

「說吧。」嚴星茜從床上坐起來，擺出一副要拷問她的架勢，「你們現在是什麼情況？不准又瞞著我們。」

周安然抱著枕頭：「就妳們看到的情況啊。」

張舒嫻摸了摸下巴：「我怎麼覺得陳洛白對妳也有點特別，我們幾個也算是他的高中同學吧？他就沒跟我們要聯絡方式啊，而且他今天只單獨跟妳一個女生說了話，下午玩密室逃脫的時候，還一直帶著妳。」

「他會帶著我，還不是妳們搞出來的？」周安然小聲反駁。

嚴星茜：「他可以拒絕啊，他如果是這麼好說話的人，以前學校那些追他的女生，怎麼就沒一個能接近他？」

「就是說啊。」張舒嫻贊同，「中午吃飯的時候，我還看見他和妳說悄悄話了，那總不是我們搞出來的吧？」

周安然：「沒說悄悄話，他只是問我茜茜和董辰是不是一見面就會吵架。」

嚴星茜：「……？」

嚴星茜：「那下午呢？妳和他單獨待了那麼久，就沒發生一點什麼嗎？」

周安然的臉又熱起來，她拿枕頭往上擋了擋，只露出一雙眼睛：「沒什麼。」

「沒什麼的話，妳臉紅什麼？」張舒嫻作勢要去搔她癢，「不說我就搔妳癢了啊。」

周安然往盛曉雯那邊躲。

盛曉雯順勢抓住她兩隻手腕。

「好了好了。」周安然投降，「我說，行了吧？」

她紅著臉把下午的事情大致說了一下。

「我靠，他幫妳捂眼睛啊？」張舒嫻也從旁邊扯了個枕頭，「我怎麼覺得這比摟摟抱抱還要曖昧。」

周安然：「……」

盛曉雯沉默了兩秒：「我倒是覺得……他用詞挺曖昧的。」

「……？」周安然不明白，她又回想了一下，「哪裡曖昧了？」

「陳洛白跟NPC形容妳的時候，就只用了一個『她』字，他拒絕女生的經驗豐富，要是真想跟妳保持距離，肯定不會這樣說話。」盛曉雯說，「要是我，肯定會跟NPC說『我同學害怕』，這樣既保持紳士風度，又不會讓人多想。」

周安然的心跳漏了一拍：「妳想多了吧。」

「那妳就當我想多了吧。」盛曉雯捏捏她的臉。

嚴星茜插嘴道：「現在的重點是，妳是怎麼想的？」

「是啊。」張舒嫻也問，「妳是怎麼想的？」

周安然扯了扯抱枕，過了幾秒才輕聲道：「……我不知道，我不敢多想。」

從他加她聯絡方式的那天起，她就像是身處在七彩的泡沫裡。

夢幻無比，卻又全無真實感，好像隨時都會一戳就破。

盛曉雯看她臉上的紅暈褪去，睫毛輕顫：「那就先別多想了，就當我們剛才都是亂說。就陳洛白那種性格，他要是真的喜歡誰，他會主動去追的，反正妳就按照自己的心意，先跟他相處看看再說。」

周安然輕輕「嗯」了一聲。

她掉到床邊的手機突然響了一下。

張舒嫻剛好就躺在旁邊，聽見動靜後瞥了一眼。

「陳洛白好像傳訊息給妳了。」

周安然一愣，恍然想起她剛才答應過他到飯店會告訴他，剛剛被她們這麼一鬧，她完全忘記了，急忙把手機拿過來。

「這麼著急啊？」盛曉雯打趣她。

嚴星茜的語氣有點酸：「妳看我訊息都沒這麼積極，我們要不要迴避一下啊？」

「迴避什麼啊。」周安然失笑。

解鎖螢幕後，看見他果然問了回飯店的事。

C：『還沒到？』

周安然：『早就到了。』

周安然：『不好意思，剛剛忘了和你說。』

C：『到了就好。』

周安然剛說不用迴避，這三個人就毫不客氣地趴在旁邊，圍觀她跟他傳訊息。

周安然有些不好意思，還是多問了一句：『你到學校了嗎？』

C：『馬上到。』

周安然抿抿唇：『那你早點休息。』

C：『好，妳也是。』

張舒嫻一臉恨鐵不成鋼的表情：「妳就這樣把天聊死了啊？」

「要不然呢？」周安然偏頭看她。

張舒嫻戳了戳她的螢幕：「雖然我沒談過戀愛，但他說馬上到的時候，妳隨便問他『等一下是不是直接回宿舍』之類的，不就開啟了一個新的話題了嗎？」

周安然：「我怕打擾到他。」

「不過我覺得陳洛白這語氣也怪怪的。」盛曉雯插嘴。

周安然又轉向她那邊：「哪裡怪了？」

「他平時不會這樣跟人說話吧？我覺得他平時挺愛逗人的，祝燃以前經常被他氣得跳腳，怎麼跟妳說話就有種裝正經的感覺——」盛曉雯頓了頓，「算了，我還是不亂幫妳分析了。」

見手機沒再響起，周安然就把它丟到床頭。

四個女生擠在同一張床上。

嚴星茜長長嘆了口氣：「誰說上了大學就輕鬆了？明明也很累，我都不太能抽出空來見妳們。」

張舒嫻：「妳們好歹還在同一個城市。」

盛曉雯：「但是真的好累。」

周安然：「是啊。」

「我們一起看個綜藝節目吧。」嚴星茜提議，「誰去把電視打開吧。」

張舒嫻躺平：「不想動。」

盛曉雯：「加一。」

「算了。」周安然爬起來，「我去開吧。」

週末和高中同學聚了兩天，周安然在週一早上被鬧鐘吵醒時，還以為自己身在南城的家中，起床吃完何嘉怡做的早餐，她就要和嚴星茜一起背著書包去二中上學。

直到聽見謝靜誼的哀號聲，她才從半夢半醒的狀態中清醒。

「我恨早八！」謝靜誼頂著一頭亂髮，直挺挺地從床上坐起來。

周安然睡眼惺忪，關掉鬧鐘，也慢吞吞地爬起來。

週日陪嚴星茜她們玩了大半天，她就把鬧鐘訂得比平時還要晚，連于欣月也晚起了，一寢室的人到教室時，前排的座位都已經被占滿。

周安然跟室友在後排落坐。

正當她打開課本時，突然有人在最旁邊的位子落坐。

周安然也沒在意，旁邊的人卻叫了她一聲：「周安然。」

周安然偏過頭，先看見一副金絲眼鏡。

「賀明宇。」她嚇了一跳，又笑著跟對方打招呼，「你真的來旁聽了啊。」

賀明宇「嗯」了一聲：「不然我為什麼要跟妳拿課表？正好還想問妳一道英文題目。」

「什麼題目？」周安然問。

賀明宇把手機拿出來放到她面前。

周安然進大學後，英文也沒落下，她看了一眼，上面是一道四級的閱讀真題，她和賀明宇講解了一下題目後，不經意看見頁面上有一道題的後方用括弧標了「雅思」二字，她隨口問：「你這麼早就開始準備雅思了啊？是想申請交換嗎？」

賀明宇點頭：「是啊，妳知道的，我的英文成績不怎麼樣，只能提早準備。」

「那你加油。」周安然回他。

「妳呢？」賀明宇轉頭看了她白皙的側臉一眼，又移開視線，「有這個打算嗎？要是有緣申請同一間學校的話，以後我們還能互相照應一下。」

周安然搖頭：「暫時沒有，我想先把理論基礎打好一點，而且你知道我的性格——」

「妳的性格怎麼了？」熟悉且低沉的聲音突然從後面傳來，鑽入耳中。

與此同時，前排好些人都轉頭朝他們這個方向看過來，教室裡起了一點喧嘩聲。

周安然話音一頓，倏然轉頭看向後面。

陳洛白不知何時坐到了她後面的位子上。

男生今天穿了一件灰色的帽T，碎髮搭在額前，看起來像是沒睡飽，一副睏倦的模樣，整個人懶散地倚在座位上。

模樣依舊惹眼無比，難怪一進來就引起了剛才那一陣騷動。

周安然愣了一瞬。

賀明宇也回過頭：「你也來旁聽？」

「嗯。」陳洛白朝旁邊的男生抬抬下巴，「陪他過來。」

周安然看見他雖然回答了賀明宇的問題，目光卻全程都落在她身上，像是在等她的回答。

她蜷了蜷指尖。

她剛才是想說她性格向來內向，不太擅長和人打交道，在國內換環境尚且會不習慣，去國外連語言環境都變換的情況下，肯定更需要花時間來適應，但交換專案時間一向不會太長，對她來說可能並不太適合。

但這種類似於「自曝其短」的話，她可以坦然地對著賀明宇說，卻沒辦法直接告訴他。

周安然抿抿唇：「沒什麼，就隨便閒聊。」

不知道是不是錯覺，她這句話一說完，陳洛白的表情好像就淡了下來，看向她的眉眼低低垂落，遮住那雙漆黑的眼，連臉上那點睏倦也像是被壓了下去。

周安然心裡一悶，有點想再說兩句，上課鈴卻在這時突然響起。

她其實也不知道該說什麼，只能轉過頭去。

這堂課的老師挺愛叫人回答問題，周安然不敢分心，勉強壓下雜亂的心緒，仔細聽課。沒想到老師沒叫到她，反而點名了她旁邊的賀明宇。

可能是見他聽得太認真。

但賀明宇聽得再認真，也是第一次來聽這課堂，周安然怕他答不出來尷尬，在書上寫了個答案遞過去給他。

賀明宇答完坐下後，周安然剛想繼續認真聽課，就聽見後面微微壓著的一道聲音響起，挺陌生的，沒聽過。

但因為帶了一個極熟悉的名字，就像是某種咒語似的，輕易被她的耳朵捕捉到。

「陳洛白，你這位女同學還挺熱心的啊。」

周安然等了片刻，沒等到他的答覆。

思緒不禁又亂了起來。

所以他跟他朋友介紹她的說法是「女同學」嗎？

熬過一小節課後，周安然有點想轉頭看一眼，但鈴聲才剛響完，賀明宇就拿著剛才課上的一個重點來問她。

周安然靜下心講解給他聽。

講到一半，後面又有聲音傳來，這次是道女聲，聽起來像是聶子蓁。

「陳洛白。」她不知怎麼會從前排繞到後面，還是那副跟誰都自來熟的模樣，「原來你對我們這堂課有興趣啊。」

教室嚷鬧，後排卻安靜了一秒。

而後，周安然才聽到陳洛白的聲音響起，語氣格外淡，不像平時那樣懶洋洋的，心情好像不太好的樣子。

「沒興趣，來陪別人上課。」

聶子蓁：「那你有沒有興趣——」

她話還沒說完就被打斷：「抱歉，麻煩讓一下。」後半句像是對跟他一起過來的男生說的：「我回宿舍補眠，你自己聽吧。」

「好。」那道陌生的男聲笑著回應他，「不過你記得自己設鬧鐘，我們可不敢打電話吵醒你。」

後面的腳步聲逐漸遠去。

「周安然。」賀明宇叫了她一聲。

周安然回神：「抱歉。」

賀明宇之後有課，陳洛白的朋友像是也有，這堂課結束後，兩人都自行離開。

周安然跟著室友一起去另一間教室上下一堂課。

這次她們的動作稍快，占到了前排的位子。

落坐後，周安然垂著頭把手機拿出來，打開通訊軟體，點開陳洛白的聊天室。

才剛打了「我剛才」三個字，又刪掉了。

聶子蓁的聲音再次從後排傳過來，她這次坐到了她後面：「周安然，你跟剛才那個物理學院的帥哥是什麼關係啊？」

周安然愣了一下，反應過來她說的是賀明宇。

她鎖上手機螢幕，回頭答她：「沒什麼關係，他是我的高中同學，自己有興趣，才過來旁聽而已。」

「也是妳的高中同學？」聶子蓁問，「妳和陳洛白也同班？」

周安然點點頭。

聶子蓁旁邊的女生小小地「哇」了一聲：「你們高中班上的顏值好高啊，陳洛白就不用說了，我們公認的校草，妳可是我們系上男生公認的新系花，物理學系的那個男生看起來也挺斯文好看的，你們高中是什麼神仙班級。」

周安然捏著手機：「沒有，我高中不怎麼起眼。」

從來都耀眼的，就只有那一人。

這堂課的老師提前來到教室，女生也沒再找她說話。

周安然重新解鎖螢幕，目光在他頭貼上停了片刻，最後在心裡輕嘆口氣，退出去。

說了不多想，但她還是忍不住。

那可是陳洛白啊。

他怎麼可能會因為「普通女同學」的一句閒聊不開心呢？

接下來幾天的課都不少，作業也多，周安然跟于欣月在圖書館泡了好幾天，終於在週四提前完成了作業。

這天晚上，她也提前回到了宿舍。

說是提前，到宿舍時也已經過了九點半。

柏靈雲還在外面忙學生會的事，謝靜誼一個人在寢室寫作業。

周安然也沒打擾她，在自己的位子上坐下，百無聊賴地打開通訊軟體。

指尖像是無意識地往下滑，最後又像是有自我意識般地停在和陳洛白的聊天室上。

和他的對話還停留在上週六晚上的那句「好，妳也是」。

周安然盯著聊天室，不由發起了呆，直到手機鈴聲突然響起，她才驀然回神。

電話是俞冰沁打來的。

周安然怕打擾謝靜誼寫作業，去了宿舍陽臺接聽。

俞冰沁聲音依舊好聽：『明晚我們會去外面排練，妳要不要來聽？』

周安然上次在KTV沒聽到她唱歌，覺得有些遺憾，聞言急忙應下：「好啊。」

『好。』俞冰沁說，『排練完有空的話，就教妳彈吉他。』

周安然想起她之前也說過類似的話。

那時她說的是「另一個新人也不會，回頭有空一起教你們」。

『沒什麼要問的話，』俞冰沁的聲音再次響起，『我就掛了。』

周安然也顧不上多想，叫住她：「學姐。」

俞冰沁：『嗯？』

「就是——」周安然緩了緩呼吸，盡量讓語氣自然一點，「明天妳只教我一個人嗎，會不會太麻煩妳？」

俞冰沁難得說了一長段話：「不麻煩，我昨天和陳洛白說了一聲，他好像說他不來，我沒聽清楚，妳幫我去問問他。他要來的話，我正好一起教。」

俞冰沁掛斷電話後，手機螢幕又跳回到她和陳洛白的聊天室上。

周安然靠在陽臺欄杆上，盯著螢幕，這次有了光明正大的理由，她指尖終於落上：『俞學姐說他們明晚會去外面排練。』

正斟酌著要怎麼措辭問他去不去，對面不知道是誰亂叫了一聲，周安然手一滑，點了傳送。

一秒後，手機震動。

C：『知道，她和我說了。』

C：『妳會去嗎？』

周安然：『應該會去。』

周安然：『學姐說你不去，是嗎？』

C：『我昨天跟她說不確定。』

周安然：『那你現在確定了嗎？』

C：『現在確定了。』

周安然抿抿唇，還是忍不住繼續問他：『確定去，還是不去啊？』

手機繼續震動，他傳了一則語音過來。

很短的一則。

看起來應該只是冷淡地回了她一個「去」字或者是「不去」。

周安然把手機放到耳邊，播放語音訊息，聽見他低沉的聲音在她耳邊響起——

『周安然。』

不是「去」，也不是「不去」。

是他在叫她的名字。

因為把手機貼在耳邊，有種他就貼在她耳邊叫她的錯覺，周安然感覺從耳朵到心臟都麻了一下。

後一則訊息在這時才緩緩傳過來。

還是一則很短的語音訊息。

周安然抬手捂了捂耳朵，手機依舊貼在耳邊捨不得拿開。

第二則語音訊息近在耳邊響起，帶著點明顯的笑意。

『明晚見。』他說。

周安然從陽臺回到寢室時，柏靈雲也剛好從外面進來，臉上笑容明顯：「朋友們，跟妳們說一件事。」

「心情這麼好——」謝靜誼回過頭，「是發生什麼好事了嗎？還有然然，妳怎麼也一副很開心的樣子？」

周安然抓著手機：「……可能是因為我的作業寫完了吧。」

謝靜誼：「……我就不該問妳。」

她再次看向柏靈雲：「妳呢？別告訴我妳也是因為提前寫完作業了。」

柏靈雲搖搖頭，臉上泛起了一點紅暈：「不是，是我跟謝子晗在一起了。」

周安然眨眨眼：「恭喜啊。」

謝靜誼澈底轉過身，反坐在椅子上：「哇，謝學長把我們宿舍的大美女之一拐走了，這不請客吃飯說不過去吧？」

「要和妳們說的就是這件事。」柏靈雲說，「他說週六晚上請妳們吃飯，不過他想叫上他們宿舍的男生一起，可以嗎？」

謝靜誼：「可以啊，不然他一個人跟我們四個女生一起吃飯也滿尷尬的。」

柏靈雲知道周安然不太喜歡社交，又特意問她意見：「然然妳呢？妳要是不想跟太多陌生人一起吃飯，讓他單獨請我們也可以。」

「沒事。」周安然搖搖頭，「你們安排就可以了。」

「欣月呢？」柏靈雲又問，「她沒跟妳一起回來？」

周安然：「她說還是想待到閉館再回來。」

「好。」柏靈雲說，「那我等一下問問她的意見再決定。」

謝靜誼八卦心起，連作業都不管了，衝她眨眨眼：「那不如趁現在跟我們說說，妳跟謝學長怎麼突然在一起了？」

柏靈雲的臉還紅著，難得有些扭捏：「就是他今晚突然跟我告白，然後還親了我。」

謝靜誼趴在椅背上，又誇張地「哇」了一聲：「舌吻嗎？」

柏靈雲：「……？」她掐住謝靜誼的臉：「妳滿腦子都在想些什麼亂七八糟的東西。」

次日下午最後一堂課上完，周安然和室友一起去學生餐廳吃晚餐。

飯後，柏靈雲要和謝學長約會，謝靜誼要去開會，于欣月還是去泡圖書館，周安然要回宿舍一趟，四人在學生餐廳門口分開。

俞冰沁排練的地方在校外。

周安然低頭走在校內林蔭道上，想起昨晚陳洛白只跟她說了「明晚見」，並沒有跟她說「今天要不要一起過去」，她那時因他那句「明晚見」亂了心緒，也忘了問他。

要不然現在問一下？

但他沒特意說的話，可能就是沒打算和她一起過去吧？

周安然陷入糾結，低垂著的視線中，似乎有兩個穿著球衣的男生迎面走近，她也沒太在意，並未細看，只略往左邊挪了挪，讓出位子給對方。

但走在左邊、穿著黑色球衣的那個人也同時往左挪了挪，高大的身形再次和她相對。

周安然只當對方也想讓路給她，她頭也沒抬，又再往左挪了一點。

對方也跟著往左挪，又一次擋在她的面前。

像是故意的。

周安然從糾結中回過神，定睛一看，先看到一隻抓著籃球的手，骨節修長，膚色冷白，手背青筋凸起，彰顯著荷爾蒙與力量感，手臂上有細汗往下滑落，剛好落在腕骨上方那顆棕色小痣上。

她倏然抬起眼——

陳洛白就站在她面前，唇角略彎，漆黑的眼中滿是笑意，見她抬頭，他眉梢輕輕一挑：「想什麼呢，這麼認真？」

這好像……

還是他們第一次在學校偶遇。

不知是因為他語氣中明顯帶著幾分熟稔的調笑之意，還是因為她剛才正好就在想他，周安然耳朵立刻泛起一點熱意。

幸好她今天的頭髮是披散下來的。

周安然連忙搖搖頭：「沒什麼，在想一道題目。」

可能是有些心虛，她說完又趕緊轉移話題：「你能打球了？」

陳洛白低低「嗯」了一聲。

面前的男生黑髮溼著，額頭和脖頸上全是汗，連球衣領口的白邊也因為溼潤而深了一大塊，荷爾蒙與少年氣衝撞出來的獨特矛盾感格外勾人。

周安然感覺臉好像快要熱起來。

今天溫度不高，見他只穿著短袖短褲的球衣，也怕自己臉紅起來會暴露什麼，周安然輕聲說道：「溫度滿低的，你趕快回去換衣服吧，我先回宿舍了。」

說完她又往左挪了一點，試圖溜走，卻再次被他擋住。

距離好像又因此拉近了一點，周安然幾乎能感覺到他身上熱騰騰的氣息。

「急什麼。」陳洛白唇角仍彎著，目光在她泛紅的臉頰上落了一秒，心情很愉悅的模樣，「正好要找妳。」

周安然一愣，驀地又抬起頭：「找我？」

陳洛白隨手轉了一下手上的籃球：「系上的老師找我有點事，我洗完澡得去見他。」

周安然心裡突然空了一小塊，她輕輕「啊」了一聲：「你今晚不去看彩排了嗎？」

陳洛白盯著她看了兩秒，緩緩道：「趕得上就去，妳要自己先過去，還是等我一起？」

「那──」周安然頓了頓。

等他的話，要是他真的忙到錯過彩排時間，那她今晚既聽不到俞學姐唱歌，也見不到他了。

不等的話，倒是兩者都有可能。

中途或許還能傳訊息給他問問情況。

而且說要等他的話，會不會暴露出一點什麼？

周安然：「我自己先過去？」

話音剛落，周安然就感覺到面前的男生笑意似乎淡了一些，狹長的雙眼像是微微瞇了一下。

「妳自己過去？」

周安然：「……？」

怎麼好像又不高興了？

沒等她繼續想，一直站在旁邊沒說話的男生突然湊過來，似乎是週一去他們班聽課的那位。他搭上陳洛白的肩膀，笑嘻嘻道：「走吧，我都聽到了，人家說她不等你。」

周安然：「……」

她差點忘了還有個人在。

不過……她也沒這麼說吧？

陳洛白把他的手扒拉開：「手上全是灰，離我遠一點。」

男生也沒介意，笑咪咪地跟周安然搭話：「陳洛白的女同學妳好啊，我叫元松。」

周安然第二次從他口中聽到「女同學」這個稱呼了，但這次因為前面加了個定語，莫名比上次顯得曖昧許多。

她忽略掉這點小細節，有些拘謹地衝對方點點頭：「你好。」

陳洛白淡著神色：「不用理他，妳要自己過去，是吧？」

周安然感覺到他好像有點不開心，但又怕是自作多情，而且也不好再改口，還是點了一下頭：「嗯。」

氣氛安靜一秒。

「好。」陳洛白也點了一下頭，「我盡快趕過去。」

那就是今晚多半還能再見到他的意思？

周安然又高興起來，她指了指前面：「那我先回宿舍啦。」

他的宿舍跟她隔了一點距離。

周安然繼續往前，他也順著她的反方向前進。

錯身而過後，周安然沒走幾步，就聽見剛才那個叫元松的同學慘叫了一聲：「靠，陳洛白你——」

像是突然被人捂住了嘴，他後面的話全變得含糊不清。

周安然忍不住回過頭。

看見男生像是已經鬆開元松，一隻手垂落在黑色的籃球褲旁邊，另一手抓著那個橙紅色的籃球，手上的青筋仍然明顯。

周安然不敢多看，又轉回來。

元松的聲音從後面傳過來：「你他媽剛打完球手上全是灰，也往我嘴上捂？」

「這不是你自找的嗎？」懶洋洋且帶著笑的語調，像是剛戲弄完別人，又重新高興起來了。

周安然慢吞吞地繼續往前走，跟他的距離越拉越遠，說話聲漸漸聽不清。

俞冰沁彩排的地方，在校外的一家 Live House 裡。

這個 Live House 原本是她一個富二代朋友開的，開了沒幾個月，對方覺得沒意思就關了店，暫時也沒想好要改裝成什麼，店面就空了下來。

俞冰沁的樂團玩的是搖滾，在學校彩排容易打擾到其他學生讀書，這邊燈光、舞臺一應俱全，隔音設備也好，便成了他們樂團半個大本營。

周安然會知道這些資訊，是因為上次在KTV塞烏梅給她的那位學姐也來看彩排了。不過對方沒待太久，中途接到男朋友的電話後，就回去學校了。

周安然一個人坐在臺下看彩排。

俞冰沁是他們樂團的主唱兼吉他手，樂團一共五人，另外還有一個鼓手、一個鍵盤手、一個貝斯手和一個吉他手。

學校接下來的兩個月內有兩個大型晚會，他們這次彩排的有兩首歌，分別是邦・喬飛的〈You

Give Love A Bad Name〉，另一首是約翰．藍儂的〈Imagine〉。

俞冰沁今天穿了件黑色皮衣，在臺上也沒笑一下，看起來格外冷豔，歌聲比說話聲更有磁性。

兩首歌反覆彩排，周安然聽著竟也不覺得無聊。

陳洛白過來的時候，就看到女生獨自坐在舞臺前的卡座上，她的坐姿從來都端正，後背挺直，沒有翹二郎腿的習慣，雙手撐在腿邊，看起來特別乖巧。

臺上剛好在彩排那首慢歌，他從外面進來其實有點動靜，她好像也沒注意到。

陳洛白往前走了一段，靠到她斜側邊的牆上。

女生還是緊盯著舞臺，沒有絲毫分神。

一首歌過去。

兩首歌過去。

陳洛白笑了一下，走到卡座邊，拉開她旁邊的位子。

周安然轉過頭，室內的光線有些暗，顯得她眼睛似乎亮了一瞬：「你來啦。」

陳洛白的目光在她頰邊若隱若現的小梨渦上停頓一秒，「嗯」了聲，在她旁邊坐下。

周安然想到剛才的偶遇，耳朵莫名熱了一下，不知道要和他說什麼，於是又轉過頭去繼續看彩排。

陳洛白也沒開口。

周安然聽著臺上的歌聲，心跳又平息了一點。

臺上幾人又彩排了幾遍，俞冰沁一首〈Imagine〉剛好唱到最後兩句：「You may say I'm a

不知道是誰的手機鈴聲突然響起，帶著明顯搖滾風味的前奏穿插進來。

其實是有點突兀又有點打擾的。

幫俞冰沁合唱的鼓手這時突然笑了，手上的鼓棒應著手機鈴聲切進來，臺上的其他四人也很有默契地齊齊換彈了這首鈴聲。

連全程冷著臉的俞冰沁也笑起來，站在立麥前順著音樂開始換歌唱：「This ain't a song for the broken-hearted……」

沒了學姐介紹，周安然也不知道這首是什麼歌，但好像莫名被帶進這股情緒中。

她嘴角彎了彎，有點羨慕地看著臺上幾人。

一群夥伴一起玩音樂的感覺真好啊。

這首歌唱完，樂團的另一個吉他手，也就是岑瑜的表哥徐洪亮才轉身走到一旁，從包包裡拿出手機：「抱歉抱歉，忘記關靜音了。」

「你什麼時候把鈴聲換回這首歌了？」貝斯手問。

徐洪亮：「昨天換的。」

他說著接起電話，掛斷後不知道跟其他人低聲說了句什麼，大家紛紛把吉他、鼓棒放下。

不一會兒，所有人都下了舞臺。

周安然看著俞冰沁走到她面前，她乖巧地叫了聲：「學姐。」

俞冰沁伸手捏了捏她的臉頰：「不無聊吧？」

「不無聊。」周安然頓了頓，有點不太好意思，但還是忍不住把心裡話說出來了，「學姐唱得很好聽。」

俞冰沁難得又笑了一下：「我們有事要先回去，這次沒空教妳了。」

周安然：「沒事，你們先忙。」

俞冰沁又說：「等一下有個包裹會送過來，你們兩個留在這裡幫我們拿一下？」

周安然想應下，但俞冰沁說的是「你們兩個」，於是她偏頭看向旁邊一直沒再開口說話的男生。

陳洛白也看著她，神情散漫，像是隨她決定的模樣。

周安然點點頭：「好啊。」

俞冰沁從口袋拿出一把鑰匙丟到陳洛白懷裡，又朝周安然抬抬下巴：「拿完包裹，給我把人安全送回宿舍。」

陳洛白接住鑰匙，尾音輕揚，勾著點笑意：「還需要妳說？」

周安然感覺心裡的某個地方被這句話輕輕勾了一下。

他的意思是……

不用俞學姐交待，他也會送她回宿舍嗎？

俞冰沁幾人離開後，剛才還熱鬧的舞臺瞬間安靜下來。

偌大的 Live House 裡，只剩下她和她喜歡的男生。

周安然跟他獨處時，還是會有些不自在，依舊不知道要和他聊什麼，她低頭看著自己的腳尖。

一秒。

兩秒。

周安然聽見他開口。

「妳剛才為什麼一直那樣看著我姐？」

「哪樣？」周安然沒明白，抬起頭看他。

陳洛白微揚了揚下巴：「我坐到妳旁邊之前，在那裡站了十分鐘。」

「你在那裡站了十分鐘？」周安然的眼睛微微睜大，「我不知道。」

想問他為什麼不叫她。

但如果他過來只是為了看彩排，好像也沒必要叫她。

「妳全程盯著我姐看，當然不知道。」男生略頓了頓，狹長的雙眼微微瞇了一下，「她就這麼好看？」

周安然覺得他的語氣有點奇怪，她眨眨眼：「學姐是挺好看的，唱歌也好聽，性格也好。」

陳洛白又笑了一下：「我還是第一次聽到別人誇她性格好。」

「怎麼會？」周安然有些驚訝，「學姐她確實很好啊，我來學校報到那天，都是她一直在幫忙。」

「那是因為——」陳洛白突然停頓下來。

周安然不禁問他：「因為什麼？」

陳洛白盯著她看了兩秒：「沒什麼，因為她確實挺喜歡妳的，妳以後多跟她相處就知道了，她性格有點冷，不太喜歡搭理人。」

雖然是在說俞學姐，但周安然從他口中聽到「喜歡妳」三個字，心跳還是不爭氣地漏了一小拍。

聽到他後面那一句話，她又破天荒地第一次想反駁他：「已經相處過了，我覺得學姐真的很好啊，又酷又大方，是我很羨慕的那種性格。」

陳洛白：「羨慕？」

周安然緩緩點了一下頭。

週一那件小事到現在，還像一根小魚刺一樣卡在她心裡。

知道當時應該是她多想，他也應該早就忘了，可她還是想跟他解釋一下。

「因為我的性格有點內向膽小，也不太擅長跟人打交道——」她停了一下，低下頭，聲音不自覺放輕，「我那天跟賀明宇沒說完的，就是這句話。」

Live House 又安靜了一秒。

而後周安然聽見他的聲音響起。

「周安然。」

陳洛白叫了她一聲，卻沒有下文。

周安然等了片刻，依舊沒聽見他說話，她不由抬起頭，目光瞬間撞進男生帶著笑意的眼中。

「妳這是在跟我解釋嗎？」

周安然心裡重重一跳。

喜歡一個人好像真的藏不住。

像是打地鼠一樣，那些小心思，按下這頭，又會從那一頭再冒出來，眼下有一隻冒出頭，她猶豫著沒按下去，好像就要被他發現了。

但她不知道被他發現後，他會不會像疏遠其他喜歡他的女生一樣，再次和她變成陌生人。

Live House 裡的空氣流速似乎慢了下來。

周安然被他看得心裡發顫，卻也不敢避開他的視線，一避開，似乎就顯得她更加心虛，她強撐著，氣勢不足地小聲反駁：「解釋什麼啊，我們剛才不是在閒聊嗎？」

陳洛白的眉梢輕挑了一下，像是不太相信：「是嗎？」

周安然的心跳在打鼓，撐在座椅上的手心開始冒汗。

門鈴聲突然在這時候響起，像是某種救星。

周安然心裡一鬆，趁機撇開視線，往後看了一眼：「應該是送包裹的人來了，我去拿。」

只是她剛一站起身，手腕就突然被人抓住。

周安然被腕間那股力道帶回位子上。

他還是有分寸的，幾乎沒碰到她，只是隔著秋季的兩層衣服鬆鬆地拉住她。

但還是好燙。

被他握住的手腕在發燙。

臉也開始發燙。

周安然愣愣地看向他，陳洛白也在看她。

女生皮膚白，即便光線這麼暗，她臉一紅也尤其明顯，眼神中卻又藏著一些茫然和慌亂。

他手指動了動，鬆開手：「坐好，我去拿。」

周安然很輕地「哦」了一聲，又低下頭。

那道落在她身上的視線隨著他的腳步聲一同離開。

周安然垂頭，另一隻手的指尖輕輕碰了一下剛才被他握過的地方，像是也被燙到似的，很快縮回來。

心跳怎麼都無法平靜。

不一會兒，陳洛白拎了一個大箱子回來。

周安然看他提得輕輕鬆鬆，就沒起身去幫忙。

他們留下來，本來就是要幫俞冰沁收包裹，等陳洛白將東西放好，去洗手間洗完手回來的時候，周安然就跟他一起離開了 Live House。

回去的路上，周安然怕他會繼續追問她剛才的問題。

但男生一路都沒怎麼開口。

她說不上是失望，卻還是鬆了口氣。

走到一半，吹拂在臉上的冷風突然夾雜了幾滴冰涼的雨絲。

周安然停下腳步。

陳洛白跟著她停下來：「怎麼了？」

周安然伸手接了接：「好像下雨了。」

話音一落，雨勢在轉瞬間變大。

周安然把手收回來，張望了一下，看見前面約四五十公尺的地方有間便利商店，剛想問他要不要去那邊避雨，就看見面前的男生突然開始脫衣服。

他今天晚上又穿了差不多的一身黑。黑色長褲、黑色外套，只是裡面內搭了件白色T恤。

周安然有點茫然地看向他。

下一秒，那件外套就裹著男生的體溫和氣息兜頭罩住了她。

周安然還有些沒反應過來，手腕再次被他拉住。

夜雨中，男生的聲音低低響起，落到她耳邊。

「發什麼呆，還不跑？」

周安然驟然被他牽著往前面跑，她一邊慌忙地按住蓋在她頭上的衣服，一邊忍不住朝他看過去。

少年跑在前面，白色T恤的衣襬被風吹得鼓起。

有那麼一瞬間，周安然感覺自己像是回到了高一報到的那個雨天。

她站在原地看著他跑上樓，白色T恤的衣襬翻飛。

那時他看都沒看她一眼。

但這一次，他牽住了她的手。

可能是心跳太快，也可能是他步伐太大，她跟著跑得有些急，在便利商店門口停下時，周安然的呼吸已經亂得厲害。

陳洛白剛轉過身看她，就聽見她這一陣細喘，順著耳朵一路鑽進心底，輕輕撓了一下似的。

「體力怎麼這麼差？」

是和下午有點像、熟稔又帶著幾分調笑的口吻。

周安然倏然抬起頭去看他。

女生又黑又長的睫毛像小刷子一樣輕顫，蓋在她頭上的外套掉落到她肩膀上，寬寬鬆鬆地從她肩膀一路蓋到大腿上，裹在他外套裡的是她今天穿在身上的毛衣，也是寬鬆的款式，卻掩不住少女胸前的弧度，正隨著她急快的呼吸明顯地一起一伏。

陳洛白撇開視線，立刻轉移話題：「進去吧。」

周安然因為他剛才那句打趣，臉還有些熱，輕輕應了一聲：「好。」

陳洛白往前走了一步，又停下，慢了半拍才發現自己還牽著她的手腕，他重新轉過頭。

女生像是也才剛發現似的，低頭看著被他牽住的手腕，臉明顯地又紅起來。

陳洛白鬆開手：「抱歉。」

「沒事。」周安然小聲回了一句。

兩人齊齊沉默下來。

一秒後，又一齊開口。

「進去——」

「進去——」

又一起停下。

周安然連耳朵都開始發燙：「你先說吧。」

「雨太大了。」陳洛白低聲問她，「進去吃點東西，等雨小一點再走？」

周安然點頭，目光盯著他手臂上的水珠，聲音很輕：「先買條毛巾吧。」

陳洛白這次是真的沒聽清楚：「嗯？妳說什麼？」

周安然又抬起頭，看見他頭髮也溼了，碎髮搭在額前：「我說先買條毛巾，你的手臂和頭髮都溼了。」

陳洛白看了她兩秒，勾唇笑起來：「好。」

這家便利商店不小，臨著落地窗設了一條長桌。

陳洛白拿了一瓶可樂和一瓶熱牛奶放到桌上，周安然一手抱著他的外套，將另一隻手拿著的一小碗關東煮放上去，在他旁邊坐下。

見他已經把手上的水珠擦乾了，黑色的毛巾隨意地搭在脖子上，黑髮稍稍有些亂，卻絲毫不損樣貌的帥氣，周安然把外套遞還給他：「先把衣服穿上吧，別感冒了。」

陳洛白伸手接過來。

剛要穿上，就聞到一陣清淡的香味，分不清是她頭髮上的洗髮精香味，還是她身上的味道，他動作頓了一下，隔了一秒，才快速把衣服穿好。

陳洛白在位子上坐下，將吸管插進熱牛奶後遞給她。

周安然接過來，喝了口牛奶，看見他把可樂移到自己面前，依舊習慣用單手打開拉環，指尖發力的瞬間，手背經絡微微凸起。

想到這隻手剛才就拉著她的手腕，她耳朵尖又冒起了一點熱意。

陳洛白卻在這時突然偏過頭。

周安然的目光被他抓到。

男生的眉梢很輕地挑了一下：「看什麼？」

周安然連忙搖頭否認：「沒什麼。」

便利商店只有他們兩個客人。

室外大雨滂沱，不見行人蹤影，店員安心地用手機看起了影片，臺詞聲傳過來，像是某部律政劇。

不知是心虛想轉移話題，還是他今晚的某些行為，給了她一點以前沒有的勇氣，周安然聽著耳邊的臺詞，主動問了他一個一直想問的問題：「你學法律是想當律師嗎？」

陳洛白：「有可能，還沒完全想好。」

周安然一愣，脫口道：「你居然也會不確定嗎？」

說完她才察覺到，這句話好像會隱隱暴露出一點她的小心思，但已經來不及收回了。

周安然以為他會像在 Live House 一樣順著這句話追問她，或者像今天下午和傍晚在門口那樣調侃她。但男生只是抓著可樂罐仰頭喝一口，然後很認真地回答了她的問題，「我媽他們總說我國現行法律還存在許多不足，我希望將來不管做什麼，都能為完善這些不足盡一份力。」

周安然想起高一在籃球場上看他和十班打的那場籃球賽，那時的她覺得場上的少年像是在發光。

但好像也不及此刻的他耀眼。

雨幕模糊了城市，窗外的霓虹燈變成閃爍的光點。

她和喜歡的男生困在便利商店裡，聽他說著閃閃發光的夢想。

陳洛白說完又垂眸看向她。

女生很乖地趴在手臂上，也看著他，和他目光對上，也沒像之前那樣躲閃地避開。

「是不是挺理想主義的？我之前和祝燃說的時候，他笑了好久。」

周安然急忙否認：「怎麼會？」

便利商店裡安靜了一秒，只剩手機裡的臺詞聲。

陳洛白靜靜地看著她，沒立刻接話。

周安然覺得只說這三個字好像顯得乾巴巴的，沒什麼說服力，她抿了抿唇，又小聲補充：「如果你這都算是理想主義，那我要跟你說，我讀生物科學是想做科學家，豈不是自不量力了？我媽一開始其實是不同意的，她覺得女孩子最好選經管之類的科系，將來也好去考個公務人員或做點其他穩定的工作，還是我爸說反正他們將來不用我養老，就隨我自己的心意挑就好了。」

說完周安然又有些忐忑，除了幾個好姐妹之外，她還從來沒和別人說過這些話。

他會不會真的覺得她自不量力，而且話還很多。

男生的聲音低低落在她耳邊，說的卻是她完全沒想到的話。

「不會。」他靜靜地垂眸看著她，「我相信妳能做到。」

周安然一愣，有些難以置信，像是心裡有什麼地方被輕輕掐了一下似的：「你相信我？」

「周安然。」陳洛白很輕地叫了她一聲。

周安然眨眨眼。

「妳考上的是最高學府之一，萬中挑一都不足以形容妳的優秀，妳不用妄自菲薄，也不需要給自己太大的壓力——」

周安然愣愣地趴在手臂上。

窗外雨聲震耳，襯得男生聲音格外溫柔。

「我們有幾分熱，就努力發幾分光。」

那晚的雨，下了差不多半個小時才停下。

驟雨過後的風比之前涼上少許，不曉得是因為吃了一碗關東煮和喝了一杯熱牛奶，還是因為他那番話，周安然竟也不覺得冷。

一路步行回學校。

路過操場時，陳洛白偏頭看了一眼，像是突然想起來，於是隨口問她，語氣聽起來有些隨意。

「體適能過得了嗎？」

周安然想起他在便利商店門口的那句打趣，耳朵又悄然生熱。

「當然。」她輕聲回答他，「我體力沒那麼差。」

可能有一點點勉強，但要通過應該還是沒問題的。

「這樣啊——」男生稍稍拉長了尾音。

周安然忍不住偏頭看他。

陳洛白也朝她看過來，語氣仍帶著笑意，又像是帶了點遺憾：「看來也不用我幫忙了。」

周安然：「……？」

她現在後悔還來得及嗎？

等一路被他送到宿舍樓下，她也不敢真的後悔。

一到宿舍樓下，落到他身上的目光就多了起來。

周安然有些捨不得，卻還是不想給他造成什麼困擾，她抬手指著宿舍大門：「那我先進去啦。」

「周安然。」陳洛白又叫了她一聲。

周安然眨眨眼。

陳洛白單手插在口袋裡，依稀聞到還存留在他外套衣領上的香味，他盯著她看了兩秒：「明晚有空嗎？祝燃想請妳吃頓飯。」

周安然輕輕「啊」了一聲，有點茫然地看著他：「祝燃怎麼會想請我吃飯？」

陳洛白仍看著她。

又過了幾秒，周安然才聽見他開口。

「高一下學期的那場球賽，嚴星茜不小心說溜嘴，說當初是妳幫我們——」陳洛白頓了頓。

周安然的心跳瞬間漏了好大一拍。

這還是他第一次在她面前提起高中的事。

或者說，提起當初那些足以暴露她喜歡他的事。

他明明記得。

他記得，卻還加她的聯絡方式，請她吃飯，牽她的手。

是他沒有猜出來她的心思，還是說——

夜色中，周安然看見他的下顎線像是繃緊了一瞬，聲音才緩緩重新響起。

「其實也是我想請妳。」

陳洛白又短暫地停頓了一下。

「遲了兩年，妳還願意給我這個機會嗎？」

臨近九點半。

宿舍樓下正熱鬧。

但這一刻，來往的人群及周圍的聲音似乎在倏忽間變成虛幻的背景，周安然只看得見面前的男生，也只聽得見自己一聲快過一聲的心跳聲。

這是她高中最遺憾的事。

由於膽怯，她不敢親自站出去幫他。

所以後來也只能眼睜睜地看著他跟嚴星茜道謝。

可此刻，她喜歡了好久的男生站在她面前，低聲問她遲了兩年，還願不願意給她機會補請她。

「美夢成真」好像都不足以形容她此刻的感覺，這是她當初想都不敢想的情景。

周安然的鼻子倏然酸了一下，這次卻不再是因為難過。

她不太想又在他面前失態，勉強忍下來，等下意識在他面前點了點頭後，她才慢半拍地想起她已經答應過柏靈雲的邀約，連忙搖了搖頭。

陳洛白插在口袋裡的指尖蜷了一下，胸口那股提著的氣才剛放下，卻被她弄得重新懸起，又莫名覺得她這個反應有點可愛，不由笑了一下：「所以妳這算是答應，還是不答應？」

周安然有點窘迫，低頭避開他的視線：「我室友的男朋友明晚要請我們宿舍的人去悅庭吃飯。」

「還有這種規矩？」陳洛白頓了一下，「他一個人請妳們宿舍所有人？」

周安然有點沒聽清楚他前一句話，她心裡還有些亂，也沒多想，只是本能地回答他後一個問題：「他宿舍的其他人也會一起去。」

陳洛白的目光在她那張又乖又清純的臉上停了一秒：「妳室友她男朋友宿舍的人？」

「是啊。」周安然點頭，又忍不住抬頭看他。

男生還保持著剛才單手插在口袋的姿勢，仍像剛才那樣看著她。

她心頭微微一顫：「怎麼了？」

「沒什麼。」陳洛白低聲問她，「那改成下週六可以嗎？祝燃明天有事。」

周安然揪了揪包包，很輕地朝他點了一下頭。

周安然回到宿舍時，三個室友都還沒有回來。

下週就要期中考，謝靜誼開完會也去泡圖書館了。

周安然在自己的位子上坐下，想趁機再複習一下，卻始終無法進入狀態，調整片刻，再次失敗後，她索性放棄，設了明早四點半的鬧鐘，打算用早起來補上這段時間。

漱洗完，早早躺上床後，周安然聽見手機響了一下。

她解鎖螢幕，看見嚴星茜在群裡標註她。

嚴星茜：『複習不進去……』

嚴星茜：『然然，我明天去妳學校找妳一起複習吧？@周安然。』

嚴星茜學校這學期的期中考和他們在同一週，盛曉雯則晚一週，和他們不同步。

周安然：『好啊。』

周安然：『不過我明晚可能不能陪妳吃晚餐。』

嚴星茜：『為什麼不能陪我？』

嚴星茜：『難不成妳明晚有約會？』

張舒嫻：『什麼！』

張舒嫻：『然然明天有約會？』

盛曉雯：『有進展了？』

周安然：『……』

周安然：『我室友她男朋友明晚請我們寢室的人吃晚餐。』

盛曉雯：『散了吧。』

張舒嫻：『我繼續看書了。』

周安然：「……」

嚴星茜：『那算了。』

嚴星茜：『有人請客肯定不會一下就吃完，妳明天起碼有兩三個小時不能陪我。』

嚴星茜：『那我下週考完過去找妳玩吧。』

嚴星茜：『下週六沒人請妳吃飯了吧？』

周安然指尖頓了一下。

周安然：『也有。』

周安然：『不過下週六我應該可以帶妳一起去？』

嚴星茜：『什麼叫「應該可以帶我一起去」？』

嚴星茜：『下週又是誰要請妳吃飯？』

周安然摸了摸莫名發燙的耳朵尖。

她和柏靈雲的男朋友完全不熟，就不好多提要求，但下週六的話，多帶個人，還是他認識的人，應該可以吧？

周安然的指尖在螢幕上停頓許久，才打下心底那個名字：『陳洛白。』

周安然指尖動了動，又補了個名字：『還有祝燃。』
嚴星茜：『！』
嚴星茜：『@張舒嫻@盛曉雯。』
嚴星茜：『妳們快回來！』
嚴星茜：『陳洛白請妳，妳帶我做什麼？』
嚴星茜：『我看起來像是這麼沒眼力見兒，會想去當電燈炮的人嗎？』
周安然：「……」
就知道會是這個反應。
周安然：『別瞎說。』
周安然：『祝燃也會來啊。』
張舒嫻：『！』
張舒嫻：『所以我們陳大校草為什麼又請妳？』
周安然：「……？」
她們是看不見「祝燃」這兩個字嗎？
周安然：『他說是因為高一那場球賽我幫他的那件事，所以補請我。』
嚴星茜：『！』
張舒嫻：『所以他那天確實聽到茜茜那句話了。』
張舒嫻：『他聽到了，記到現在，還打算補請妳？』

張舒嫻：『這還是那個向來會跟女生保持距離的陳大校草嗎？』
嚴星茜：『就是說啊！』
嚴星茜：『當初他可只想用一袋零食打發我。』
盛曉雯：『然然，我現在覺得妳可以多想一下了。』
周安然抿了抿唇。
真要完全不多想，肯定不可能。
就像高二那年，他突然主動跟她搭話，請她喝可樂，她也不是完全沒有多想過。
但是，從窺見一絲希望，到突然墜入絕望的那種感覺，她實在不想再嘗試一次了。
所以她也不敢放縱自己亂想。
手機又震了震，周安然重新將思緒拉回。
嚴星茜：『我突然想起我下週有點事情。』
嚴星茜：『我就不過去啦，以後再約。』
嚴星茜：『希望祝燃下週也突然去不成。』
周安然忍不住翹了翹唇角。
隔天下午六點，周安然跟謝靜誼、于欣月一起出發去位於校外的悅庭。
柏靈雲已經提前和謝學長去了餐廳。
她們三個連妝都沒化，一來今天本就是過去當陪襯，順便吃頓飯，二來實在是沒什麼空，從圖書館出來只回宿舍放了點東西，就直接出發。

到達柏靈雲他們訂好的包廂後，周安然發現裡面除了柏靈雲之外，一共有六個男生。

但柏靈雲當時說，謝學長也是住在四人的寢室。

大概是知道她們會不解，柏靈雲藉著幫她們倒飲料的機會，小聲跟她們解釋：「另外兩個是住在謝子晗隔壁的，知道他今天要請客，就跟著他們寢室那三個人一起過來了，也沒提前說，我們也不好趕人。」

「沒關係。」謝靜誼一臉無所謂，「反正都不熟，來三個或來五個也沒什麼差別。」

柏靈雲還是有些不好意思：「我怕會影響妳們吃飯的心情。」

「沒事啦。」周安然拉了拉她的手，「妳別被影響心情才對。」

謝子晗也是學生會的，是個很健談的男生，包廂裡的節奏都是他在帶動，基本上沒冷場過。

周安然不太擅長應對這種人多又不熟的場合，插不進話，也沒什麼興趣插話，等菜一上齊，就和于欣月一樣埋頭吃飯。

直到飯吃到一半，她突然聽見有人叫她。

「周學妹怎麼一直都不說話？」

周安然抬起頭，看見對面有個男生正在看著她。

剛才謝子晗介紹過，就是他們隔壁寢室那兩個人之一，好像叫鞏永亮。

柏靈雲幫她接話：「然然吃飯的時候都不怎麼說話，平時跟我們吃飯也這樣。」

「但是吃飯前，我好像也沒怎麼見周學妹說話。」鞏永亮的目光一直放在周安然身上，「學妹的性格這麼內向，比較容易吃虧吧？我比妳早入學一年，也是學生會的，要不我們交換個聯絡方式？以後也能照應一下。」

周安然捏著筷子的手緊了緊。

她也不是第一次被要聯絡方式，但之前幾乎都是私下找她要的，她大多也都是直接拒絕，但被當著這麼多的人面要聯絡方式，還是頭一次。

她倒也不是太怕得罪人，有時候加了不該加的人，比一開始就直接拒絕還要麻煩，但她不太確定鞏永亮和謝子晗的關係如何，會不會因此影響到柏靈雲。

猶豫間，周安然突然聽見自己的手機鈴聲響起。

她最近把鈴聲換成俞冰沁上次唱過的那首〈You Give Love A Bad Name〉。

像是找到救星似的，周安然連忙把手機從包包裡拿出來：「抱歉，我先接個電話。」

說完她就拿著電話匆匆走出包廂，也沒來得及看電話是誰打來的。

不過是誰打的也不重要，多半只是詐騙電話，她就是想找個理由出來緩一下，思考能用什麼藉口拒絕。

開門的時候，她不知怎麼的，莫名想到了陳洛白。

如果是他的話，應該很會處理這種情況吧。

上次在KTV，那位學姐當眾跟他要聯絡方式時，他就給了對方一個很漂亮的臺階。

出了包廂，周安然聽見鈴聲還在響，猜想多半不是詐騙電話，就低頭先看一眼。

下一秒，她腳步驀地停住。

螢幕上顯示的來電人名字只有三個大寫字母——

ＣＬＢ。

他怎麼會打電話給她？

他的手機號碼還是他跟她要聯絡方式時存的，他那天沒加通訊軟體的好友，直接跟她要手機號碼，她大腦那時幾乎是空白的，他問什麼，她答什麼。

把電話號碼報給他後，他回撥了一通，語氣聽起來散漫又隨意，說「妳也存一下我的電話號碼吧，有事方便聯絡」。

周安然存他電話號碼的時候，一開始直接寫著他的名字。

但又覺得存他的名字太招搖了，畢竟這個人剛入學沒多久，校草的名頭就穩穩落到了他頭上。

最後就換成了他名字的首個字母。

交換電話號碼後，這還是他頭一次打電話給她。

明明私下已經相處過好幾次，但接到他的電話時，她還是莫名地緊張起來，又怕他等不及掛斷，她稍稍深呼吸後，直接在包廂門口接起。

「喂。」

男生的聲音貼在她耳邊響起，還是那副懶洋洋的語氣：『在哪間包廂？』

周安然正順著走廊往前走去，聞言愣了一下，有些不明白：「什麼？」

『不是在悅庭吃飯嗎？』他的語氣聽起來仍像漫不經心，『我和室友在附近，不小心多買了一杯奶茶，想送過去給妳。』

周安然感覺自己聽懂了，又像是沒聽懂，或者說她聽懂了，又怕自己會錯意：「你要送奶茶給我？」

陳洛白「嗯」了一聲：『懶得提前回學校了，丟了又浪費，哪間包廂？』

包廂在二樓。

周安然一路走到走廊盡頭，靠窗停下，總覺得好像有哪裡不太對。

懶得提前回學校？

那打電話問她包廂號碼，再送過來給她，不是相對更麻煩？

而且照他的說法來看，他室友和他一起，一杯奶茶而已，他懶得提，他室友難道也懶得提？

周安然的心臟怦怦亂跳著。

她是不是，真的可以多想一下？

那她是不是，還可以小小地試探他一下？

周安然抿了抿唇，小聲問他：「你能幫我一個忙嗎？」

『怎麼了？』他聲音突然低下來，『是碰到什麼麻煩了嗎？』

「不是，就是……你平時都怎麼拒絕──」周安然說到一半又停下來，她從來沒做過這種事，突然不知該怎麼措辭。

陳洛白的聲音突然在她耳邊響起：『有人跟妳告白？』

周安然知道他向來聰明得要命，但沒想到他一下就猜到個大概，有些猝不及防，下意識否認：

「不是──」

否認完，她又懊惱地咬了咬唇，隨後在心裡認命般地嘆口氣。

算了。

還沒試探他，她就先怕他誤會。

雖然他們現在根本什麼關係都沒有。

她根本就做不來這種事情。

周安然索性乖乖跟他和盤托出，試探不成，她也是真的想找他幫忙，畢竟他確實挺會處理這種事情。

「我室友她男朋友的同班同學，當著大家的面跟我要聯絡方式，我不太好拒絕……」

『這有什麼不好拒絕的，妳就說——』

陳洛白頓了頓。

周安然覺得心跳也跟著漏了一拍。

「說什麼啊？」

男生的聲音貼在她耳邊，很近地響起：『妳就跟他說，有人不准妳加異性的聯絡方式。』

周安然：「……？」

五瓶汽水　和你的一字一句

周安然一回到包廂，剛在自己的位子上坐下，謝靜誼就靠了過來。
她指了指她座位前的小碗：「剛上了一道排骨，幫妳夾了幾塊。」
周安然：「謝謝。」
謝靜誼又湊近了一些，低聲跟她說：「靈雲叫我跟妳說，要是聳永亮再問妳的話，妳想拒絕就直接拒絕，不用多想。」
周安然稍稍鬆了口氣，也小聲回她：「好。」
包廂裡的話題早已換了一輪，周安然夾了塊排骨慢慢啃，在心裡期盼那位聳學長最好不要再問第二遍。
她還是不太喜歡做這種當面拒絕別人的事。
但她的心聲明顯沒被聽見。
一塊排骨剛吃完，聳永亮的聲音再次響起。
「周學妹。」
周安然抬起頭。
聳永亮拿著手機晃了晃：「加一下聯絡方式？」

周安然：「……」

她在心裡嘆了口氣。

「抱歉。」周安然停頓一下，雖然某人的建議好像不是那麼可靠，但她還是決定相信他一次，「有人不准我加異性的聯絡方式。」

鞏永亮的臉色突然變得有些難看，但轉瞬又恢復了平靜。

周安然也不知道是不是她看錯了。

她的長相是很乖巧的類型。

包廂裡也沒人懷疑她說謊，起碼幾個不熟的男生像是都沒懷疑。

包廂裡安靜了一瞬，然後謝子晗先笑起來：「原來學妹已經有男朋友了啊。」

周安然：「……」

……果然很不可靠。

她連忙搖頭，臉有點熱：「不是。」

謝子晗旁邊的男生是他們寢室的人，跟他關係不錯，此刻也跟著笑：「那就是跟老謝和柏學妹之前一樣，還在曖昧階段，是吧？周學妹要是有男朋友的話，怎麼可能一點風聲都沒有。」

周安然：「……也不是。」

謝子晗點點頭：「我們也別打趣周學妹了，她的臉都快紅透了，不是就不是吧，吃飯吃飯。」

周安然：「……」

這明顯就是不相信她的話。

連翬永亮都笑著接了一句：「看來下次還是得趁早啊。」

周安然：「……」

算了，反正她都否認了。

周安然低下頭，又夾了塊排骨慢慢吃掉。

包廂門突然在這時被敲響。

謝子晗愣了一下：「是服務生嗎，我們的菜不是都上齊了嗎？」他說著，轉過頭朝門外道：「請進。」

周安然想起剛才那通電話，連忙把筷子放下，又扯了張紙巾迅速擦了擦嘴。

下一秒，門就從外面被推開。

高大的男生站在門口，他今天又穿了一身黑，黑色帽T配同色長褲，臉上沒什麼表情，看起來冷淡又英俊。

她們幾個女生的位子正對著門口。

謝靜誼和柏靈雲都認得他，就連于欣月也從謝靜誼那裡看過不少他的照片，見他出現在包廂門口，三人都有些愣住。

幾個男生背對著門口，見狀也齊齊轉過身。

這麼多目光落在身上，門口那人也不見絲毫不自在，他甚至都沒看其他人，手一鬆，大步走到周安然面前，把手上的奶茶放到她桌上，另一隻手像是隨意，又像是做習慣了似的，直接搭在周安然座位的靠背上。

語氣也熟稔。

「熱的，可能有點燙。」

周安然看到他送奶茶過來，也有一點茫然，點了點頭，也不知道該跟他說什麼，乾巴巴地道了聲謝：「謝謝。」

陳洛白的手還搭在她的座位上：「什麼時候回學校？」

周安然看了桌上起碼還剩一半的菜一眼：「可能還要一陣子。」

「這樣啊。」陳洛白很淺地勾了一下唇，鬆開手，「那我就不等妳了。」

周安然：「……？」

包廂門重新關上，所有人短暫地陷入了沉默。

謝子晗最先反應過來。

「這位就是法學院那位大名鼎鼎的校草吧？」他頓了頓，又看向周安然，「周學妹，他就是『有人不准妳加異性聯絡方式』的那個『有人』？」

周安然：「……」

越來越亂了。

「有人」不是他，不過確實是他虛構的。

她連忙搖了搖頭：「不是，他是我高中同學。」

謝子晗一臉打趣地看著她，也不知道有沒有相信。

倒是坐在鞏永亮旁邊的男生，似乎是叫伏曉烽，此刻突然冷笑了一聲：「什麼校草啊，我看長得挺普通的啊。」

謝靜誼剛剛忍著沒找周安然八卦，聞言終於忍不住了：「陳洛白這還叫長得普通？」

伏曉烽：「是很普通啊，也不知道在囂張什麼。」

鞏永亮笑著接了一句：「人家今年可是縣市的理科榜首，囂張也正常。」

「這裡是A大，理科榜首遍地走。」伏曉烽又冷笑了一聲。

謝靜誼差點想翻白眼，正想嗆回去，就聽到一道輕輕柔柔的聲音突然響起。

「也沒有遍地走。」周安然把剛拿起的筷子又重新放下，「全國一共也才幾個行政區，就算按照這個標準來看，一年也才二十個理科榜首，他今年不用靠加分，就比我們那裡的第二名高了十幾分，反正我是望塵莫及的。」

周安然緩緩抬起頭：「伏學長這麼說，不知道你是哪個縣市的理科榜首？升學考考了幾分？」

聚餐結束後，謝靜誼以想買文具為由，拉著幾個女生走向回學校相反的路，和那群男生拉開距離後，她就開始狂笑：「哈哈哈，伏曉烽剛才那個表情，我真的可以笑一輩子。」

「是滿好笑的。」柏靈雲也沒跟男朋友一起走，而是跟她們一路，「不過然然，妳怎麼能確定他不是去年哪個縣市的榜首呢？妳去年關注過全國的情況嗎？」

周安然正喝著某人送過來的奶茶，清甜的味道溢滿口腔。

挺巧的。

他買多的這杯居然是少糖。

要是全糖的話，她又捨不得丟，肯定還是會硬著頭皮喝下去。

「沒關注，只是覺得如果他也是某個縣市的榜首，他應該會說『這裡是A大，理科榜首遍地走，我去年也是』的這種話。」

「哈哈哈哈哈。」謝靜誼還在笑，「確實，他都敢說陳洛白長得普通了，這自信也不是一般人能有的，我都想繼續嗆他，沒想到然然先開口了。」

周安然現在平復下來，又有點不太好意思，她看向柏靈雲：「我剛才沒有忍住……不會影響到妳和謝學長吧。」

「當然不會，謝子晗和他不熟，就算和他熟，要是他因為這種事情跟我生氣，那這男朋友不要也罷。」柏靈雲頓了頓，也笑，「而且能看到然然妳嗆人，就算謝子晗生氣也值得了。」

周安然：「……」

她其實也沒想到自己會忍不住開口。

只是……有點聽不得別人用這種貶損的語氣說他。

謝靜誼湊過來，用手肘撞撞她手臂：「我忍了一整晚了啊，之前當著那群男生不好問妳，妳要不要老實交代一下，那個不讓妳加異性聯絡方式的『有人』到底是誰？妳和陳洛白現在又是什麼情況？該不會真的就是他吧？」

周安然：「……」

早知道就不用他教的這個藉口了。

「不是他，沒有那個人，我剛才亂說的。他就是我高中同學啊，和妳們說過的。」

謝靜誼瞥了她手上的東西一眼，半是八卦，半是不信：「特意送奶茶給妳的高中同學？」

周安然的耳朵微微發燙，好在頭髮散下來，天又黑，應該不會被發現：「他跟朋友剛好在附近，多買了一杯，說丟了浪費，就順便送過來了。」

「就算丟了浪費，為什麼不送別人，偏偏送給妳？」柏靈雲明顯不相信。

周安然沉默了一下。

她也不知道為什麼。

她也很想知道為什麼啊。

「可能是──」她頓了頓，「因為他在A大就我一個高中女同學吧。」

「這倒也是。」謝靜誼又覺得合理，「我和中文系那個女生高中的時候也完全不熟，進大學頭幾天，跟妳們也還不熟，一看見她就覺得特別親切，立刻混熟了。」

「確實。」柏靈雲也認同，「前兩天有個不太熟的高中同學，說這個週末要跟另一個同學來北城，所以想來我們學校逛逛，問我要不要一起吃頓飯，我還挺高興的，高中天天待在同一間教室不覺得有什麼，畢業後，還滿想念之前的同學的。」

連于欣月都接了句話：「他鄉遇故知，人生四大喜事之一啊，我跟然然不也是大學才熟悉的嗎。」

周安然慢吞吞地喝了口奶茶。

是這樣嗎？

他現在對她好，就是因為她是他在A大唯一的高中女同學嗎？

臨近期中考，周安然跟幾個室友早早去了自習室，她們四人坐了一張六人大桌。

周安然坐在旁邊的位子，攤開書後，她餘光瞥見有人在對面的空位坐下，像是個男生，她也沒在意。

還是謝靜誼推了推她：「妳同學。」

周安然抬起頭，看見賀明宇就坐在對面。

和她視線對上後，賀明宇笑了一下，怕打擾別人，低聲說了句：「這麼巧。」

周安然也笑笑的，輕著聲：「好巧啊。」

賀明宇向來話不多，打完招呼就開始認真自習。

周安然也不是話多的人，一天下來，兩人也沒說上幾句話。

直到臨近晚上九點，賀明宇說有幾個問題想問她。

周安然點頭應下。

怕打擾其他人，周安然跟他去了外面的走廊，解答完他問的幾個問題，她正打算回去自習，卻突然被賀明宇叫住。

「周安然。」

周安然眨眨眼：「還有其他的問題要問嗎？」

「沒有。」賀明宇抓緊手上的筆，「妳明天中午有空嗎，請妳吃個飯。」

周安然：「……？」

怎麼大家都突然要請她吃飯？

「明天滿堂，中午可能抽不出時間。」周安然疑惑地問他，「你怎麼突然要請我吃飯？」

賀明宇指指手上的書：「從高中到現在，問了妳這麼多題目，覺得該請妳吃頓飯。」

周安然心下莫名鬆了口氣。

原來是因為這件事。

「沒事的，幫你解答的同時我自己也在學習，不用請我吃飯。」

「但之後可能還要麻煩妳，英文題目還好，還能找別人問，你們那堂專業課程，我暫時還找不到其他人，要是不讓我請妳，我都不好意思再請教妳了。」賀明宇抿了抿唇，「請妳吃學餐吧，也不貴，不耽誤妳太多時間，就當老同學聚一下聊聊天，我們進大學這麼久，好像都沒怎麼聊過。」

他這樣說，周安然不好再拒絕。

「好，不過我明天確實沒空。」

「週二中午可以嗎？」賀明宇問她。

周安然點點頭：「好。」

回到自習室後，周安然跟幾個室友一起待到閉館才走。第二天滿堂，回宿舍後，她們也沒再多做其他事情。

漱洗完，周安然爬上床，隨手把一回來就丟在一邊的手機解鎖後，突然發現裡面多了一則訊息。

二十分鐘前收到的。

C：『妳今天和賀明宇一起去圖書館了？』

周安然心裡重重一跳。

不知怎麼，莫名有點心虛的感覺。

明明她和他現在什麼關係也沒有。

他可能就是隨口一問，並不會真的在乎她是不是和別的男生一起去了圖書館。

但她還是心虛。

喜歡一個人，大概就是這樣吧。

即便不知道他的心思，還是不願意讓他有一絲一毫誤會你的可能性。

周安然迅速傳了一則訊息解釋：『沒有啊，只是碰巧遇上。』

指尖在螢幕上停了停，她又多傳了一則：『你怎麼知道啊？』

他都主動送奶茶給她了。

她多問一句，也不算打擾吧？

兩秒後，手機響了一下。

C：『元松看見了。』

元松？

周安然想了想。

好像是他的室友，那個叫她「陳洛白的女同學」的男生。

周安然盯著螢幕，又不知道該回他什麼了。

她有時候也挺討厭自己很無趣，總是想不出有意思又不失分寸的話題。

但他難得又找了她一次。

就這樣結束掉話題，她又捨不得。

猶豫間，手機又震了一下。

C：『妳明天會去圖書館嗎？』

周安然的心跳又漏一拍。

為什麼突然問她這個問題？

周安然：『明天滿堂，應該不去。』

周安然抿抿唇，忍不住多問了一句：『怎麼啦？』

陳洛白卻沒回答她的問題，反而又拋了個問題過來。

C：『那後天呢？』

周安然：『後天早上應該會去。』

周安然感覺自己的心臟，像是被他手中無形的長線高高釣起。

她不禁又問了一遍：『有什麼事嗎？』

C：『沒事。』

心臟重重墜下。

周安然垂下眼睛，輕輕吐了口氣。

手機卻在這時又響了一聲。

C：『也跟妳偶遇一下。』

星期二。

柏靈雲和謝靜誼都選擇留在宿舍自習，省下去圖書館的路程，可以多睡十分鐘。

周安然跟于欣月七點五十五分到達圖書館時，陳洛白早已經站在門外。

男生今天穿了一件黑白棒球外套，眉眼垂著，一副沒什麼精神的模樣，可能是沒睡好，渾身都散發著「心情不好，別招惹我」的氣場。

周安然剛才朝這邊走過來的時候，就看見不少女生在偷偷看他，但不知是不是感覺到這股生人勿近的氣場，沒有一個敢過去搭訕或者要聯絡方式。

她慢吞吞地走到他面前，停下來。

陳洛白看到她走近，把要打不打的一個哈欠憋回去，聲音很低：「來了。」

周安然抬頭看他，近看才發現他的眼神像是溫和了一些，但面上的倦意越發明顯：「昨晚沒睡好嗎？」

「有點。」陳洛白說。

那你今天還來圖書館？

真的就是為了跟我偶遇一下嗎？

這兩個問題在周安然心裡滾了幾圈，也沒敢問出口。

週日晚上，隔著手機跟他傳訊息，她尚且不敢問他是不是在跟她開玩笑。

現在面對面，她就更不敢問了。

周安然低下頭，乾巴巴地說道：「吃早餐了嗎？」

「吃了。」女生今天綁了個丸子頭，陳洛白一垂眸，就看見一截雪白的頸脖，「妳呢？」

「也吃了。」

「……」

八點整，圖書館開館。

因為多了個人，周安然這次坐的還是六人大桌。

她坐在中間，于欣月坐她左邊，陳洛白在她右邊坐下。

剛一落坐，周安然就看見賀明宇抱著幾本書，走到了她對面的空位子。

週日晚上那股莫名其妙的心虛感又冒了上來。

賀明宇的目光在她身上落了一秒，又移到陳洛白那邊，剛開館，大家都還在走動，他就沒有壓低聲音：「這麼巧？你們兩個今天也碰上了？」

周安然：「……」

周安然不知道該怎麼接話。

那道熟悉的聲音在耳邊響起，懶洋洋的，又帶著笑：「是啊，正巧和她碰上了。」

周安然：「……」

哪有。

賀明宇垂下目光，把書放好，也沒再說話。

周安然低頭把書打開，卻又沒辦法立刻集中精神，思緒和書上的字都像是在發飄。

眼前突然有一本筆記本被一隻修長的大手推過來，空白紙上有著一行遒勁又熟悉的字跡。

也是在那封情書後，她再沒見過的那道筆跡。

上面只有很簡短的一句話。

『妳還約了他？』

周安然因為想到那封「情書」的一點傷感，瞬間被這句話打散了。

什麼叫「妳還約了他」？

他國文成績這麼好，又這麼會跟女生保持距離，為什麼用了「還」字之後，還用了「約」字，不知道會讓人誤會嗎？

周安然不知道是不是她多想，但確實能感覺到他最近和她的相處方式中，夾雜著一點若有若無的曖昧，而且還有越來越明顯的跡象。

因為不確定，因為時刻要猜測他的心思，其實很折磨。但被他單獨請吃飯、被他送回宿舍，以及被他約來圖書館，都是她以前不敢期盼，甚至從沒見過別的女生在他這裡有過的待遇。

折磨中又滿含甜蜜，所以她不敢點破半分。

怕一戳破，眼前的七彩泡沫就會消失無蹤。

周安然抿了抿唇，不敢提「約」字，在下面一行回他：『沒有，只是碰巧。』

寫完，她低頭仔細看一眼，她的字小小一行，就在他字跡下面。

周安然有點慶幸小時候有練過字，雖然算不上多好看，但勉強還過得去。

她把本子推回去。

陳洛白看了她秀氣漂亮的字一眼，目光轉而落向她白皙的側臉，最後在對面的賀明宇身上極短地落了一秒。

他低下頭。

幾秒後，周安然看見他的回覆，還是很簡短的一行——

『妳和他倒是有緣。』

周安然：「……？」

她還有些發愣，本子又被他拿回去。

這次是右手伸過來的，腕骨上那顆棕色小痣在她眼前一晃而過。

周安然忍不住悄悄看他。

男生的碎髮搭在額前，下顎線還是無可挑剔得好看，但是側著臉也看不出什麼表情。

他微低著頭，修長的手指握著筆，筆尖在剛才那行字上劃了兩行，隱約又在最後兩個字上多劃了幾行。

再推過來時，上面多了句話。

『我睡一下，八點半叫我。』

周安然的目光在被他完全劃掉、已經幾乎快看不見的「妳和他倒是有緣」那句話上停了片刻，心跳好像又變得不平穩。

她沉默了一下，又偷偷看了他幾眼。

還是滿臉的倦意。

周安然低頭回他：『你要不要回宿舍睡？』

他這次回了四個字：『趕我回去？』

周安然捏著筆，再次感覺他今天的用詞有些曖昧。

什麼叫「趕」他回去啊，她哪有資格趕他。

『沒有，就是宿舍睡起來比較舒服，趴著睡不難受嗎？』

『不回，難得偶遇一次，八點半叫我？』

陳洛白這次把本子推過來後，視線也一起落到她臉上。

周安然有點後悔今天綁了丸子頭，因為她感覺自己耳朵又有點發燙，她盯著那句「難得偶遇一次」幾秒，碎髮從耳邊掉下來，低下頭寫了一個字。

『好。』

筆記本推回去後，周安然看見他唇角像是隱約勾了一下，隨後把本子闔上，手臂落上去，臉趴在手臂上，最後只露出一個黑色的後腦杓在外面。

他在高中時也這樣睡，總喜歡把臉全埋在手臂裡。

她偷偷看過好多次。

但這一次，他把叫醒他的權利給了她。

周圍都是人，周安然也不敢看他超過兩秒以上，她收回目光，低頭把調成靜音的手機換成震動模式，設了個八點半的鬧鐘。

隨手鎖起螢幕，剛要收進去，她又重新解鎖，想了想，最後點進了一個外送ＡＰＰ。

周安然勉強靜下心看了半小時的書。

八點半，鬧鐘剛一震，她就立刻按下了。

周安然轉過頭，伸出手想推他，指尖快碰到他手臂時，又縮回來。

猶豫幾秒，她把手上的筆蓋上筆帽，又慢吞吞地伸過去，快碰到他時，又停下來。

蓋上筆帽，好像還是有點硬。

拿這支筆去戳他，應該不太舒服吧。

周安然咬咬唇，最後還是把筆放下，伸手去推了推他。

男生的手臂是和自己完全不一樣的觸感，隔著兩層布料，都能感覺到隱於其中的力量感。

周安然輕著動作推了他一下。

沒反應。

又推了一下。

還是沒反應，她加了點力度。

依舊沒反應。

想到他今天一副很疲倦的模樣，周安然開始猶豫到底要不要叫醒他，但又怕耽誤他讀書，最後還是狠心地加了點力道。

這次終於有了反應。

男生微抬起頭，漆黑的雙眼睜開，眉眼間全是被吵醒後的不耐煩，甚至夾雜了幾分明顯的戾氣。

看起來有點凶。

周安然急忙把手縮回去。

難怪高中時大家都不敢吵他睡覺。

陳洛白抬手揉了一下眼尾，像是看清了她的模樣，男生眉眼間那點戾氣立刻消散，像是在一瞬間乖了下來。

周安然感覺用「乖」這個詞來形容他有點奇怪，但一時又想不出更適合的。

剛剛那一瞬間，就像是具有攻擊力的猛獸，一下變成溫馴家貓的那種感覺。

「八點半了？」他聲音壓得很低。

周安然點點頭。

陳洛白其實剛睡著沒多久。

他昨晚趕一個作業趕到快三點，不然也不會選在這時候補眠，但不知是她坐得近，還是本子被她碰了一下，就沾到了她身上的香味，一直在鼻間若有若無地縈繞。

他大概只睡了不到十分鐘，但再睡下去的話，一個上午就過去了。

陳洛白站起身，聲音依舊輕：「我去洗個臉。」

旁邊的女生很乖地點了點頭。

等他洗完臉回來，剛一坐下，就看見她慢吞吞地推了包紙巾過來，指甲修剪得乾淨整齊，手指細白纖長。

陳洛白抽了張紙巾擦乾淨臉，見她又推了她自己的本子過來。

上面還是那道秀氣漂亮的字跡。

『我買了咖啡，你要不要喝？』

陳洛白覺得他可能是還沒完全睡醒，因為他突然有點想聽她親口用那副溫軟中又帶著幾分細微顆粒感的嗓音和他說這句話。

可能是見他沒反應，女生遲疑地轉過頭來看他，眼神乾淨，還是那副清純得要命，讓人一看就想欺負的乖巧模樣。

她有點疑惑地眨了一下眼睛。

陳洛白的喉結滾了一下。

他睡前不知道把筆丟到哪裡了，也懶得再找，伸手抽走她手上那支筆，低頭在她本子上回了一個字。

『要。』

周安然看了看推回到她面前的本子，又看了看拿在他手裡的那支筆。

他好像沒有要還給她的意思。

周安然有點想跟他要，但又怕打擾別人，遲疑幾秒，乾脆從包包裡拿了備用的筆出來。

『那你等等。』

周安然下樓接了四杯咖啡上來，先拿了一杯放在于欣月面前，又拿了一杯放到賀明宇面前，之後在自己位子上坐下，先在本子上寫了句話：『剛剛你在睡覺，不知道你喜歡喝什麼口味，這兩杯你挑一杯吧。』

然後把本子和兩杯咖啡推過去給他。

陳洛白抬眸看了賀明宇手邊的那杯咖啡一眼，目光緩緩收回來。

兩秒後，周安然看著面前的本子上新加了一行字。

『他也有？』

心虛感又鑽出來。

但大家都坐同桌，只買給他一個人又不太好。

而且只買給他一個人的話，就太明顯了。

周安然低頭回他：『我室友也有啊，大家都是同學。』

陳洛白盯著她這行字，睇了下眼，在本子上反問：『都是同學？』

周安然：「……」

不是同學的話是什麼？

她也想這樣反問回去，但又不敢。

他室友在他面前稱她是他的女同學的時候，也沒見他反駁啊。

周安然低著頭，在他這行字下面回了一個「嗯」字。

筆尖頓了頓，她又開始遲疑。

只乾巴巴回他一個「嗯」字，把他和別人一起分類到同學身分上，她好像又有些不情願。

在接受了他的一些特殊待遇後，她好像變得有點貪心了。

不想只當他的普通同學。

周安然的筆尖落上去，想劃掉，最後又停住。

可是劃掉也很明顯。

她還是不敢在他面前暴露出心思。

周安然猶豫半天，內心反覆橫跳，最後只是在「嗯」字後面，多加了嚴星茜她們平時愛傳的一個顏文字上去。

本子被一隻小手推回來。

陳洛白看她寫了半天，還以為是多長的一句話。

低頭看見上面只有一個簡單的「嗯」字，他隨手轉了一下剛才從她那裡搶來的那支筆，氣笑了一聲。

陳洛白的目光又在旁邊那個小小的顏文字上落了一秒，唇角很淺地勾了一下。

周安然等了片刻，沒等到回覆，不由又悄悄抬起頭去看他。

正好看到男生把她的筆記本闔上，壓在他的筆記本下面，隨即翻開他帶來的那本《法理學》，一邊單手轉著她的筆，一邊低頭認真複習了起來。

側臉還是帥氣無比。

但是……

她的本子呢？不還給她了嗎？

周安然不太想在書上亂寫亂畫，只好靠過去一點，小聲跟他說：「本子。」

「什麼？」陳洛白這才慢悠悠地看她一眼。

周安然不敢打擾別人，只好再靠近他一些，抬手指指他桌面，聲音還是壓得很低：「我的本子，我只帶了這一本而已。」

她聲音又輕又軟，就在他耳邊響起，陳洛白感覺耳朵像是癢了一下：「是嗎？」

周安然重重點頭。

陳洛白垂眸看著她，沒說話。

一秒後。

周安然看見他把他自己的本子抽出來，隨手丟到她面前。

「……？」

「用這個。」

他們幾人上午第二節都有課，臨近上課前，一起收拾東西離開圖書館。

走出大門後，賀明宇回過頭，看見身後的女生不知有意還是無意，並排跟在陳洛白旁邊。

他腳步一頓：「周安然。」

周安然也停下來：「怎麼了？」

賀明宇抱著幾本書看著她：「中午學生餐廳見。」

周安然：「……」

她差點忘了這件事。

感覺旁邊有道目光落過來，周安然在心裡鑽來鑽去了一上午的那點心虛感，瞬間攀至頂峰。

她頂著那道視線，硬著頭皮點點頭。

陳洛白的聲音隨即在她耳邊響起，語氣很淡：「你們中午約好一起吃飯？」

賀明宇看向他：「她幫了我一點忙，請她吃飯。」

「只是講解了幾個題目。」周安然小聲補充，「算不上幫忙的。」

陳洛白的目光從旁邊低垂著腦袋的女生轉向賀明宇，勾唇笑了一下：「不介意多個人吧？正好我中午一個人吃飯，既然她說算不上幫忙，那你也不用請客了，我請你們兩個吧，正好開學以來，我們三個好像還沒單獨聚過。」

賀明宇的視線不避不讓：「她說算不上幫忙，不用我請，那你突然請客又是什麼原因？」

「大家都是同學，請客還需要什麼原因嗎？」陳洛白頓了頓，目光又落回到旁邊的女生身上，看見她白皙的耳垂染上了一點薄紅，「妳說是嗎？周安然。」

周安然：「……？」

不知是不是錯覺，她感覺他剛才好像把「大家都是同學」這句話念得有些重。

他是不想讓她跟賀明宇單獨吃飯，所以拿她的話來堵她嗎？

周安然不知道自己是不是又在自作多情，也不敢接他的話。

但不管是不是，她都挺想和他一起吃飯的。

但是這樣就不好再讓賀明宇請客了，她其實也覺得賀明宇沒必要請她。

周安然想了想，抬起頭：「不然我請你們兩個？」

賀明宇握在書本上的手指緊了緊。

「說好由我請客的。」他頓了一下，又看向陳洛白，「你要是願意，就一起來吧。」

陳洛白眉梢輕輕一揚：「好啊，謝了。」

賀明宇：「……」

站在一旁的于欣月這時抬手看了看手錶：「然然，妳聊完了嗎？我們得去教室了。」

周安然：「快了，妳等我一下。」

她說完，轉頭看向旁邊的高大男生，目光從他那張帥氣招人的臉緩緩往下，落到那雙修長好看的手上。

他手上還拿著她的筆和本子。

「你——」周安然說了一個字，又停下來。

陳洛白好整以暇地望著她，漆黑的眸中帶著笑，像是在明知故問：「我什麼？」

周安然：「……」

賀明宇和于欣月都還在，她當著他們兩個人的面，又不好意思問他為什麼要把她的東西扣下。好在今天跟她一起過來的是于欣月，要是柏靈雲或謝靜誼的話，大概又會被打趣了。

算了。

他不說，她也裝傻好了。

反正她今天拿過來的本子是新的，上面並沒有筆記。

反正……她也不太想把他的本子還給他。

周安然撇開視線：「沒什麼，我先走了。」

女生說完，拉著朋友迅速離開。

賀明宇撇了陳洛白手上的東西一眼，眼睫垂下：「我的教室在那邊，先走了。」

陳洛白一手抱著書，另一手拿著剛響了幾聲的手機，頭也沒抬，隨口「嗯」了聲：「中午見。」

賀明宇：「……」

陳洛白在圖書館門口站了片刻。

元松從裡面跑出來。

「你居然真的等我了。」元松說著，偏頭打量了他一眼，「你昨晚不是熬到三點嗎？今天又這麼早起，怎麼看起來精神還不錯？」

陳洛白把手機收回口袋，抬腳往前走：「喝了杯咖啡。」

「難怪。」元松跟著他往教室走，目光不經意一瞥，臉上的表情突然變得有點一言難盡，「陳洛白，沒想到你的審美這麼獨特。」

陳洛白偏頭：「什麼審美？」

元松指指他抱在手上的筆和本子：「這種可愛的東西，我以為只有女孩子才喜歡。」

陳洛白順著他手指的方向，垂眸看了手上的東西一眼，那股若有若無的清香似乎還在。

他唇角彎了一下：「有沒有一種可能，這就是女孩子的東西？」

元松：「……？」

元松愣了一下，隔了幾秒，才反應過來：「你那位女同學的啊？你們兩個現在是什麼情況？」

陳洛白不置可否，隨口換了個話題：「今天中午不和你們一起吃飯了。」

「不是說好這個小組作業做完後，你要請我們吃飯嗎？」元松顧不上八卦了。

陳洛白：「下次再請。」

「不行。」元松不答應，「我盼這頓飯盼了好久了，今天早餐都沒吃兩口，就等著中午這頓飯，你要不給我個合理解釋，我就去找你那位女同學聊個天，就說有人某天——」

「想吃什麼。」陳洛白打斷他，「我幫你們叫外送。」

元松摸摸下巴：「我想想啊，沒有什麼龍蝦帝王蟹之類的，今天大概是堵不住我的嘴的。」

陳洛白笑了聲：「球鞋都沒能堵住你的嘴。」

元松假裝沒聽到這句話：「就龍蝦吧，吃到了，我保證這學期內什麼不該說的都不說。」

「滾吧。」陳洛白笑著罵了聲。

周安然和于欣月到教室時，柏靈雲和謝靜誼早就到了，兩人幫她們占好了位子。是臨著走道的兩個座位。

周安然先進去，剛一落坐，坐她旁邊的謝靜誼就湊過來，低聲問：「聽說陳洛白今天和妳一起去圖書館了，他去圖書館做什麼？」

「去圖書館還能做什麼？不就是讀書嗎。」周安然說這句話的時候，底氣有些不足。

不過除了一開始他跟她傳了一會兒「紙條」之外，扣下她的本子和筆後，他就一直都在認真複習《法理學》了。

說他是去讀書，也的確是事實。

「他不是都不去圖書館讀書的嗎？」謝靜誼愣了一下，「我還以為他找妳有什麼事呢。」

周安然也愣住了：「他不去圖書館讀書的嗎？」

謝靜誼：「妳不知道啊？」

周安然搖搖頭。

不過她確實從沒在圖書館碰過他。

「我也是這兩天才聽說的，好像是剛開學那幾天，他去過一次吧。」謝靜誼說，「聽說他在那裡待了不到半小時，就被四個女生要了聯絡方式，後來他就再也沒去過了，都在宿舍複習。」

周安然：「他沒和我說過。」

好像除了她那天主動問他學法學的原因之外，他好像都沒怎麼和她說過自己的事情。

周安然心裡那點不確定，突然放大了一些。

「算了，不說這個。」謝靜誼看問不出什麼，又換了話題，「我們中午去哪間學生餐廳吃飯啊？」

于欣月默默插了句話：「她中午不和我們一起吃，陳洛白和她物理學院的那位同學要請她吃飯。」

謝靜誼和柏靈雲都轉頭看過來。

周安然默默點了一下頭。

不知怎麼又坐到她前排的聶子蓁，這時突然轉過頭：「周安然，妳不是說妳和陳洛白還有物理學院的那個帥哥只是普通同學嗎？怎麼又是和他們一起去圖書館，又是跟他們一起吃飯的啊？如果妳跟他們真的只是普通同學，是不是要保持一點距離？不然其他女生也不好下手啊。」

周安然愣了一下。

上課鈴突然在這時響起。

聶子蓁又轉回去。

謝靜誼稍稍靠過來，壓低聲音說：「妳別理她，妳跟同學吃飯關她什麼事。」

周安然搖搖頭：「沒事。」

其實撇開語氣不太好、有點誇大事實之外，聶子蓁說得也沒錯。

不過她和賀明宇也沒走得多近，他們平時連訊息都沒傳過幾則，圖書館碰上也都是偶然。

至於陳洛白——

如果他確實只當她是普通同學的話，那也是該和他保持點距離。

可是……

普通同學會介意她是不是幫別的男生多帶了一杯咖啡，會無緣無故扣下她的本子和筆嗎？

周安然的目光緩緩落向他的本子。

純黑色的封面，很簡約的一本筆記本。

她不想把這個本子還給他，是因為她喜歡他。

周安然輕輕戳了戳他的筆記本封面。

他呢？

他到底是怎麼想的啊。

兩堂課上完，周安然去到學生餐廳門口時，陳洛白和賀明宇都已經在外面等著了。

兩人都在玩手機，看起來並沒有交流。

周安然走近後，賀明宇將手機收回口袋，問她：「想在哪裡吃，一樓還是二樓？」

這間學生餐廳的二樓價格會比一樓貴上不少。

周安然不太想讓他破費：「一樓好嗎？」

賀明宇又轉向陳洛白：「你呢？」

男生正用兩隻手轉著手機玩，聞言朝周安然揚了揚下巴：「聽她的。」

周安然：「……」

等到一樓打好菜，坐下開始吃飯後，周安然又有點後悔。

因為有人大大方方地占了她旁邊的位子，她低頭吃飯，餘光也能看見他幾乎沒動剛打好的菜，像是隨便吃了幾口飯。

是不喜歡吃嗎？

那次俞學姐好像有說過，他挑食挑得厲害。

周安然吃飯的速度有點慢。

賀明宇把飯菜全吃完，筷子放下時，她餐盤裡的飯菜還剩一半，旁邊那位感覺就沒什麼興趣吃，露出隨時都能放下筷子的模樣。

周安然不太喜歡讓別人等，下意識加快了咀嚼的速度。

陳洛白那道無比熟悉的聲音突然在她耳邊響起：「不急，慢慢吃。」

「是不急。」賀明宇也跟著說了一句，「妳吃慢一點。」

周安然重新放慢速度。然後聽見賀明宇問她：「妳吃完後要回宿舍還是繼續去圖書館？」

周安然抬起頭：「回宿舍，怎麼了？」

「還有兩題英文題目想問妳。」賀明宇說。

周安然點點頭，剛想說等一下吃完飯再看看，就聽見旁邊那道乾淨的嗓音再次響起。

「問我吧。」

周安然：「……？」

陳洛白把筷子一放：「我英文只比她差一點，她會的我應該也會，正好她飯還沒吃完，我幫你看看？」

賀明宇：「……」

周安然：「？」

他的英文什麼時候比她差一點了。

高一除了偷聽見他連她名字都記不住的那次之外，她後來也只考贏過他一次，大部分的時候都是他成績高過她。

陳洛白抬眸看向對面的男生：「還是說，你不想要我幫忙？」

賀明宇聽出他後半句話的意思：「沒有，那就麻煩你了。」

陳洛白起身坐去對面。

周安然吃完剩下的飯菜，他們剛好講解完題目。

「吃完了？」賀明宇問她，「妳要回宿舍嗎？」

周安然點頭，順口問他們：「你們要繼續回圖書館嗎？」

「我也回宿舍。」賀明宇頓了頓，看向陳洛白，「你呢？」

陳洛白的坐姿散漫，聞言朝周安然抬了抬下巴，語氣懶洋洋的：「我送她回去。」

六瓶汽水　妳永遠勝過別人

周安然一愣，抬頭看向他。

「看我做什麼？」陳洛白隨手轉著手機，漆黑的眼含笑，「我姐不是說了，要我安全地把妳送回去嗎？」

周安然：「……？」

俞學姐什麼時候說過，讓他送她回去了？

該不會是指上週六的那次吧？

但俞學姐上週六指的，應該只是要他那天晚上安全地把她送回去吧？

周安然不知道他是什麼意思，但出於想被他送回去的私心，她也沒拆穿他。

賀明宇垂下眼睫，手機卻在這時一連響了好幾聲。

賀明宇把手機拿出來看了一眼，只覺得運氣不站在他這邊，他在心裡嘆了口氣，站起身：「不好意思，我室友找我有點急事，我得先走了。」

周安然點點頭：「那你快去吧。」

等到賀明宇的身影匆匆消失在學生餐廳外，周安然才聽見斜對面的男生緩聲開口：「走嗎？」

周安然下意識想點頭，目光不經意瞥見他還放在她手邊的餐盤。

「那個——」她頓了頓，抬手指了指他的餐盤，「你好像沒吃幾口。」

陳洛白順著她細白的手往餐盤上看了一眼，隨口「嗯」了一聲：「沒什麼胃口。」

怎麼會沒胃口？

周安然短暫打量他一眼，發現看不出什麼。

她有點擔心，還是忍不住多問了一句：「是不舒服，還是覺得不好吃？」

陳洛白轉手機的動作一停，眉梢像是很輕地揚了一下，打趣的口吻：「好奇我的口味啊？」

周安然：「……」

這個人怎麼老是不按牌理出牌？

她有點想低頭撇開視線，但這樣又會顯得心虛，只好勉強鎮定下來，隨口拿俞冰沁的話當藉口：「俞學姐前段時間說你吃東西挺挑的，我就順便問問。」

男生的聲音像是仍帶著笑：「她還跟妳說我什麼壞話了？」

周安然：「這算壞話嗎？」

陳洛白繼續用手轉著手機玩，好整以暇地看她：「不算壞話，那算什麼？」

這要怎麼回答？

周安然抿了抿唇。

他聽起來像是介意被說挑食，要說不算壞話的話，他會不會不高興？但要是說算壞話，好像又有點對不起俞學姐。

陳洛白看她秀氣好看的雙眉皺起來，露出一副很糾結的模樣，就好像他問了她一個世紀難題似的，忍不住笑了一下：「逗妳的。」

周安然：「……」

變穩重什麼的，都只是錯覺吧？

這個人還是和高中一樣，有點愛捉弄人。

只是以前都是遠遠地、偷偷地看他捉弄祝燃或班上其他男生，現在對象換成了她。

但不用回答剛才那個問題，她還是在心裡鬆了口氣，卻聽見他又緩聲道：「她沒說錯，我是挺挑的，所以——」

周安然見他停下來：「所以什麼？」

「不急著回宿舍的話，」陳洛白看著她，「再陪我上去吃點東西？」

周安然對上他目光，心尖顫了一下，然後很輕地朝他點了點頭。

陳洛白其實沒什麼想吃的東西，到了二樓也只是隨便點了碗餛飩，隨後又問裡面的服務生：「有常溫的可樂嗎？」

周安然低著頭，在心裡悄悄記下他吃蔥不吃香菜，卻突然看見一瓶可樂遞到自己面前。抓著可樂罐的那隻手骨節修長，腕骨上方還有一顆熟悉的棕色小痣。

在頭頂響起的聲音也熟悉：「喝這個可以嗎？」

有一瞬間，周安然感覺眼前的畫面，像是和兩年前在二中福利社的那一幕重疊了一下。

她抬起頭，面前的男生卻沒穿制服，個子比之前高一些，正垂眸看著她。

「給我的？」她小聲問。

陳洛白「嗯」了一聲：「就當是——」

男生頓了頓，卻沒像那天一樣把可樂塞到她手裡，而是將易開罐放到櫃檯上，四指握著罐身，食指勾住拉環。

拉環被拉開的一瞬，有細小氣泡炸開的聲音傳過來。

他伸手拿了根吸管插進可樂，隨後才遞到她面前，緩緩接上前一句話：「妳陪我吃飯的謝禮。」

周安然感覺心裡好像也有小氣泡在翻滾著，她接過來：「謝謝。」

等到餛飩做好、找到位子坐下時，周安然才發現他其實連蔥也不吃，飄在上面的蔥花全被他撥開了。

他吃飯的時候不太愛說話。

周安然抱著可樂，坐在他對面慢吞吞地喝著，也沒打擾他。

高二的時候，他給她的那罐可樂，她一直捨不得喝，到現在都還放在她臥室的櫃子裡，早已過了保存期限。

說起來，這算是她第一次喝他請的可樂。

周安然莫名有點捨不得一下喝完。

於是等陳洛白吃完餛飩，一路把她送到宿舍樓下時，她手上的可樂還剩下一半。

陳洛白照舊在門口的大樹邊停下腳步。

周安然也跟著他停下，聽見他很低地叫了她的名字。

「周安然。」

周安然抬起頭。

男生單手插在口袋裡，垂眸看著她：「考試加油。」

周安然手裡的可樂已經沒什麼氣泡了，她抿了抿唇，嘴裡全是甜味：「你也是。」

兵荒馬亂的幾天考試結束後，週六中午，周安然被幾個室友約出去吃了頓「慶生」火鍋。

「慶祝從大學第一個考試週順利生存下來」的慶生。

吃完飯，連平日紮根在圖書館的于欣月都沒急著回去，幾人在大賣場逛了幾圈，直到下午四點才一起回到宿舍。

周安然一路聞著自己一身的火鍋味，回宿舍的第一件事就是洗澡。

吹完頭髮，見離跟他約好的時間還差二十分鐘，周安然又坐在桌前，仔細拿髮帶綁了個低丸子頭。

綁好後，周安然聽見去陽臺收東西的謝靜誼，突然叫了她一聲。

「然然。」

周安然照照鏡子，回她：「怎麼啦？」

謝靜誼往樓下看了一眼，推測要是她用和剛才一樣大的聲音把下面那句話說完，可能會引來眾人圍觀，她把東西收好，走回屋裡才低聲接著說下一句話，「陳洛白在我們樓下，是來等妳的吧。」

周安然愣了一下。

沒聽見手機響啊。

她把手機拿起來，解鎖螢幕確認了一下。

確實沒收到他的訊息。

但就他那張臉，應該全校都不至於有人認錯吧，每天鑽研八卦的謝靜誼更不可能。

「我去看看。」

周安然拿著手機走去陽臺，剛探頭往樓下一看，站在樹邊的男生剛好在這時候抬頭朝她這邊望過來。

傍晚六點，天色已經暗下來。

少年的身形高大頎長，輪廓被夜色模糊了少許，但隔空和他對上視線的一秒，周安然的心跳還是漏了一拍。

她下意識往回退了一步。

手機在這時響了一聲。

C：『躲什麼？』

周安然：「……」

她也不知道自己剛才為什麼要躲，只是心跳莫名快得慌。

周安然不知道該怎麼解釋，也沒承認：『沒躲呀。』

C：『沒躲就下來？』

周安然：『要下去了，你等我一下。』

周安然從陽臺回到寢室裡拿包包。

「要走啦？」謝靜誼順口問她，「不是說今天還有另一個男同學跟你們一起吃飯嗎，怎麼沒看見他？」

周安然也不知道，他剛才也沒提到祝燃：「可能遇到塞車吧。」

「我也想看看帥哥的朋友是不是也是帥哥。」謝靜誼一臉失望，「你們另一個同學長得帥嗎？」

周安然回想了一下。

祝燃的五官是挺端正的，個子也高，只比陳洛白矮了兩三公分而已。

「還可以。」

謝靜誼更失望了：「可惜。」

「妳又不去追。」柏靈雲插話，「光是看著有什麼意思？」

謝靜誼：「單身才可以肆無忌憚地看帥哥啊。」

周安然莞爾：「他是陳洛白最好的朋友，應該會常來，以後還有機會的，我走了啊。」

她也有點好奇祝燃怎麼沒來，出了門，她就邊走邊低頭在通訊軟體裡問他：『祝燃沒跟你一起嗎？』

C：『問他做什麼？』

周安然：「……」

要一起吃飯，她問一聲不是很正常嗎？

他最近說話真的很容易讓人多想。

周安然：『他不是要和我們一起吃飯嗎？』

C：『路上塞車，我讓他直接去餐廳了。』

C：『還沒下來？』

周安然：『到二樓啦。』

C：『下樓的時候別玩手機。』

周安然的嘴角很輕地翹了一下。

跟著他一路到了餐廳後，周安然就看見祝燃已經在包廂等待。

他說今天這頓飯是為了補請她，周安然其實有點擔心他們會提起當初那場籃球賽。

她還拿不准他的心思，所以不敢太暴露自己的心意。

好在他和祝燃都沒有提起當初那場球賽。

祝燃先是隨口抱怨了幾句作業和期中考，又抬頭問陳洛白：「你們校內的籃球賽是不是要開打了，你會上場嗎？」

陳洛白隨口「嗯」了一聲。

周安然的宿舍裡有兩個學生會的，她知道校內籃球賽確實快開賽了，但不知道他打算參賽。

「你能打比賽了嗎？」周安然忍不住問了他一句。

祝燃笑著插話：「是啊，你腿傷之後都沒怎麼打過吧，行不行啊？」

周安然偏著頭，看見旁邊的男生沒什麼表情地看向祝燃，語氣倒是又帶出幾分高中時常有的狂放：「我不行，誰行？」

「你就囂張吧。」祝燃說，「別說我沒提醒你，現在這間包廂裡可不止有我和你兩個人，到時候要是你輸球了，丟臉可不止丟到我面前。」

周安然：「……？」

是在說她？

她還來不及收回視線，陳洛白就突然轉過頭來。

視線猝不及防和他的目光對上，周安然的心跳還是很沒出息地快了一拍。

「如果我輸了，妳會覺得我很丟臉嗎？」他低聲問她。

周安然心跳快著，搖搖頭：「不會啊，盡力就好。」

陳洛白轉回去，嘴角微翹，衝祝燃抬了抬下巴。

祝燃看不得他這副得意的模樣，側了側頭：「周安然，妳知道他的腿為什麼會受傷嗎？」

周安然其實一直想問，卻又猶豫著一直沒問，見祝燃主動提起，剛想順著問一句為什麼，下一秒，就聽見祝燃哀號一聲，驀地從座位上跳起來，椅子猛然向後劃拉，發出了刺耳的聲音。

周安然把到嘴邊的「為什麼」咽回去，脫口問：「你怎麼了？」

「他吃飽後就喜歡站起來亂叫。」先回答她的卻是陳洛白。

祝燃齜牙咧嘴地看著他：「陳洛白，你——」

陳洛白卻在這時轉向她：「妳俞學姐——」

周安然不由又看向他這邊。

陳洛白說完這四個字卻停下來。

祝燃不知怎麼也停了下來，重新坐回位子上，一臉忍氣吞聲的表情：「是的，我吃飽了就喜歡站起來亂叫。」

周安然抿抿唇，目光從祝燃那邊移回到他臉上：「俞學姐怎麼了？」

「她今晚還會去排練，吃完一起去看看？」男生神情淺淡，好像完全沒把剛才的小插曲當一回事。

周安然沉默了一下，點點頭，然後她將視線轉回去，夾了一塊排骨慢吞吞地咬著，卻沒吃出什麼味道。

她又不傻。

剛才祝燃想和她說他受傷的原因，應該就是被他暗中警告和阻止了。

他受傷的原因是什麼？難道是不能讓她知道的事情嗎？

還是說……這段時間確實是她在自作多情？

周安然拿著筷子的指尖緊了緊。

男生那道熟悉的聲音再次從旁邊響起。

「就是開學前不久，打球的時候拐到了。」

周安然一愣，再次轉頭看他。

陳洛白也正看向她這邊，神色比剛才認真不少：「不讓他跟妳說，是因為一分的事情，他能誇張成十分。」

祝燃一臉不滿地插話：「陳洛白，你又當著周安然的面汙蔑我，我什麼時候能把一分的事情誇大成十分——」

陳洛白淡淡地瞥他一眼。

祝燃頓了一下：「我最多也只誇大個六七分吧。」

陳洛白的目光重新落回到旁邊女生的臉上：「要是妳不相信的話，我拿診斷證明和檢查結果給妳看？」

周安然拿著筷子的手指又緩緩鬆下來。

他這是在跟她解釋嗎？

都說要拿檢查結果了，應該是沒騙她吧。

他要是記得高中的事情，應該能猜出她當時有多喜歡他，也沒什麼騙她的必要吧。

而且他是個從來都不會踐踏別人心意的人，不然她也不可能從高中就一直喜歡他到現在。

周安然搖搖頭：「沒有不相信。」

「沒有不相信的話——」陳洛白放輕聲音，「就好好吃飯？」

周安然：「……」

她就是剛才吃排骨吃得有點慢，這樣都被他發現了嗎？

周安然的唇角很淺地彎了一下，又壓下去，小聲回他：「我有好好吃飯啊。」

祝燃把筷子一放：「……吃不下了。」

周安然抬起頭，看見桌上的菜還剩下一半，愣了一下：「你吃不下了嗎？」

「塞飽了。」祝燃面無表情。

陳洛白隨手一指門口：「吃飽的話就滾吧，別打擾我們吃飯。」

祝燃往椅背上一靠，雙手抱在胸前：「憑什麼是我滾？說不定周安然更願意跟我一起吃飯呢。」

周安然聽著他們鬥嘴，不禁莞爾，感覺有點熟悉，又有點不真實。

熟悉是因為以前經常不經意或偷偷聽到他們這樣鬥嘴，不真實是因為這次她好像成了他們鬥嘴的中心人物。

祝燃說著，突然轉向她：「對吧？周安然。要不然讓他滾，我跟妳單獨敘敘舊？跟妳說一說某人的糗事大全？」

周安然：「……？」

陳洛白側頭，看見女生唇角翹起一個弧度，頰邊的小梨渦也露出來，又甜又乖。

還挺開心的模樣。

「想跟他敘舊？」低沉乾淨的聲音突然近在耳邊響起，周安然心裡一跳。

她半轉過頭，看見陳洛白正似笑非笑地看著她，「要不……我真的出去，騰個地方給你們聊天？」

周安然：「……」

她什麼都沒說啊。

祝燃順手把旁邊的檸檬水端起來喝了一口，他拖長音調，「嘖」了一聲：「這水怎麼這麼酸啊。」

陳洛白：「……」

祝燃的手機在這時響了一聲。

他拿起來看了一眼，急忙把杯子放下：「你姐說她出發了，我真的不吃了啊，先過去了。」

說著，他就拿起手機快步出了包廂。

周安然還有些沒反應過來，回過頭時，包廂門已經被他迅速帶上。

她正要轉回來，包廂門又打開，祝燃的腦袋從外面鑽進來：「周安然，我是不是還沒加妳的聯絡方式啊？我等一下直接從群組裡面加妳。」

周安然點點頭。

祝燃迅速把腦袋縮回去，像是不想再給其他人留下說話的機會，門再次重重關上。

他一走，包廂就突然安靜下來。

周安然轉過身，把手機拿過來解鎖時，感覺旁邊有一道視線一直落在她身上，前些天的那股心虛感莫名又冒出來。

祝燃的好友申請在這時從手機裡跳出來。

她看了一眼後，又迅速關掉螢幕

男生的聲音淡淡地從旁邊響起：「真的加了？」

周安然心裡又跳了一下，偏頭看他：「不能加嗎？」

「可以啊。」陳洛白勾了一下唇角，「但他要是跟妳亂說些什麼，妳別相信就是了。」

周安然：「……？」

祝燃能跟她亂說什麼？

他的糗事大全嗎？

陳洛白朝面前的飯桌抬抬下巴：「先繼續吃飯吧，不然菜要冷掉了。」

周安然也不敢問他，乖乖地「哦」了聲，拿起筷子，目光瞥見桌上的菜還剩了大半，祝燃碗裡的飯也只吃了一半，她不由有些疑惑：「祝燃剛才說的是俞學姐？他也要去看俞學姐排練？」

陳洛白「嗯」了聲。

周安然更疑惑了：「他怎麼不等我們一起去？連飯都沒吃完，就匆匆忙忙走了。」

「他等不及。」陳洛白說。

周安然愣了一下，有點不明白，不由轉頭朝他看過去：「等不及？」

陳洛白早就把筷子放下了，此刻懶散地倚在椅背上看著她，語氣淺淡：「他喜歡我姐。」

周安然差點沒拿穩筷子。

祝燃喜歡俞學姐？

她下意識覺得有些不可思議，俞學姐比他們大了三屆，就讀的高中也在蕪城，她還以為她和祝燃沒什麼交集。

但想想俞冰沁的模樣，周安然又覺得在意料之中，這麼酷的女生，確實很吸引人。

難怪他剛才一提俞學姐，祝燃就老老實實地改了說法。

不過——

周安然也把筷子放下來：「你把這件事告訴我也沒關係嗎？」

這感覺像是祝燃的私事啊。

「沒關係。」陳洛白說，「這不是什麼祕密。」

周安然眨眨眼，可能是因為她之前從沒想過會扯在一起的人，突然有了這樣的交集，她難得壓不住好奇心，小聲問他：「俞學姐也知道嗎？」

陳洛白：「我姐可能知道，也可能不知道吧，他跟很多人說過，就是不敢親口跟我姐說。」

周安然的眼睛稍稍睜大：「祝燃也會不敢？」

「他為什麼不會？」陳洛白的眉梢很輕地挑了一下。

周安然：「就……感覺印象中的他膽子挺大的。」

高中在班上上課時，祝燃都敢隨意跟老師開玩笑。他要是參加學校的活動，也從沒見他怯場過。

她還以為只有她這種性格內向的膽小鬼，才會偷偷暗戀，像祝燃這種性格，喜歡誰就會大膽地去追。

「再大膽——」陳洛白停頓了一下。

周安然側頭看著他。

男生仍散漫地靠在椅背上望著她，細碎的燈光和她的倒影一起映在他漆黑的眼底，襯得他眼神莫名顯得專注又溫柔，聲音也低。

「面對很喜歡的人，也都會變得小心翼翼。」

從餐廳離開後，周安然都還在想他剛才說的那句話。

餐廳離 Live House 不遠，他們沒有叫車，打算一路步行過去。

周安然低頭跟在他身後，心裡仍在不停揣摩他剛才那句話。

或許是他剛才看她的目光太過專注溫柔，讓她生出一種「他那句話是在說給她聽」的錯覺。

但他高中連她的名字都記不住，大學再遇至今，也只過了一個月。

她就算多想，也只敢猜他是不是也對她有了一點朦朧的好感。

「很喜歡」這種程度，她想都不敢想。

那會不會是，他在跟她說他另有很喜歡的人？

好像也不太可能，依照他的性格來看，要是他真的另有喜歡的女生，不可能和她走得這麼近，他捨不得讓對方誤會傷心。

周安然想得出神，沒注意到前方有一個臺階，她一腳踏空後，才慌亂察覺，重心已經有些穩不住。

下一秒，後腰被一隻溫熱有力的大手摟住。

她驀然撞進男生的懷抱中，屬於他的清爽氣息鋪天蓋地地湧上。

周安然愣愣地抬頭望向他，目光和他帶笑的視線碰上。

「又在想什麼？」陳洛白問她。

懷裡的女生呆愣著，還是那副乖得讓人一看就想欺負的模樣。

陳洛白稍稍低頭，聲音也微微壓低：「跟我走路就這麼無聊，分心到連路都不看了？」

周安然回神，連忙搖搖頭：「沒有。」

女生方才還白皙的小臉，迅速染上一抹薄紅，偏圓的杏眼乾淨又漂亮，裡面有著藏不住的一點慌亂與緊張。

就像那年在學校的福利社，他遞了一瓶可樂給她時的那副模樣。

「周安然。」陳洛白又叫了她一聲，「妳怎麼還跟高中一樣——」

周安然心裡重重一跳。

一樣什麼？一樣還是很喜歡他嗎？

他還是發現了嗎？

陳洛白緩緩接上後一句話：「一逗就害羞？」

周安然鬆了口氣，又沒全鬆。

她能感覺到臉正在發燙，所以不敢否認，但也不敢直接承認，因為「害羞」二字，好像就已經足夠暴露些什麼了。

她模棱兩可地小聲反駁一句：「有嗎？」

又輕又軟的聲音鑽入耳中，女生的睫毛顫得厲害，又長又捲，連同剛才那道嗓音一起，像是兩把小刷子似的，在陳洛白心裡撓了兩下。

反應過來的時候，他空著的那隻手已經抬了起來。

「沒有的話——」陳洛白的喉結滾了滾，手漸漸靠近那張薄紅的小臉，「臉怎麼這麼紅，耳朵也紅？」

周安然說不出話來。

旁邊的街道還算熱鬧，霓虹燈閃爍，時而有行人從旁路過，眼神會在他們身上駐足片刻。

周安然完全沒注意，連呼吸都屏住，只見男生那隻修長好看的手，離她的臉頰越來越近。

心跳從沒這麼快過，又像是快懸到嗓子眼，期待與緊張交織，有某種東西像是滿得要溢出來。

發慌發悶的感覺，像心悸。

然後，那隻手在離她只剩不到幾公分的位置堪堪停下。

周安然幾乎能感覺到他手上的溫度。

陳洛白垂眸，看著她白皙的小臉已經從薄紅轉成緋紅，睫毛顫得比剛才還厲害，眼裡像沁了水色。

他手指動了動，最後轉過來，克制地用手背在她臉上碰了一下。

如他預想中一樣，又軟又燙。

陳洛白的心臟像是也被燙了一下，嗓音低得發啞：「我那天怎麼完全沒看出來。」

一輛紅色的跑車張揚地從旁邊的馬路上疾馳過去，重金屬搖滾樂震天響。

周安然只聽清了他前三個字，她心跳依舊快得發慌，指尖揪了揪外套下襬，臉上還殘留著剛才他手背落上來的觸覺，像是給了她勇氣。

「你那天什麼？」

陳洛白卻將手放下來，很輕地朝她笑了一下：「沒聽到就算了，反正還不是時候。」

周安然：「……？」

什麼叫「還不是時候」？

陳洛白虛摟在她腰上的手也在這時鬆開，聲音很低，聽起來格外溫柔：「走吧。」

周安然不知怎麼，可能是心跳還亂得厲害，也沒再追問，只低頭輕輕「嗯」了一聲。

周安然跟他走進 Live House 的時候，臺上的俞冰沁沒在排練要表演的那兩首歌，正在唱一首她沒聽過的粵語歌，等彩排完和他們一起吃消夜時，她才知道這首歌叫〈無條件〉。

往裡走近，周安然看見祝燃正坐在他們上次坐的、離舞臺最近的那張卡座上。

在周安然的印象中，他話一直都不少，下課時總是一刻不停地在跟人說話，此時卻分外安靜，連手機也沒玩，只專注地看著臺上的人。

是以前從沒見過的模樣。

陳洛白輕著動作拉開他身後那張卡座的椅子，聲音也輕：「我們坐這邊？」

周安然也不想過去打擾祝燃，點點頭：「好。」

周安然坐下時，覺得剛才被他碰過的臉頰還在發燙，她緩下亂了許久的心跳，才終於能靜下心聽歌。

不知過了多久，她聽見旁邊的人突然叫了她一聲。

「周安然。」

周安然側了側頭。

陳洛白看著她：「上次有幾句話忘了和妳說了。」

周安然眨眨眼。

上次？來這間 Live House 的時候嗎？

「什麼話啊？」

他們兩人的位子是並排的，或許是怕打擾到其他人，男生突然靠近少許，清爽的氣息瞬間撲面而來。

周安然的呼吸停了一拍。

「妳很優秀，也不膽小，世界上沒有哪條法律規定所有人的性格都必須外向——」陳洛白定定地望著她，眼眸在黯淡的光線中顯得格外明亮，聲音低沉且堅定，「妳不需要羨慕任何人。」

周安然隨意搭在桌上的指尖倏然收緊。

很難形容這一刻的感覺。

她知道性格外向在很多情況下都更占優勢，很多時候也不喜歡自己這麼內向。如果性格可以輕易變換，那也不必有內外向之分。

她也不是沒掙扎過，試圖改變過，但都需要用情緒作為代價來交換。

但她喜歡了很久的男生跟她說「世界上沒有哪條法律規定所有人的性格都必須外向」，跟她說「妳不需要羨慕任何人」。

這一刻，她好像突然就和自己和解了。

內向就內向吧，她盡力不讓這種性格影響到她想做的事情就好。

陳洛白又開口：「而且——」

他只說了兩個字卻又停下。

周安然平緩了一下呼吸，才很輕地接了一句：「而且什麼？」

陳洛白仍看著她，像是意有所指：「也許有人就喜歡妳這種類型呢。」

俞冰沁後面唱了什麼，周安然一句也沒聽進去。

直到臺上幾人結束排練，Live House 重新安靜下來，她才恍然回過神。

俞冰沁和其他人一起把吉他放到舞臺後方，從臺上走下來後，她先在祝燃旁邊停了停：「怎麼一個人坐在這裡？」

她一下來，祝燃就站了起來。

俞冰沁的個子高，祝燃只比她高了半顆頭的樣子。

周安然難得在他臉上看見了少許緊張，然後就見他伸手一指她旁邊的男生：「陳洛白不准我跟他坐在一起。」

俞冰沁又走到他們卡座前，臉上依舊沒什麼表情，但仔細看，還是能看出一絲很淺的笑：「你怎麼又欺負他？」

陳洛白不緊不慢地瞥了祝燃一眼：「妳哪隻眼睛看到我欺負他了？」

俞冰沁像是也就隨口一說，目光又轉向她這邊。

周安然乖乖地跟她打招呼：「俞學姐。」

俞冰沁「嗯」了一聲，突然伸手捏了捏她的臉頰：「然然，妳的臉怎麼這麼紅，你也欺負她了？」

後一句話明顯是對陳洛白說的。

周安然的心跳又漏了一拍。

有點想轉頭看他，又覺得當著這麼多人的面太明顯。

然後她聽見男生的聲音在旁邊響起，比剛才多了點笑意，意味深長的語氣：「不算是欺負吧。」

周安然：「……？」

他這話裡的曖昧實在過於明顯。

俞冰沁身後幾人齊齊朝她看過來，臉上都帶著點打趣的笑容。

周安然只覺得臉好像又燙了幾分。

上次在KTV最開始叫他「校草」、和他打招呼的那位學姐叫鍾薇，是樂團的鍵盤手。鵝蛋臉，短髮，氣質瀟灑。

此刻鍾薇就靠在俞冰沁的肩膀上，笑著看向陳洛白：「聽沁姐說你這段時間一直在跟她學吉他，已經學會了一首歌，要不要趁今天彈給我們聽一下啊？我還挺想看帥哥彈吉他的。」

樂團幾個男生不幹了：

「我們天天彈吉他，妳看不見啊？」

「鍾薇我跟妳說，妳這算是人身攻擊了啊。」

「就是說啊。」

周安然終於忍不住偏頭去看他一眼。

他什麼時候跟俞學姐悄悄學了吉他啊？

男生斜靠在椅背上，臉上帶著點漫不經心的笑意，語氣也懶洋洋的，像在開玩笑：「不行，帥哥可不會輕易彈吉他給別人看。」

鍾薇也沒生氣，只八卦地瞥了周安然一眼：「我當然知道我沒這個面子，就是不知道周學妹有沒有，看我能不能蹭個機會。」

周安然：「……？」

她目光一下又收回來。

雖然知道鍾薇是因為剛才他那句有些曖昧的話，才這樣打趣她，周安然的心還是稍稍往上提了少許。

安靜一秒。

男生的聲音緩緩響起：「下次吧，還沒學會。」

「唉……看來今天是沒這福氣了。」鍾薇嘆氣。

周安然的一顆心又落回來。

她低著頭，肩膀也有一點垮下來。

鍾學姐剛才是說他已經學會了。

是鍾學姐搞錯了，還是他不想彈給他們聽，所以找了託詞？

周安然抿抿唇。

她好像又開始揪著一兩句話就胡思亂想了。

但是，很喜歡一個人的話，好像就是會忍不住對他說的每一句話，去做閱讀理解。

俞冰沁的聲音響起：「我們去吃消夜，你們幾個去不去？」

「當然去。」祝燃立刻附和。

陳洛白的語氣還是懶懶散散的：「你們先走，我們等一下再去。」

我們？

是說她嗎？

周安然有點疑惑，不由偏頭朝他看了一眼，剛好看見男生也朝她這邊望過來，他下巴朝她這邊輕輕一揚，明明是在回俞冰沁的話，目光卻落在她臉上沒再移開：「有話跟她說，妳鑰匙借我。」

周安然的指尖蜷了蜷。

他還有什麼話要跟她說啊？

「哇——」鍾薇推了推樂團的其他男生，「快走快走，別打擾學弟和學妹。」

俞冰沁很淺地笑了一下，從口袋把鑰匙拿出來，揚手丟給他：「不許欺負人家。」

陳洛白伸手接過：「我盡量。」

周安然：「……？」

俞冰沁一行人出去後，Live House 又重新恢復安靜。

周安然手撐在座椅上，掌心也開始發汗。

「想聽嗎？」男生的聲音很低地響起。

周安然側了側頭，有點不明白：「聽什麼？你要跟我說的話嗎？」

他要跟她說什麼啊？

陳洛白忽地笑了一下，又衝舞臺揚了揚下巴，「我要彈吉他，想聽嗎？」

周安然一愣，眼睛稍稍睜大：「你不是說還沒學會嗎？」

「騙她的。」少年語氣裡隱約又帶出幾分狂放，「我怎麼可能不會。」

周安然的心跳又快了一拍。

「想聽的話，就跟我去臺上？」陳洛白問她。

周安然重重點了一下頭。

上臺後，周安然一路跟他走到舞臺後方。

陳洛白沒動其他人的東西，就只拿了俞冰沁的那把吉他，隨手把繩子掛在肩上，然後又走到臺前，在舞臺邊緣坐下。

周安然其實是有點潔癖的，但此刻莫名地也沒多想，跟在他旁邊，也在舞臺邊坐下，懸空的雙腿不自覺輕晃了一下。

「你學了哪首歌啊？」

陳洛白抬眸，眉梢輕輕揚了一下：「世界名曲。」

世界名曲？

周安然有點想問他是哪首世界名曲，就看見男生修長的手指已經落到吉他弦上，她就沒再開口。

兩三個音符響起後，她不用問，也聽出是哪一首「世界名曲」了。

陳洛白再抬眸看她時，就看見女生唇角彎著，臉頰兩邊的小梨渦都露了出來，她性格內斂，很少像眼前這般，笑得格外甜美動人。

「沒騙妳吧？」

周安然笑著搖搖頭：「沒有。」

雖然是兒歌，也確實是世界名曲沒錯。

陳洛白怕彈錯，重新低下頭。

周安然也垂眸看著他。

男生黑色的碎髮搭在額前，因為神情認真，側臉線條越顯鋒利，好看得不像話。

最後一個音符落下時，周安然還以為他會就此停下，卻又聽他從頭開始彈起，他的聲音也隨著音符一同響起，唱的是英文版的歌詞。

那天祝燃在群組裡說他去ＫＴＶ從不唱歌，她還以為是唱得不好聽。

可此刻響在耳邊的歌聲分明低沉舒緩，稚嫩的兒歌被他唱出了另一種清澈又動聽的感覺。

「Twinkle, twinkle,little star

How I wonder what you are

Up above the world so high

Like a diamond in the sky.」

周安然垂眸看著低頭唱歌的男生，心跳在低緩的歌聲中，又一點點加快。

一首歌唱完，陳洛白才終於停下來。

他抬了抬眼皮，看了她兩秒才開口：「我先把吉他放回後面。」
周安然很輕地點了下頭。
陳洛白起身，把吉他放回去後，又重新走回來坐到她身邊：「本來不止想學這一段的。」
不止想學這一段？還是他其實是想說「不止想學這一首」？
難道是口誤嗎？
周安然好奇：「你還想學什麼？」
男生手撐在她身側，就這麼低眸看著她：「以後再告訴妳。」
周安然：「怎麼又賣關子啊？」
女生的語氣裡難得帶了一點小不滿。
陳洛白感覺那把小刷子像是又在心臟上撓了一下，他撐著舞臺，稍稍朝她靠過去。
距離突然拉近，周安然呼吸微屏。
面前的男生唇角很淺地勾了一下，隱約帶著一股不太明顯的壞笑，像是故意逗她：「留點懸念才能把我的聽眾勾住。」
他的聽眾？
早已歇業的 Live House 空無他人，此刻偌大的空間裡，就只有他們兩個。
他這首歌只唱給了她聽，她是他今晚唯一的聽眾。
這個人跟她說的話，好像曖昧得越來越不加掩飾。
周安然有些招架不住，呼吸澈底屏住，心跳又快得發慌。

他的手機卻突然響了幾聲。

陳洛白低頭去拿手機，距離重新拉開。

周安然小小吐了口氣。

陳洛白隨意看了兩眼，抬頭就看見她這點小動作，不由又笑了聲，也沒再逗她：「祝燃說那邊已經上菜了，要過去跟他們吃點東西嗎？」

周安然感覺今晚再跟他獨處下去，心臟可能會無法負荷：「去吧。」

男生隨口「嗯」了聲，手一撐，直接從舞臺跳了下去，敞開的棒球外套下襬翻飛了一瞬。

落地後，他轉過頭看她：「下來嗎？」

周安然眨眨眼。

她低頭看了地面一眼，好像有點高。

「我也跳下去嗎？」

「嗯。」陳洛白微仰頭看向她，「害怕？」

周安然沒逞強：「有一點。」

「怕什麼。」舞臺下的少年突然勾起唇角，黯淡的光線下，他笑容卻顯得張揚又肆意，像那年在球場上投進後撤步三分時那般耀眼。

他朝她張開雙手：「我接住妳？」

周安然的心跳在今晚加快了好幾次。

她其實還不敢百分之百肯定他的心思。

但這一刻，她突然心生一股衝動，也不想再思考那麼多。

不想未來，不想以後，不去想在他面前把心思都暴露出來，會有什麼後果。

就像擁有趨光本能的飛蛾，無法拒絕耀眼的火光一樣。

她也拒絕不了此刻的陳洛白。

沒人能拒絕此刻的陳洛白。

周安然手在身側一撐，往下一躍，直直跳進了男生的懷裡。

真的接住她的一瞬，陳洛白忽然有些後悔。

因為帶了些衝撞力，女生的上半身幾乎完全貼合在他胸膛上。

陳洛白身體僵了一瞬，摟在她後腰上的手發緊，喉結不自覺上下滾動了好幾下，視線撇開，隔兩秒，又重新落回她臉上。

她雙腳離地被他抱著，那張乖巧漂亮的小臉幾乎近在眼前，是再低一點就能親到她的距離，連唇上的紋路都清晰。

陳洛白保持著這個距離沒動，低著嗓音問她：「周安然，下週來看我打球？」

距離好近，他一開口，周安然就能感覺他吐息間的熱氣，全打在她臉上。

燙得她臉又完全燒起來。

和前幾次他虛扶著她後背不同，此刻她被他懸空抱在懷裡，是比普通的擁抱還要更親密的姿勢。

心臟好像真的要無法負荷，大腦也有停止運轉的趨勢。

周安然的睫毛低低垂下，不敢看他，只小聲說：「你先放我下來。」

陳洛白看她臉紅得像是能滴血，睫毛顫動得比之前任何一次都厲害，語氣也軟得像撒嬌，心底某些被壓著的惡劣因素反而被激發起來，摟在她腰上的手收得更緊，把她往懷裡壓了壓，嗓音仍低：「妳先答應我。」

周安然：「……？」

他怎麼還耍賴？

距離真的好近、好近。

她不抬頭也能感覺他的臉幾乎快貼上她的，視線裡是他高挺的鼻梁和偏薄的唇，心跳快得有些發慌，手指忍不住揪了揪他的外套。

但好像又是開心的。

「我又沒說不去。」

俞冰沁他們在一家燒烤店吃消夜。

周安然跟陳洛白一起過去時，就看見俞冰沁旁邊空了兩個位子，應該是特意留給他們兩個人的。

她走過去，靠著俞冰沁坐下。

俞冰沁拿了幾串烤好的燒烤遞給她。

周安然說了聲謝謝，接過來放到桌前的盤子裡，低頭拿起一根慢吞吞地吃著，也沒再說話。

陳洛白眉梢揚了一下：「我的呢？」

俞冰沁淡淡地瞥他一眼：「你沒長手？」

「沒問妳。」陳洛白說著，側頭看了旁邊的女生一眼，「妳不分兩串給我嗎？」

周安然：「……？」

俞冰沁順著他的目光低頭看了一眼。

女孩的耳朵尖紅得似血，白皙的小臉也緋紅。

「陳洛白。」俞冰沁冷著臉站起來，「你跟我去拿幾瓶飲料。」

陳洛白緩緩收回目光，從椅子上站起來：「好。」

店裡生意好，幾個服務生根本忙不過來。

俞冰沁走到前臺，跟裡面的人說：「再幫我們那桌上一打啤酒。」

服務生：「十六號桌是吧？」

俞冰沁「嗯」了聲，又偏了偏頭：「她喝什麼？」

陳洛白懶懶地倚在臺邊：「幫她拿罐可樂。」

「可樂沒罐裝的了。」服務生問他，「玻璃瓶裝的可以嗎？」

陳洛白點了下頭。

服務生拿了一瓶瓶裝可樂給他，陳洛白自己又伸手幫她拿了根吸管。

往回走的時候，俞冰沁才淡聲說了一句：「不是要你別欺負她嗎？」

陳洛白隨手晃著手裡的吸管，嘴角勾了一下：「沒忍住。」

俞冰沁停下腳步，冷冷瞥他一眼。

「妳倒是護著她。」陳洛白往他們那張桌子望了一眼，「放心，沒有真的欺負她，只是抱了一下。」頓了一秒，又忍不住接了一句，「其他都捨不得做。」

俞冰沁：「抱了一下還叫『沒有真的欺負』？聽你這語氣，只抱了一下你還覺得遺憾，是吧？」

「是有一點。」陳洛白握著玻璃瓶的手指動了一下，幾乎還能回憶起女生腰肢柔軟的觸感，「但現在還沒名沒分，也不適合。」

「知道沒名沒分，你就注意點分寸。」俞冰沁提醒他。

陳洛白又樂了一下：「她才是妳親表妹吧。」

「她要是我表妹，」俞冰沁的唇角很淺地彎了一下，「肯定比你省心。」

十六號桌已經近在眼前，兩人停止交談。

周安然吃完第二串燒烤，聽見旁邊的椅子被拉開，高大的男生在她身側坐下，手上好像多了瓶瓶裝可樂。

她低著頭，餘光瞥見他右手拿著可樂瓶往桌邊隨便一磕，瓶蓋被輕鬆撬開，握著瓶身的手指修長，發力的那瞬間，有微微凸起的青筋在眼前一晃而過。

開蓋的可樂被插上一根吸管後，遞到她面前。

隨之靠近的，還有陳洛白身上的清爽氣息，他聲音壓得很低，語調溫柔，像在哄她：「別生氣了？」

周安然的目光落在他腕骨上方的那顆小痣，聲音也輕輕的：「我沒生氣。」

「沒生氣就理我一下？」陳洛白把可樂往她面前推了推，「妳坐下後一句話都不跟我說，我姐還以為我欺負妳了。」

周安然：「……」

說得好像他沒欺負她似的。

但也是她自願的。

是她主動跳進他懷裡的。

周安然抿了抿唇，從盤子裡分了幾串燒烤出來，放到他盤子裡，耳朵好像又熱了幾分：「沒有不理你啊。」

吃完這頓消夜，周安然回到宿舍時，已經過了十點半。

三個室友，包括出去和謝學長約會的柏靈雲，全都已經回到了宿舍，大概是今天玩累了，幾個人都躺在床上玩手機。

周安然漱洗完也躺上床。

她隨手打開社群軟體，看見一個新頭貼出現時，還稍稍愣了一下，隨後才想起是今晚新加入的祝燃。

當時她被某人一直盯著，也忘了幫他改名。

周安然也沒著急幫他改名，先看了他發的文一眼。

祝燃：『今晚長見識了，姓陳的原來是檸檬精轉世。』

配圖是一張檸檬照片。

周安然往下滑了滑，看見留言區有個熟悉的頭貼出現。

祝燃回覆：『提醒你一下，我今晚剛加了她聯絡方式，你威脅我她也看得到。』

C：『刪了。』

今晚剛加？是在說她嗎？

周安然退出社群軟體，重新再點進來，又更新了一下。

看到下面多出一則新回覆。

C：『還沒名分，先別亂發。』

周安然盯著「沒名分」三個字，指尖倏然一頓。

是她想的那個意思嗎？

她又忍不住退出去，想看看祝燃怎麼回他，結果再點進來重新整理，卻沒能再看見祝燃那則留言。

是刪了嗎？

周安然看著螢幕，發呆了幾秒。

莫名感覺剛才的對話是她的幻覺一樣。

但上次聚會只有匆匆一下午，祝燃好像也沒加嚴星茜她們，就算祝燃加了，他也沒加。

她也沒有個能問的人。

手機突然響了一下，周安然退回主畫面，看見是嚴星茜在群裡標註她。

嚴星茜：『然然還沒跟陳洛白吃完飯嗎？』

張舒嫻：『他們兩個吃完飯後，可能還要去做點別吧。』

嚴星茜：『@周安然。』

周安然：「……」

周安然：『回來了。』

周安然：『都說了今天還有祝燃。』

盛曉雯：『他不重要。』

嚴星茜：『就是說啊。』

嚴星茜：『一個電燈泡而已，不重要。』

張舒嫻：『嘿嘿，快說，你們兩個現在怎麼樣了？』

周安然：『就那樣啊。』

盛曉雯：『就那樣是哪樣？』

周安然：『就是……妳們說得沒錯，我真的可以多想一下……的那樣。』

嚴星茜：『！』

嚴星茜：『所以陳洛白真的喜歡妳？』

周安然摸了摸耳朵：『可能吧，我也不太確定。』

盛曉雯：『別可能了。』

盛曉雯：『陳洛白的人品還是有目共睹的，他可從沒招惹過哪個女生，向來都會保持距離。』

盛曉雯：『能讓妳這麼謹慎的性格，都確定說可以多想一下，那應該就是真的喜歡妳了。』
張舒嫻：『不是，就我一個人好奇嗎？今晚到底發生了什麼事？』
張舒嫻：『然然上週還跟我們說她不敢多想，今晚居然直接到了確認他有點喜歡妳的地步了。』
周安然：「……？」
她沒確認啊，她只是說有可能。
也不只是今晚吧。
就……他這一週的種種表現，好像都在不斷向她證明這個可能性。
雖然確實是今晚最明顯。
嚴星茜：『我也好奇！』
嚴星茜：『我不管，然然，我這週末要去找妳！』
嚴星茜：『我太好奇陳洛白追人的樣子了。』
盛曉雯：『加一，我也很好奇。』
張舒嫻：『嗚嗚嗚，說實話我是真的沒想到，陳洛白居然還有主動追人的一天。』
張舒嫻：『我後悔留在南城了，嗚嗚嗚（貓貓大哭.jpg）。』
張舒嫻：『我也想看，但這週真的抽不出兩天的時間。』
嚴星茜：『沒事，我們幫妳實況轉播。』
周安然：「……？」
嚴星茜：『那就這麼說定啦。』

盛曉雯：『放心，他下週末要是約妳吃飯，我們就遠遠地在一邊圍觀，不打擾你們。』
周安然：『他沒約我吃飯。』
盛曉雯：『他這麼聰明的人，居然不懂什麼叫打鐵趁熱？』
周安然：『……』
周安然：『我們學校的校內籃球比賽辦在下週末。』
周安然：『他讓我週六去看他打球。』
嚴星茜：『那正好，反正他打球賽的盛況，我們是見識過的，大學圍觀的人群肯定只多不少。』
嚴星茜：『這麼多電燈炮，多我們兩個也不多。』
期中週過去，學期還只過半，週六休息一天後，隔日周安然又和室友老老實實地去了圖書館。
晚上柏靈雲和謝靜誼都有會要開，吃過晚餐，就沒再跟她們一起，周安然跟于欣月在圖書館待到閉館才回來。
回寢室時，柏靈雲和謝靜誼已經回來了，兩人正坐在謝靜誼的座位前，腦袋湊在一起，不知用手機在看什麼影片。
只聽見裡面有一陣陣歡呼聲。
「帥吧？」謝靜誼問。
柏靈雲：「真的帥，要是我在現場，他這麼衝我一笑，我大概真的會腿軟。」
「注意一下用詞，妳可是有男朋友的人。」謝靜誼拿手肘撞撞她，「要是被謝學長聽見了，妳大概也要腿軟了。」

「偷偷看個帥哥而已，反正他也聽不——」柏靈雲目光一瞥，話音稍頓，「咳……然然回來了，別教壞她。」

周安然把東西放下：「妳們在聊什麼？」

「聊妳同學。」柏靈雲說。

謝靜誼：「在聊陳大校草呢。」

周安然呼吸緊了一下：「他怎麼啦？」

「他今天和系上的學長去室外籃球場練球，帥翻了。」謝靜誼把手機遞給她，「妳自己看吧。」

周安然接過來。

影片不知是誰拍的，全程只對焦他。

男生今天穿了一身白色球衣，可能是因為天氣冷了一些，又在室外，他球褲裡面還穿了條黑色的壓縮褲。

只有短短不到十秒的影片裡，穿著白球衣的男生運球閃開防守者，然後起跳，空位投三分。

影片最後，他剛好轉向鏡頭這邊，不知是衝誰輕揚了揚下巴，笑容張揚又肆意，乍一看就像是衝著看影片的人在笑一樣。

結束後，影片停在這個畫面。

「然然。」謝靜誼抬起頭，「妳怎麼這麼淡定？這個影片我今天發一個，瘋一個，就妳看完一點反應都沒有。」

周安然：「……我習慣了。」

習慣看他在籃球場上無比帥氣的模樣。

更習慣在別人面前隱藏一切關於他的喜怒哀樂，不敢暴露一絲喜歡他的痕跡。

高一那年，她連嚴星茜都瞞過了。

「也是。」謝靜誼從她手裡把手機拿回去，「我忘了妳和他是高中同學，以前應該常有機會看他打球。對了，高中的時候也有很多女生送水給他嗎？」

周安然敏銳地聽出謝靜誼用了「也」字。

「高中的時候不多吧，我們學校管得嚴，私下找他告白或偷偷塞情書和禮物的人比較多，不會太明目張膽。」她頓了頓，狀似無意地又問了句，「今天有很多人送水給他嗎？」

「是啊。」謝靜誼說，「本來大家還顧忌妳的，今天好多人都沒顧忌了，畢竟帥哥會打球，簡直是雙重暴擊。」

周安然一愣：「顧忌我？」

謝靜誼：「畢竟他就只和妳一個女生走得近，很多人都不知道你們是高中同學，就一直在觀望，但可能是因為一直都沒有傳出你們在一起的消息，他今天又在球場上帥成這樣，當場就有好幾個女生送水給他了。」

周安然心裡稍稍一提。

「他收下了嗎？」柏靈雲先幫她問了這個問題。

謝靜誼搖搖頭：「沒有，一個都沒收，其中還包括中文系那位系花。聽說那位系花被他拒絕後，反而揚言要認真追他了。」

「這什麼情況？」柏靈雲好奇。

謝靜誼：「好像是說覺得現在潔身自愛的帥哥都快絕種了，難得碰上一個，她不想放過吧。」

柏靈雲的手機鈴聲突然響起。

她低頭看了一眼，眉梢和眼角滿是笑意：「謝子晗找我，我去接個電話。」

「去吧，說了一整晚的八卦。」謝靜誼嘆了口氣，「我得趕作業了。」

周安然也沒再多問，漱洗完，爬上床。

她打開通訊軟體，指尖往下，滑到他的頭貼上。

聊天記錄還停留在昨晚他來接她時的那句「下樓別玩手機」，之後就沒有新的訊息了。

周安然抿了抿唇。

會不會……還是她多想了啊。

喜歡他的人實在太多、太多了，她實在不敢相信，她會是最特殊、最幸運的那一個。

周安然點開和他的聊天室，想問問他下午打球的事，又覺得自己沒什麼立場，最後又退出來。

反覆了好幾次，最終還是什麼都沒傳，只是把昨天俞冰沁唱的那首粵語歌原版轉貼到社群軟體。

周安然百無聊賴地看了看其他人的貼文，退出去時，看見有兩則貼文通知。

陳洛白幫她的貼文點了讚，還留下了一則留言。

C：『喜歡？』

是問她喜歡這首歌嗎？

周安然不太確定他的意思，只回了個問號過去：『？』

下一秒，手機輕輕震了一下。

是有人傳訊息給她。

見貼文沒有通知提醒，周安然先退回主畫面，一眼看見訊息竟然是他傳來的。

他的頭貼跳到了畫面最上方，上面有一個小小的數字「1」。

手機又震了一下，變成了數字「2」。

周安然點開和他的聊天室。

C：『最近沒空。』

C：『要忙球賽的事。』

還要忙著應付追他的女孩子吧，周安然心裡冒出了酸泡泡。

一秒後，又有一則新訊息跳出。

C：『寒假再學給妳聽。』

周安然沒明白：『學什麼？』

C：『吉他。』

C：『妳不是喜歡〈無條件〉嗎？』

她喜歡，他就要學嗎？

那個小小的酸泡泡好像又填了蜜糖進去。

她只忙讀書，尚且覺得時間不夠用。

能想像出他現在會有多忙。

周安然：『也沒有很喜歡，只是覺得昨晚俞學姐唱得很好聽。』

C：『昨晚只有俞學姐唱得好聽嗎？』

昨晚他坐在她旁邊唱歌的模樣，倏然又閃現在腦海中。

周安然心裡那顆小氣泡炸開。

鬼使神差地，她回了一句：『你唱得也很好聽。』

可能是因為從沒跟他說過這種話，傳出去後，周安然莫名面紅耳赤得厲害，慌忙地點下了收回。

C：『收回什麼了？』

這是沒看見？

周安然鬆了口氣，又好像有點失望。

周安然：『沒什麼，只是打錯了。』

C：『周安然。』

怎麼感覺他很喜歡像這樣連名帶姓地叫她？

當面就算了，怎麼在聊天室裡也這樣叫她。

C：『虧我昨晚還誇妳不膽小。』

周安然：「？」

但她本來就膽小。

不過他為什麼突然提這個？

來不及問他，手機又響了一聲。

C：『說我唱得也好聽，有什麼好收回的？』

周安然：「！」

周安然：『你都看見了，怎麼還問我啊？』

C：『想要妳心甘情願地跟我說這句話。』

周安然的心裡瞬間有無數個小氣泡同時炸開了。

嚴星茜她們說想看他怎麼追她。

她不知道這算不算是追她，但她已經快要招架不住了。

周安然摸了摸燙得厲害的耳朵：『我要睡了。』

頓了頓，又忍不住紅著臉補了一句：『你今天打了一下午的球，早點睡吧。』

C：『妳怎麼知道我打了一下午的球？』

C：『知道了也沒過來看一眼？』

周安然：「……」

他也沒告訴她今天會去室外籃球場練球啊。

周安然不敢跟他說這句話，只回他：『晚上才從室友那裡知道的。』

想起謝靜誼的那些話，她心裡又冒出一個小小的酸氣泡：『不是有很多人去看了嗎？又不缺我一個。』

她視線落到後一則訊息上，感覺酸得厲害，又有點想收回，猶豫間，手機卻先響了兩下。

C：『妳還記得〈無條件〉的歌詞嗎？』

C：『仍然我說我慶幸，後一句是什麼？』

周安然：「……？」

怎麼突然跳到歌詞上了？

這首歌她只在昨晚聽了俞冰沁唱了一遍，回來後又查出來聽了一次，確實不記得歌詞。

周安然上網搜尋〈無條件〉的歌詞，從第一句一點點往下滑，看到他說的那句時，指尖再次頓住，心裡這次變成像是有煙火突然炸開，絢爛又喧囂。

頁面上赫然顯示著——

『仍然我說我慶，你永遠勝過別人。』

七瓶汽水　親自保護你

週六這天，周安然早上六點就起床了。

因為嚴星茜和盛曉雯今天要來，她就沒打算去圖書館，帶著筆電去了校內一家二十四小時營業的咖啡店吃了早餐，又把昨天快寫完的作業收尾。

結束後，時間才剛過八點。

周安然在宿舍的群組裡傳了一則訊息：『我在咖啡店，現在打算回宿舍，妳們要不要吃早餐？』

謝靜誼先：『要。』

謝靜誼：『不過妳今天怎麼沒去圖書館，還突然要回宿舍？』

周安然：『我兩個好姐妹要過來玩，等等要出去接她們。』

柏靈雲也回覆道：『我也要。』

柏靈雲：『謝謝然然寶貝。』

周安然在咖啡館幫她們點好餐點後，又跟已經出發的嚴星茜和盛曉雯隨便聊聊，等東西做好，便拎著早餐回到宿舍。

柏靈雲已經起床漱洗了，謝靜誼還躺在床上，在聽見動靜後從床上伸出了亂糟糟的腦袋，聲音還帶著睏意。

「這麼快就回來了啊。」

周安然把早餐分別放到她們桌上：「這時間人少。」

「好。」謝靜誼打了個哈欠，「我現在起來。」

周安然把書和筆電收好，又背起包包，跟爬起來坐在床上發呆的謝靜誼揮了揮手：「我出去接我好姐妹了，今天午餐和晚餐應該都不和妳們一起吃。」

謝靜誼重新倒回床上：「好，我再睡十分鐘。」

出了宿舍，周安然一路往校外走。

快走到室外籃球場時，有個人突然擋在她的面前。

「學妹，又見面了。」陌生且帶著笑的語氣。

周安然抬起頭，看見面前站了個陌生男生，個子倒是挺高的，大概快和陳洛白差不多。

可能是她心裡的疑惑浮現在臉上，對方主動向她解惑道：「不記得我？我們見過一面，之前社團招生的時候，我給過妳籃球社的招生表。」

周安然這才勉強有點印象。

可能是謝靜誼說過的那位，有點渣的籃球社社長。

但有沒有這點印象也沒有差別，她當時連對方的模樣都沒注意過。

周安然不知道對方攔下她是何意，也不太想知道，正想著該怎麼脫身，突然有一隻手搭上了她的肩膀，清爽的氣息從旁撲面而來。

熟悉到不用回頭，也能知道主人是誰。

周安然的身體稍稍僵了一下。

陳洛白懶洋洋的聲音在她耳邊響起：「杜學長。」

杜亦舟低頭看了他親密又明顯帶著幾分占有欲的動作一眼，又看了看垂著頭臉紅起來，卻沒有絲毫閃避之意的女生，瞬間了然道：「你的人？」

陳洛白側頭看了旁邊低著頭的女生一眼：「還不是。」

周安然：「……？」

什麼叫「還不是」？

杜亦舟明顯聽出了他話裡的隱藏之意。

「原來是這樣。」杜亦舟往後退了一步，「君子不奪人所好，就不打擾你們了，不過我說的事情你別急著拒絕，再考慮一下。」

杜亦舟一走，陳洛白立刻鬆開手。

周安然僵得有點發酸的肩膀鬆下，終於敢抬頭看他一眼：「你怎麼在這裡？」

陳洛白又穿了一身黑，外套拉鍊拉到最上方，聞言他朝籃球場抬抬下巴：「過來練球，沒想到正好撞見妳被人搭訕。」

周安然：「……？」

「還挺受歡迎的？」男生轉身站到她面前，漆黑的眸子望著她，聲音壓低，笑著問了一句。

周安然：「……」

跟他相比，這算哪門子的受歡迎，而且……

她小聲解釋：「沒有搭訕，他只是打個招呼，我也不認識他。」

「不認識最好。」陳洛白往球場裡的杜亦舟看了一眼，語氣正經下來，「以後見到他，離他遠一點，他換女朋友的速度比翻書還快。」

周安然確實不想跟這種人有什麼牽扯，乖乖點點頭，又想起剛才杜亦舟離開之前和他說的話，聽起來像是他和杜亦舟有什麼牽扯似的：「那他讓你考慮什麼事啊？」

陳洛白：「讓我去打CUBA。」

周安然眨眨眼，又覺得好像在意料之中。

他打籃球這麼厲害，校隊不招攬他才奇怪。

「一級聯賽嗎？」

陳洛白眉梢輕輕一揚，突然俯身靠近她，唇角也彎了一下：「對我這麼有信心啊？」

男生倏然靠近，清爽的氣息突然變得十分有侵略性，周安然的呼吸不自覺地屏住。

因為他喜歡打球，她也稍微了解了一下國內大小籃球比賽。

CUBA就是中國大學生籃球聯賽，分為一二三級，一級通常只招專業運動員參加，一般學生要是能達到專業級別的水準也可以參加，二級是一般學生之間的比賽，三級是業餘者參加。

聽他倏然變得曖昧的語氣，周安然的耳朵尖又熱起來，避開他的問題：「那是打二級聯賽嗎？」

陳洛白又「嗯」了聲：「如果打得好，也有機會去打一級聯賽。」

「那你沒答應嗎？」周安然問他。

「哪有空？我平時忙著讀書，又要忙著——」陳洛白頓了頓，目光落向她緋紅晃眼的耳垂，

「追人嘛。」

有那麼一瞬間，周安然幾乎以為自己聽錯了。

雖然上週日，他讓她去看那句歌詞，就已經稍微有一點要挑明的意思，但那還有歌詞當幌子，而且是隔著手機在聊天，跟此刻站在他面前，親耳聽見他說在「追人」，完全不是同等級的殺傷力。

雖然他說的是「追人」，還沒有完全挑明說在追她，周安然還是覺得很不真實，心裡比那晚有著更多煙火，在劈里啪啦地胡亂炸開，晃得大腦一片空白。

握在手裡的手機突然在這時響了兩下。

周安然嚇了一跳，差點沒拿穩。

下一秒，她抓著手機的手被一隻大手穩穩握入掌中。

周安然心裡倏然一顫。

男生手大，幾乎能把她的手完全抓在手中，他皮膚看起來冷白，掌心卻是燙的。

他又低頭靠近了一些，聲音帶笑，呼出來的熱氣拂在她耳邊也是燙的。

「慌什麼？」

周安然的耳朵顫了一下。

他其實一直都很有分寸。

上週六她主動跳進他懷裡，他始終只是隔著衣服穩穩摟住她的腰，手沒移動分毫。除了在密室逃脫那次，他幫她捂眼睛時，指尖不小心碰到她額頭和鼻子之外，真正意義上碰到她的也只有兩次。

一次是上週六，他很輕地用手背碰了碰她的臉。

一次是現在。

這次其實帶了幾分意外的因素。

手機突然又響了兩聲。

周安然回過神，仍低著頭，不敢看他：「沒慌，我已經拿穩了，你可以鬆開了。」

陳洛白看她的臉紅得通透，睫毛也顫得厲害，一副又乖又好欺負的模樣，心裡好像又有壓不住的某種惡劣因子冒上來。

「這麼著急想看，誰的訊息，賀明宇？」

周安然：「……？」

怎麼又扯上賀明宇了？

「不是，大概是茜茜和曉雯的消息，她們今天過來找我玩，應該快到了。」

「真的？」陳洛白低聲問。

周安然點點頭：「真的。」

「……」

等了兩秒，手機又響了幾聲，手仍被他緊緊握在手裡沒放開。

周安然感覺臉都快要燒起來了，抿了抿唇，低聲說：「我真的得出去接她們了。」

陳洛白看著她仍顫得厲害的睫毛：「那妳先抬頭看我一眼。」

周安然：「……」

他怎麼這麼愛欺負人。

周安然緩緩抬起頭，目光撞進男生漆黑帶笑的眼中，心尖又顫了一下。

但他還是沒放手。

「她們兩個過來，妳下午還會來看我打球嗎？」陳洛白垂眸問她。

周安然點點頭：「她們跟我一起過來。」

「球賽三點半開始。」陳洛白指尖癢了一下，最後還是忍住什麼都沒做，緩緩鬆開手，「妳下午早點去球場？」

周安然把手縮回來，感覺手背還是燙的，很輕地朝他點了下頭。

出了校門，周安然就看到盛曉雯已經在校門口等待。

她趕緊小跑過去。

盛曉雯挽住她的手：「妳不是在五分鐘前就說已經快到校門口了，怎麼隔這麼久才出來？」

周安然感覺耳朵和被他握過的手還在發燙：「碰到陳洛白了。」

「果然。」盛曉雯偏頭打量她，「怎麼臉紅成這樣，他對妳做什麼了？」

周安然：「沒什麼，就說了幾句話。」

「只是說幾句話，妳的臉就紅成這樣？」盛曉雯一臉曖昧地衝她眨眨眼，「以後怎麼辦？

什麼以後怎麼辦？

「亂說什麼呢。」周安然的臉更紅了，拉著她往前走，「不是說沒吃早餐嗎？我先帶妳去吃早餐。」

嚴星茜還沒到，周安然就沒先回學校，免得等一下還要再出來一趟，所以帶盛曉雯去了校外的一家咖啡店。

剛點好餐坐下，她的手機就響了兩聲。

「是茜茜嗎？」盛曉雯湊過來。

周安然把手機拿起來：「我看看。」

解鎖螢幕後，周安然發現是謝靜誼傳給她的訊息。

謝靜誼：『然然寶貝，妳是不是該跟我解釋一下？』

周安然一臉疑惑：『解釋什麼？』

謝靜誼：『我才剛睡醒就收到消息，說我們的陳大校草今天早上在籃球場外，跟一個漂亮女孩親親抱抱拉小手。』

周安然：「……？」

什麼親親抱抱拉小手？

不過她剛才的視線全在他身上，也沒注意到旁邊有沒有人經過，或是有沒有人看過來。

謝靜誼：『我立刻就不睏了。』

謝靜誼：『傳訊息給我的人，還傳了幾張照片過來。』

謝靜誼：『妳猜我看到誰了？』

周安然點開謝靜誼傳過來的照片。

高大的男生站在她身前，微微俯身靠向她耳邊，大概是他跟她說「慌什麼」的時候拍的，但因為拍攝角度造成了一點視差，看起來就像他親上了她的耳朵。

其實還隔了一點距離的。

周安然盯著這張照片，臉又迅速熱起來。

手機又響了響。

謝靜誼：『雖然只拍到了這個女孩的側臉。』

謝靜誼：『但誰叫我跟她同吃同住快兩個月了呢？』

謝靜誼：『妳說是吧？』

謝靜誼：『周安然同學，或者說，陳大校草的緋聞女友？』

周安然：「……」

周安然：『拍攝角度問題，他當時只是在和我說話，我們沒有……』

謝靜誼：『沒有親，沒有抱，還是沒有拉小手？』

周安然臉越發燙：『沒有第一個。』

謝靜誼：『所以確實抱了，也牽手了，是吧？』

周安然：『也沒有吧……』

周安然：『就是上次妳說很渣的籃球社社長找我搭話時，他把手搭到我肩上，然後我手機差點掉了的時候，他幫忙接了一下。』

謝靜誼：『所以，妳是想告訴我，你們現在還是純潔普通的高中同學關係？』

周安然：「……」

她幾個室友確實很不錯，她其實也不太想瞞著她們。

周安然：『可能沒有那麼普通？』

周安然：『只是我自己也不確定，所以不好跟妳們說。』

周安然：『（委屈.jpg）。』

謝靜誼：『我就說吧！』

謝靜誼：『有哪個普通的高中同學，每次請吃飯都要接送到宿舍門口！』

謝靜誼：『都怪妳這張臉乖得太有欺騙性，說什麼我都願意相信妳。』

周安然：『我錯了。』

周安然：『等一下帶奶茶給妳。』

謝靜誼：『這還差不多。』

謝靜誼：『不過我提醒妳啊，妳這位關係沒那麼純潔的同學可是陳洛白，他有多受關注，妳肯定比我更清楚，就算我不說，靈雲大概也會在一天之內知道這件事，欣月雖然不關心八卦，最慢週一也會知道。』

周安然：『都帶。』

周安然：『你和她們說一下。』

哄完謝靜誼，周安然小小鬆了口氣。

隨即，盛曉雯的聲音就涼涼地在她耳邊響起：『這就是妳說的「只和他說了幾句話」，什麼話要牽著手說？』

周安然：「……」

嚴星茜剛好從外面進來。

周安然回了下頭，手機就被盛曉雯搶走。

盛曉雯衝嚴星茜招招手：「茜茜快來，給妳看個好東西。」

「什麼好東西？」嚴星茜連忙過來坐下。

盛曉雯：「有人跟那個誰當眾摟摟抱抱被拍到了。」

周安然：「……」

因為早上跟他的這場偶遇，她一整個上午幾乎都在跟人解釋這件事情，連一向對八卦不怎麼感興趣的于欣月，都傳了訊息詢問。

中午吃了飯，周安然去外面訂了一間飯店。

在房間一起睡了午覺後，周安然和兩個好友一起出發前往體育館。

剛出飯店，周安然就收到陳洛白傳給她的訊息。

C：『什麼時候過來？』

周安然：『出發了。』

周安然：『不過我們是從校外的飯店出發的，走過去可能要花點時間，大概三點十分左右到。』

C：『那時候我應該在熱身了。』

C：『我讓人出去接妳。』

周安然：『好。』

「誰傳來的訊息？」嚴星茜順口問了句。

周安然：「陳洛白，他問我們什麼時候過去？」

「就只問妳什麼時候過去吧。」嚴星茜笑嘻嘻地拆穿她，「我們又不重要。」

周安然的臉微熱。

「我還以為又有人傳訊息來跟妳八卦呢。」盛曉雯接話。

周安然搖搖頭：「不是。」

盛曉雯也笑：「妳就當是提前習慣了。」

「習慣什麼？」周安然一下沒反應過來。

盛曉雯：「妳現在的曖昧對象可是陳洛白，他有多受關注，妳應該比我們更清楚吧？高中時就沒一個人不認識他的，你們才剛上大學沒多久，不說所有人都認識他，大概也有一半的人知道他了。妳就沒想過跟他談戀愛之後，會發生什麼事嗎？到時候不止我們和妳的室友來問妳，大概連妳班上的同學、我們高中同學，甚至連妳國中同學都可能找妳八卦。」

盛曉雯看她有點茫然的模樣：「妳不會真沒想過吧？」

周安然繼續搖頭：「沒有。」

就在上週之前，她都覺得他不可能喜歡自己，是她想都不敢想的事情。

怎麼可能會想這麼遠。

「那他為什麼喊妳過來看他比賽，妳也沒想過？」盛曉雯問。

周安然：「……也沒有。」

「他打比賽的時候，會有多少人來看，妳應該也清楚吧？妳答應過來看比賽，基本上等於你們會從私下曖昧的狀態，走到公開曖昧的狀態，甚至更進一步。」盛曉雯捏捏她的臉，「妳連這都沒想清楚就答應了嗎？」

周安然：「……」

上週六他問她要不要來看比賽時，她正被他抱在懷裡，根本沒心思多想。後來他又讓她看了〈無條件〉的那句歌詞，她就更沒有心思去想比賽的事情了。

「好吧。」盛曉雯嘆了口氣，「現在走過去還有一段時間，妳可以提前做一下即將被圍觀的心理準備。」

周安然還沒做好心理準備，就收到了謝靜誼傳到群組的訊息。

謝靜誼：『我和靈雲還有欣月也出發了。』

周安然：『？』

周安然：『靈雲和欣月不是說不來嗎？』

謝靜誼：『那是之前。』

謝靜誼：『畢竟第一場，法學院對的還是外語學院，除了陳洛白那張臉，這比賽大概沒什麼看頭。』

謝靜誼：『但現在不同了嘛。』

柏靈雲：『是啊，我們是來圍觀陳大校草和他的緋聞小女友的。』

周安然：「……」

到了體育館門口，周安然看見一個高瘦的男生朝她們迎上來：「陳洛白讓我帶妳們進去。」

周安然對他還有點印象。

應該是陳洛白第一次請她吃消夜時，那位過來拿打包消夜的室友。

對方的話依舊不多，一路把她們帶到體育場最前排靠邊的三個空座前，才終於出聲：「他讓妳有事就叫他。」

離比賽還有二十分鐘，體育場的前排已經坐滿。

要不是陳洛白提前幫她們留了位子，周安然她們大概只能坐到後排去了。

「好。」周安然應了聲。

男生衝她點點頭，沒再說別的，轉身從旁邊的內部通道走出了體育館。

盛曉雯將目光收回：「這男生是誰啊？」

周安然：「應該是陳洛白的室友，怎麼了？」

盛曉雯回頭看了他一眼：「臉和氣質都是我的菜，你幫我跟陳洛白要一下他的聯絡方式吧？」

「你確定嗎？」周安然眨眨眼，「妳剛才連話都沒和他說。」

「不太確定，要先交換聯絡方式了解一下嘛。」盛曉雯抱住她的手臂，「幫不幫？」

周安然有點驚訝，但想想又覺得挺正常的。

高一報到那天，她要是足夠大膽，大概也會想跟陳洛白要聯絡方式的。

「晚點幫妳問問。」

「謝啦。」

周安然的目光轉向場中。

兩邊球員各占了一個半場，正在熱身和練習，法學院這邊穿的是黑色球衣，大部分的人都背對著她們這邊。

和之前無數次一樣，她都不需要費心辨認，一眼就能在人群中認出他。

男生黑色的球褲下依舊穿了條壓縮褲，北城今天的氣溫有點低，他上身還套著一件黑色的長袖，因為身高腿長，比例十分優越，背影在人群中也格外出眾。

不知是不是察覺到了什麼，剛投完一個三分球的陳洛白突然轉過頭，目光準確無誤地朝她這邊落過來。

隔空和他對上視線的一瞬，周安然的心跳又快了一拍。

可能是旁邊的人叫了他一聲，男生衝她笑了一下後就轉回去，繼續練習三分球。

他今天的手感還行，一連投出去的十顆三分球，有七顆都是漂亮的空心入網。

每進一顆球，身後都有歡呼聲響起。

比賽還沒開始，就已經有女生在為他吶喊了。

臨近比賽開始，兩邊球員各自停止熱身，走回場邊。

A大官方組織的校內籃球賽，當然不像他們高中自行組織的球賽那樣簡陋，場邊都為球員設了休息座椅。

而法學院的座椅就在她們三人的位子前面。

只隔了一點距離。

盛曉雯撞撞她的手臂，小聲說：「他應該會過來找妳說話吧？」

周安然不確定：「不知道。」

周安然看著男生和隊友說笑著一路走過來，距離越來越近，她莫名越來越緊張。

然後看見他停在了……他們場邊的休息座椅前。

周安然懸起的心落下來，鬆了口氣，又好像有點失望。

她抿了抿唇，看見站在座椅前的男生突然開始脫衣服，修長的雙手捲住長袖下襬往上一翻，身後的音浪好像也翻了一下。

盛曉雯捂了捂耳朵：「裡面還有件球衣呢，什麼也沒露，有什麼好叫的。」

「就是說啊，連個腹肌都沒露。」嚴星茜把手撐到盛曉雯腿上，靠過來小聲問，「然然，陳洛白有沒有腹肌啊？」

周安然臉一熱：「我哪知道。」

「他過來了。」盛曉雯突然說。

周安然抬起頭，看見他一手拿著手機，一手拎著剛才那件長袖和一件棒球外套，徑直朝她這邊走過來。

她的心迅速提起。

男生這次沒有停頓，一路走到她面前，停下，隨手將那兩件衣服塞進她的懷裡。

周安然感覺身後有無數道目光，瞬間落在她身上。

法學院的其他球員也笑著看向他們這邊，其中一個更是大聲打趣道：「陳洛白，你這樣就太過分了，有椅子給你放衣服你不放，偏偏要塞到人家的懷裡，你這是什麼意思？」

陳洛白回過頭，語氣帶著笑：「羨慕啊？」

「是啊，羨慕死了。」

陳洛白的語氣格外欠揍：「那你繼續羨慕吧。」

周安然：「……？」

打趣他的那位隊友明顯被他這副樣子氣笑了，站在原地笑罵了一句：「靠。」

陳洛白沒再搭理他，轉過頭，臉上還帶著和朋友玩笑後的笑意，語氣散漫：「幫我個忙？」

他站得有點近，熟悉的清爽氣息在周安然的鼻尖縈繞，分不清是他身上的，還是抱在懷裡的衣服上的。

她呼吸有些不順暢，頂著身後的視線問他：「幫你拿衣服？」

「不是。」陳洛白垂眸解鎖了手機，打開其中一個軟體後，順手塞進她搭在他衣服上的小手中。

「我把相機打開了，幫我盯一下場上的犯規？」

周安然一愣。

她垂下頭，看見手上的手機正停在錄影畫面，男生把手機塞進她手裡後，手也沒離開，修長的手指離她的指尖好近、好近，卻又像是控制著沒碰到她。

他的氣息越發靠近。

周安然抬起頭，看見男生的另一隻手突然撐在她身側的座椅扶手上，幾乎是一個把她半困在懷裡的姿勢。

身後似乎起了點騷動。

其他人說了什麼，她已經完全聽不進去。

因為陳洛白的聲音幾乎在同一時間，貼在她耳邊響起：「對人不對球的都是技術犯規，妳教過嚴星茜的規則，妳自己還記得吧？」

周安然抓住他手機的手指倏然一緊，指尖不小心碰到他的手指。

好像有什麼克制著的東西，在這一瞬突然被打破，像早上一樣，男生再一次將她抓著手機的手緊緊握住。

剛剛打完球，他的掌心比早上還燙。

周安然感覺心好像也被燙了一下似的。

體育館的燈光格外亮，襯得男生望著她的黑眸裡全是細碎的光，他就這麼垂眼望著她。

然後，周安然聽見他說——

「周安然，這一次，妳願不願意親自保護我？」

八瓶汽水　朋友？女朋友？

盛曉雯：『然然完了，還好陳洛白不是渣男，不然肯定會被吃得死死的。』
張舒嫻：『怎麼了？怎麼了？』
張舒嫻：『妳們實況轉播能不能先說情況再說感想啊，這樣很吊人胃口。』
盛曉雯：『陳洛白不是讓然然過來看他比賽嗎？』
張舒嫻：『是啊，然後呢？』
張舒嫻：『妳們到現場了吧？』
盛曉雯：『我本來以為他叫然然過來，是要提前宣示一下主權什麼的，畢竟我們然然現在也挺受歡迎的。』
張舒嫻：『難道不是嗎？』
盛曉雯：『然後剛才陳洛白當眾來到然然面前，把他的衣服塞進然然的懷裡。』
張舒嫻：『這不就是宣示主權嗎！』
盛曉雯：『妳先聽我說完。』
張舒嫻：『那妳倒是一次打完啊！』
盛曉雯：『我這不是也有點被閃到了嗎！』

張舒嫻：『別廢話了，快說。』

嚴星茜：『我說吧。』

嚴星茜：『陳洛白塞完衣服後，又把他的手機塞到然然手裡，說對人不對球都是技術犯規，妳教過嚴星茜的規則，妳自己還記得吧？』

嚴星茜：『然後他連帶手機，把然然的手一起握住，問然然這次願不願意親自保護他！』

張舒嫻：『啊啊啊啊啊！我沒了！他這是在幫然然彌補遺憾吧！好會啊，我靠！』

張舒嫻：『嗚嗚嗚，這門婚事我同意了！』

周安然不知道好友在群裡聊起了天。

從陳洛白說完那句話走回場邊後，她的大腦就一直處於半空白的狀態中，只是茫然地看著他的背影。

直到比賽正式開始，雙方球員上場跳球。

周安然回過神，低頭看了他的手機一眼。

不知道是不是他重設了鎖定螢幕的時長，已經過了好幾分鐘，螢幕都沒黑，依舊停在錄影的畫面。

場中，法學院先拿到了第一波球權。

周安然緩緩拿起手機。

高一那場比賽，她只敢把對他的喜歡偷偷藏在心裡，所以混在人群中拍他都不敢放肆，要先把其他人拍上一圈，才敢把鏡頭移到他身上。後來她手機被何嘉儀收走，那段影片也被她刪了。

但這一次，他親自把他的手機塞到了她手裡。就好像在跟她說，沒有人比她更有資格光明正大地拍他。

周安然壓住鼻尖一點後知後覺冒上來的酸意，將手機鏡頭直接對準他。

他這次打的應該還是控球後衛。

畢竟是院系間的球賽，場上大多都是普通籃球愛好者的水準，周安然看出他的球技明顯比其他人高出一大截，可能也因為這樣，雖然他才剛入學不久，法學院的其他球員也都很聽他指揮。

法學院的進攻節奏在他的帶領下，顯得格外輕鬆寫意。

他打球一向偏好團隊合作，大多數時候都在幫隊友傳球，或幫著隊友擺脫防守。

剛好有機會的時候，他自己也會投籃，因為機會把握得準，加上今天手感好，幾乎很少投歪。

每到這時候，場上的歡呼聲都會比其他時候更熱烈響亮。反觀外語學院那邊，打得就有些難受。

外語學院向來是女多男少，這次比賽能看出有一兩個就是來湊數的，接連被陳洛白抄了好幾次球。

陳洛白要是認真防全場，他們大概連帶球過半場都困難。

這場比賽確實沒什麼懸念。

第一節，法學院領先外語學院十分。

第二節打完，法學院以二十五分的領先優勢結束了上半場。

中間有十分鐘的休息時間，兩邊球員各自往場邊走。

不知是早上的「緋聞」傳得還不夠廣，還是開場前的那一幕看到的人還不夠多，陳洛白剛一走到法學院的座位旁邊，周安然就看見有個女生紅著臉，把一瓶水遞給他。

她捏著他手機的指尖緊了緊。

場邊的男生卻在這時突然抬頭朝她看過來。

視線被他抓住後，周安然有些不自在地撇開了目光，一直對著他拍的手機鏡頭也移開，重新放回到腿上。

她微低著頭，一秒後，她聽到他的聲音響起：「不好意思啊，有人已經幫我送過水了。」

送水的女生應該也是他們法學院的，不知是哪個男生跳出來幫忙解圍：「趙學妹來幫我們送水啊，謝啦。」

周安然仍垂著頭，很快看見一個穿著黑色球衣的高大身影停在她身前。

他上半場沒怎麼休息，隔著點距離，都能感覺到他整個人都熱烘烘的。

「周安然。」陳洛白低聲叫她的名字，「我的水呢？」

周安然緩緩抬頭，看見他鎖骨、鋒利的喉結和線條漂亮的下顎上都是細密的汗珠，黑髮半溼，周身又帶著一股荷爾蒙與少年感衝撞出來的矛盾感，輕易就勾得人臉紅心跳。

她抓緊他的手機，小聲說：「你沒說過來看你打球，還要幫你送水啊。」

陳洛白：「誰叫妳上週六晚上都沒問清楚就答應我，過來看我打球就是要幫我送水啊。」

周安然：「……？」

她那晚為什麼會問都不問就答應，他自己不是最清楚嗎？

陳洛白看她的臉又迅速紅起來，唇角不由勾了一下，朝她伸出手：「水呢，不會真的沒帶吧？」

嚴星茜從旁邊探出腦袋：「她帶了，她剛才在超市偷偷買了一瓶。」

周安然忍不住瞪她一眼。

嚴星茜把腦袋縮回去。

面前的男生唇角弧度似乎變大了一些，視線也越發灼人。

周安然的耳朵也開始變燙，她不知道剛才從超市路過的時候，為什麼要鬼使神差地買瓶礦泉水帶著，但又慶幸當時買了礦泉水。

周安然慢吞吞地拿出那瓶水遞給他。

陳洛白接過去。

周安然看見他抬頭喝水時，喉結越顯鋒利，分不清是水珠還是汗珠順著鋒利的喉結滾落下去，滑過鎖骨，沒入衣領中，莫名有點性感。

她耳朵又熱了幾分，撇開視線。

陳洛白把還沒完全喝空的水瓶塞回她手裡：「繼續幫我拿著。」

女生點點頭，很乖地「哦」了聲。

陳洛白的指尖動了一下，轉身回到場邊。

嚴星茜把手機拿出來，盛曉雯也把手機又拿出來。

嚴星茜：『我錯了。』

張舒嫻：『又怎麼了？』

嚴星茜：『我還以為全場這麼多人看球賽，多我們兩個電燈泡不算多，但是……誰讓我們兩個離得最近。』

張舒嫻：『你們倒是先說清楚啊。』

嚴星茜：『也沒什麼，就是陳洛白拒絕了一個送水的女生，然後走到觀眾席跟然然要水喝。』

盛曉雯：『然後旁若無人地跟然然打情罵俏。』

中場休息時間還沒過半，兩邊的球員都在休整加商量下半場戰術。

周安然不好意思在這時候也盯著他拍，就偏了偏頭，看見旁邊兩個人都低著頭在手機上打字。

看畫面像是她們的群組，周安然湊過去看一眼。

周安然的臉又熱起來：「什麼打情罵俏，妳們又亂說。」

「不是打情罵俏，那你們剛才是在做什麼？」盛曉雯想了想，「調情嗎？」

周安然：「……？」

「還有啊，」嚴星茜把手機放下，手撐在座位上靠過來小聲問，「你們上週六發生了什麼，為什麼他一提到上週六，妳的臉就紅成這個樣子？」

她平時對董辰遲鈍得要死，這次怎麼突然變得這麼敏銳了？

周安然搖頭：「沒什麼。」

「哼。」嚴星茜才不相信，「今晚回飯店的時候再好好問妳。」

第三節比賽很快開始。可能是不想輸得太難看，外語學院幾個球員這一節突然變得認真，防守和搶籃板的積極性大漲，像是換了一支隊伍。

法學院這邊一開始有些猝不及防，被追回了幾分，節奏很快又被陳洛白穩住了。

外語學院這邊沒辦法再追分，不知是有些焦急還是怎麼了，第三節過半後，他們的四號球員在陳洛白投籃的時候，突然撞了他一下。

陳洛白才剛起跳，懸在半空中，根本不好閃避，被撞得直接往後一摔。

周安然心裡倏然一緊。

裁判及時吹哨，判外語學院的四號球員技術犯規。

法學院的其中一個球員急忙走過去，伸手去拉陳洛白。

周安然遠遠看著男生順著那股力道站起來，像是沒受傷的模樣，攥緊的心臟這才鬆下來。可下一秒，她就看見他手肘上有一抹刺眼的鮮紅。

法學院的人也跟裁判申請了換人。

周安然看見陳洛白跟快跑上場的一個替補球員擊了下掌，隨即自己走向場邊。

他要下場？是真的受傷了？

剛剛當眾遞水給他的時候，周安然還有些不好意思，但這一刻，她好像顧不得其他的。

周安然隨手把他的衣服、手機和自己的包包一起放到座位上，偏頭跟盛曉雯說：「妳幫我看一下。」

盛曉雯還來不及回答，就看見女生已經快步走向回到場邊的男生身邊。

陳洛白看見她過來，難得愣了一下：「怎麼了？」

周安然連忙問：「你的手怎麼樣了？還有沒有其他地方受傷？」

陳洛白還以為她有什麼急事，聞言鬆了口氣，手下意識往身後一避，不太想讓她見血：「沒受傷，手也沒事，只是擦——」

話沒說完，手腕突然被一隻柔軟微涼的小手拉住。

陳洛白剩下的話僵在嘴邊。

周安然把他手拉過來看了一下，確認只有一點破皮，懸到嗓子眼的心才放下來。

再次抬起頭時，就看見男生正似笑非笑地看著她。

「！」周安然這才後知後覺地反應過來，自己剛才做了什麼，他剛才躲著不讓她看，她還以為很嚴重。她的臉倏然紅了通透，急忙鬆開手。

「不用再仔細看看？」陳洛白笑著問她。

周安然重重地搖了搖頭。

一放鬆下來，其他感知齊齊回歸，周安然能感覺到場上有無數目光落在他們這邊，法學院沒上場的替補球員都坐在旁邊的休息座椅上，正一臉八卦地看著他們，就連場上都時不時有視線飄過來。

周安然整個人都像是要燒起來了，她低著頭不敢看他：「我回去了。」

才剛踏出一步，手腕就被他拉住。

這次沒隔著衣服，是切切實實地握住了她的手腕。

男生打了快三節的球，手心熱得厲害。

周安然的手腕和心臟像是被燙了一下，倏然抬頭看他。

陳洛白卻在低頭看著她的手。

握在掌心裡的手腕，比他預想中的還細軟。

他一直忍著不碰她，這次是她先主動，就算不上是他失了分寸。

陳洛白的目光緩緩往上，不意外，又看到了一張通紅的小臉。

「既然都來了，不幫我處理一下傷口再走嗎？」

周安然又看了他手肘上的傷一眼，雖然不嚴重，但也紅得刺眼，她猶豫了一下：「你們這邊有藥嗎？」

陳洛白垂眸看她：「不知道，妳沒帶優碘棉棒嗎？」

周安然下意識點點頭。

陳洛白的大拇指正好落到她的脈搏上，感覺她血管在他手裡一下一下地跳動，速度有些快，他指腹癢了一下，下意識想去摩挲，又忍住，鬆開手放她走：「去拿過來？」

周安然回到座位上，把棉棒拿出來後，才慢半拍地察覺到不對，她剛才太緊張，所有心神都被握在她腕上的那隻手奪去，現在才反應過來——

他為什麼會知道她有帶優碘棉棒的習慣？

周安然又拿了個ＯＫ繃出來，折回場邊。

陳洛白已經在靠邊第二個休息座椅上坐下，最旁邊還空了個位子，像是幫她留的。

周安然在他旁邊坐下，看見手肘到手腕都一片溼潤，大概是拿水沖了一下傷口。

沒了之前那股擔憂和衝動上頭的感覺，周安然也不敢再當眾去握他的手，她抿抿唇，頂著身後落過來的目光和旁邊法學院球員八卦的眼神，輕著聲：「你把手轉過來。」

陳洛白垂著眼皮，看她耳朵紅得都快滴血、腦袋快要埋到他手上，他把想逗她的話咽回去，乖乖把手肘轉過去。

周安然折斷棉棒一頭，棉棒管裡的優碘瞬間落到另一頭的棉棒上，只是怕掌控不好力度，她咬了咬唇，還是先用一隻手握住他的手腕，另一隻手拿著棉棒落到傷口上。

然後聽見他很輕地「嘶」了一聲。

周安然抬起頭：「很痛？」

陳洛白的目光從她輕輕握在他腕上的小手，一點點往上移動，最後落到她臉上，對上那雙乾淨漂亮的眼睛。

他喉結不受控地滾了兩下，視線撇開，一秒後又移回來：「不是痛。」

周安然一愣，剛想問他不是痛那是什麼，就聽見他的聲音再次響起。

「還不擦藥？」

「想多握一下也可以。」

說到後一句時，語氣已經多了打趣的笑意，臉上也多了幾分似笑非笑的玩味神情。

周安然的臉又開始燒起來。

她低頭不再理他，輕著動作幫他把藥擦好，一秒不多待似地迅速收回手。

陳洛白勾唇笑了一下：「ＯＫ繃呢？」

周安然：「……」

看他還有心思欺負她，大概也不怕痛，ＯＫ繃有什麼好貼的？

但是……

外面天氣冷，等一下比賽打完他肯定要穿上衣服，摩擦到傷口也不太好。

周安然抿抿唇，還是低著頭，輕輕地幫他把ＯＫ繃貼上。

貼好後她心裡仍有疑惑，忍不住抬起頭，很輕地問：「你怎麼知道我平時會帶棉棒和ＯＫ繃？」

陳洛白感覺被她碰過的那隻手臂仍在發癢，一路癢到胸口：「妳說呢？」

周安然指尖一顫：「你那天……看清是我了？」

「沒有。」

陳洛白垂眸看著她顫得厲害的眼睫，腦中突然回想起那晚，他稍稍抬頭時看見的那雙又細又長的腿，和黑色裙襬下，在她白得晃眼的肌膚上的那顆黑色小痣。

周安然又愣了一下。

沒看見，那他為什麼會知道？

出神間，男生倏然靠近她，這次他的聲音真切地貼在她耳邊響起，他呼吸間的熱氣幾乎燙到了她的耳廓。

「要是我看清了，妳那晚就跑不掉了。」

周安然坐回自己的位子上後，半邊耳朵都還燙得厲害。

而且什麼叫「要是他看見了，她那晚就跑不掉了」？

周安然抬手摸了摸耳朵，聽見盛曉雯湊過來小聲說：「陳洛白剛才親妳了？」

「沒有！」

「沒有？那剛才——」盛曉雯一副不太相信的模樣。

周安然打斷她：「他剛剛只是靠過來和我說了句話。」

盛曉雯看了看她緋紅的耳朵：「說什麼話要靠這麼近，是別人不能聽的那種嗎？」

周安然：「？」

「不是。」

「那是什麼？」盛曉雯追問。

周安然：「……沒什麼。」

盛曉雯伸手捏捏她的臉頰：「然然，妳不老實喔。」

嚴星茜插話：「碰上陳洛白的事，她就沒老實過，我們晚上再審訊她，我知道她的弱點在哪裡。」

周安然：「……？」

兩隊實力有些差距。

陳洛白下場後，外語學院在第三節後半也只追回了五分。

第四節，陳洛白只上場打了三分鐘就重新下來，周安然仔細觀察了一下，見他手肘上的ＯＫ繃好好的，沒有鮮血滲出，就沒再擔心。

這場比賽，法學院最終贏得毫無懸念。

終場哨響，身後的觀眾陸續離席。

周安然沒急著走，他的衣服都還在她這裡，肯定會過來找她。

旁邊兩人大概也是同樣的想法，都坐著沒動，甚至又一起拿起了手機。

周安然猜測她們兩個大概又在跟張舒嫻八卦，也沒再湊過去看。誰知道她們會在群組裡說些什麼亂七八糟的。

兩邊球員各自下場，周安然看見男生從位子上站起來，和走回場邊的球員擊了下掌，然後朝她這邊轉過身。

她連忙低下頭，裝作沒在看他的模樣。

片刻後，熟悉的高大身影再次停在她面前，聲音也在她頭頂響起，「我要跟他們去聚餐。」

法學院那邊突然有球員起鬨：「陳洛白，看你這麼捨不得，要不要叫這位學妹跟我們一起去啊？」

「就是說啊。陳洛白，讓你的女同學跟我們一起去聚餐吧。」

周安然聽見「你的女同學」這個有點熟悉的稱呼，稍稍抬起頭，果然看見說話的正是他那位叫元松的室友。

她目光又稍稍往上挪一點，撞進男生帶笑的黑眸中。

「要跟我一起去嗎？」

周安然的耳朵又燙起來，搖搖頭：「我要陪曉雯和茜茜。」

盛曉雯還在群組裡聊天，聞言頭也沒抬：「不用管我們，我們晚餐可以自己解決，不行的話，還可以找賀明宇。」

周安然猶豫了一下，還是搖搖頭。

法學院那群人，她勉強只算認識元松，其他的都是陌生人，一起去吃飯肯定不自在，這麼多人，也和他說不了幾句話，而且她確實有一段時間沒見到盛曉雯和嚴星茜了，有好多說不完的話想和她們聊。

「我還是不去了。」

陳洛白也沒勉強，「嗯」了聲，又轉向她旁邊的盛曉雯和嚴星茜：「我這週比較沒空，下次有機會再請妳們兩個吃飯。」

嚴星茜：「然然可是我們最好的朋友，隨便一頓飯是搞不定我們幾個的。」

盛曉雯十分贊同地點點頭。

陳洛白笑了一下：「要吃什麼到時候隨妳們挑，吃到妳們滿意為止，行嗎？」

「這還差不多。」嚴星茜勉強滿意。

周安然：「……」

怕這兩人再亂說什麼，她連忙把手裡的衣服塞回男生懷裡：「你隊友還在等你，快去換衣服吧，注意一下傷口。」

懷裡的衣服滿是她身上的香味，陳洛白的喉嚨像是又癢了一下，但周圍都是人，他到底也沒再逗她，只點了一下頭：「好，有事再傳訊息給我。」

等女生很乖地點了下頭，陳洛白才拎著衣服回到場邊。

周安然站起身，盛曉雯和嚴星茜也把手機收起來。

嚴星茜目光一瞥，用手推了推周安然：「然然，之前幫陳洛白送水的女生，好像也跟著他們一起去。」

盛曉雯看她：「妳真的不跟著一起去嗎？」

周安然抬眸。

他們一大群人正往內部通道走，穿著黑色球衣的男生拎著兩件衣服，側頭不知在跟旁邊的人說什麼，懶洋洋地笑著。

走在最後的女孩子的目光，一直落在他身上。

說一點都不酸是不可能的。

但是——

周安然搖搖頭：「我相信他。」

「也是，陳洛白如果是隨便哪個女生就能搞定的性格，也不用等到現在了。」盛曉雯挽住她的手，「既然不跟過去，那就帶我們去吃飯吧，我真的有點餓了。」

周安然點頭：「妳們想出去吃，還是繼續吃學生餐廳？」

「今晚繼續吃學生餐廳吧，你們學生餐廳的菜還可以。」嚴星茜說。

三人去了學生餐廳。

飯吃到一半，盛曉雯才突然想起來：「對了，差點忘了，妳幫我跟陳洛白要他室友的聯絡方式吧？」

周安然把手機拿出來：「好，我問問他。」

陳洛白和隊友先去更衣室換了衣服，從學校出來到餐廳又花了點時間，這會兒才剛在包廂坐下點好菜。

他打了場比賽，胃裡早就空了，手伸進棒球外套的口袋中，摸了顆檸檬汽水糖出來。

元松就坐他旁邊，他早就餓了，見他從口袋裡摸出糖果，伸手去搶：「你在吃什麼？」

陳洛白把他的手重重拍開。

「陳洛白，你變小氣了。」元松痛得齜牙咧嘴，「你以前都會分享。」

陳洛白隨手剝著包裝紙，樂道：「我就是這麼小氣。」

元松想起他這件外套，一整個下午都被另一個人抱在懷裡，像是反應過來什麼：「你那位寶貝女同學給你的？」

陳洛白剝包裝紙的動作頓了一下：「不算是她給的。」

她當初就往他課桌裡塞了兩顆糖果。

但凡是放了一小包，他當時也不至於當成是別人亂塞的，隨便就把它吃了。

「反正也和她有關吧？」元松懂了。

陳洛白把糖果塞進嘴裡，把包裝紙握在手裡玩，含糊地「嗯」了聲。

其實這幾顆糖果在一整個下午的時候，一直放在他外套口袋裡，他的手機也是，塞給她的時候，還特意關上了鎖定螢幕的功能，她只要隨便翻一下，就能發現裡面的祕密。

但他把東西塞給她的時候，就知道以她的性格來看，肯定不會亂翻他的東西。

「陳洛白。」

不知道是哪個學長突然叫了他一聲，語氣戲謔。

「你和生科院的那位學妹，到底是什麼關係？」

陳洛白嚼碎嘴裡的糖果，笑了一下：「你們不是都看到了嗎？」

「我們只看到你把衣服塞到她懷裡，又找她要水喝，至於你們是什麼關係，我們哪看得出來？」

「是啊，是好朋友……還是女朋友啊？」

元松知道他手裡的糖果和周安然有關，就沒再去搶，認命地拿筷子夾花生米填飽肚子。

中場幫陳洛白送水的女生叫趙雪珂，跟他們同班，在訓練的這段時間都會過來幫忙，送水送吃的，明眼人都能看出來醉翁之意不在酒。

陳洛白一樣沒碰，但院裡的這些學長吃人嘴軟，心裡肯定更偏向她，此刻多少有著幫忙打探情報，甚至幫忙追人的意思。

但肯定是白忙。

元松藉著這點熱鬧，又吃了幾顆花生米。

陳洛白揉著手裡的包裝紙：「不是女朋友。」

元松看見刻意坐到陳洛白另一邊的趙雪珂，眼睛立刻亮了起來。

元松在心裡嘆了口氣。

果然，下一秒就聽見旁邊那位少爺懶洋洋地接道：「還沒追到呢，不知道她還願不願意接受我。」

能考進A大的，也沒有蠢人。

有學長立刻就明白了他這句話的意思：「你們早就認識了？」

元松看了一陣子的戲，又看了腳上的球鞋一眼，慢吞吞地接了句話：「何止是早就認識，那個女孩是他的高中同學，不知道惦記多久了。你們不知道，剛開學那時候，有多少女生在想盡辦法打聽他的時候，他就待在宿舍裡看著人家的照片發呆呢。」

陳洛白踹了一下他的板凳，笑罵：「就你話多。」

包廂裡的學長都很機靈，知道他如果真的想阻止元松說話，肯定不會等到現在，此刻臉上也不見半點不悅，應該是故意放任元松把這些話說給他們聽。

雖然吃人嘴軟，但在場的人和趙雪珂的交情普通，不至於為了她去和陳洛白交惡，頓時把那些撮合的心思全壓回去。

「難怪，我就說生科院平時和我們也沒什麼交集，你動作怎麼就這麼快。」

元松繼續夾著花生米，餘光瞥見他手機螢幕亮了一下。

「陳洛白。」元松踢踢他的板凳，「你那位寶貝女同學傳訊息給你了，『檸檬糖』是她吧？」

趙雪珂坐在另一邊，看著正打算和人說話的男生，瞬間低下頭去拿手機，臉上那股散漫感瞬間收了起來，笑容看起來幾乎是溫柔的。

陳洛白在離開之前只是隨口和她提了一聲，沒想到她真的會主動傳訊息給他，聞言立刻解鎖了手機。

檸檬糖：『下午過來接我們的那個男生叫什麼啊？』

陳洛白還抓著包裝紙的那隻手瞬間一緊，他氣笑了一聲，回她：『妳主動找我一次，就是為了問其他男生的名字？』

檸檬糖：『我還沒說完嘛。』

檸檬糖：『是曉雯說對他有點興趣，讓我問你能不能幫她要個聯絡方式？』

陳洛白低眸看著她前一則訊息。

不知怎麼，好像能想像出她說這句話的語氣。

他突然有點想聽她的聲音了。

陳洛白從位子上站起來：「菜上了你們先吃，我出去打個電話給她。」

他沒說「她」是誰，但在場的人都已經心知肚明。

「這麼快就開始查勤了？」有學長打趣。

陳洛白把包裝紙塞回口袋裡，又笑了一下：「不是，她找我有點事，她如果願意查勤，我求之不得。」

趙雪珂臉色一白。

男生把板凳移開，拿著手機出了包廂，全程連看都沒看她一眼。

旁邊的學長幫趙雪珂倒了杯飲料，勸慰她：「算了吧。」

趙雪珂：「……」

算了，這也沒辦法。

不止是剛才，其實從開學到現在，他幾乎就沒注意過她。

陳洛白不知道包廂裡這一段插曲，他出了門，找了個僻靜地方，低頭撥了通電話過去。

那邊很快接通，女生輕軟的聲音傳過來，像是有些意外：『怎麼突然打電話給我啊？』

「不能打嗎？」陳洛白低聲問她。

女生沉默了一下，聲音仍又輕又軟：『沒說不能啊。』

陳洛白心裡有某個地方，像是被撓了一下似的，突然有點後悔打這通電話給她，他轉回正題：「盛曉雯想要周清隨的聯絡方式，是吧？」

『她就是想要下午接我們的那個男生的聯絡方式。』周安然說，『他叫周清隨？』

陳洛白「嗯」了聲：「妳先問問她是不是認真的，周清隨的家庭情況不是很好，每天恨不得把一分鐘掰成兩分鐘用，她要是只想玩玩，就別招惹他。」

周安然：『那我先問問她。』

手機像是被她拿遠了，她的聲音突然變得含糊不清。

幾秒後，才重新在他耳邊響起：『她說肯定不是玩玩，但她如果現在就說是認真的，你肯定不相信，她就想要個聯絡方式先了解一下。』

「好。」陳洛白應下，「我等下幫妳問問。」

手機像是又被拿遠。

兩秒後，她又輕著聲：『能不能現在就幫忙問啊？』

陳洛白的耳朵又癢了一下：「現在幫妳問，我有什麼好處嗎？」

『啊。』女生像是有點意外，『你想要什麼好處？』

陳洛白只是想逗她。他想要的好處，現在也不能跟她說，現在跟她說，大概只會嚇到她。

「先欠著。」他壓著聲音隨口逗她，「想好了再告訴妳？」

沉默一秒，她的聲音再次響起：『好啊。』

乖得要命。

陳洛白仍緊抓著包裝紙的手倏然收緊，他靠在牆邊閉了閉眼，另一隻手從口袋裡伸出來捂住手機話筒，罕見地用氣音罵了句髒話。

『那你現在能幫我去問了嗎？』她很輕地又問了句。

陳洛白把捂著話筒的手鬆開：「可以，先掛了，等我。」

學生餐廳裡。

盛曉雯看周安然結束通話：「他問到了嗎？」

周安然點點頭：「妳怎麼這麼著急？」

「伸頭一刀，縮頭一刀，等待多難受啊，不如早點要個結果。」盛曉雯說著，又看她一眼，

「就是沒想到我們陳大校草，也有乖乖聽女生的話的一天。」

周安然：「……」他哪有乖乖聽她的話，明明是她拿好處跟他換的。

但盛曉雯和嚴星茜都沒注意到這一點，她也不想主動告訴她們，就算說了，肯定只有被打趣的份。

就是不知道他到底想要什麼好處。

片刻後，周安然的手機又響了一聲。他這次沒再打電話給她，只是傳了一則訊息過來。

C：『他說現在真的沒空也沒心思，就不耽誤她了。』

周安然抿了抿唇。

盛曉雯看她這副反應就猜到了：「陳洛白的訊息？那個叫周清隨的男生拒絕了？」

周安然點點頭，把手機遞給她，伸手去挽她的手：「妳別難過呀。」

「雖然有點失望，但也在意料之中。」盛曉雯剛才聽到陳洛白說，他恨不得把一分鐘掰成兩分鐘來用的時候，就預料到了。她把手機遞回去，「不至於難過，畢竟只見過一面而已。」

周安然：「那就好。」

盛曉雯又捏了捏她的臉，笑嘻嘻地打趣：「反正還有機會啊，等下次我們來玩的時候，陳洛白大概就該請我們吃飯了。」

嚴星茜插話：「其實我們下週過來，就能吃到這頓飯了。」

周安然：「……？」

盛曉雯：「妳到時候問問他能不能帶室友一起來吧。」

「好。」周安然應下。

嚴星茜和盛曉雯難得來一次也沒急著走。隔日上午，兩人跟周安然一起仔細逛了圈A大。午後，三人在飯店裡一起看綜藝節目，等到吃完晚餐，兩人才返程回校。

將她們送到火車站後，周安然在校外幫室友買了幾杯奶茶。

從校外一路走回宿舍後，周安然看見謝靜誼和柏靈雲都在，兩人正湊在一起靠在謝靜誼的桌前聊天，見她進來，兩人齊齊止聲，抬頭看向她時，都是一副欲言又止的模樣。

「怎麼啦？」周安然把奶茶放到她們桌上。

柏靈雲推推謝靜誼：「妳說。」

謝靜誼也推推柏靈雲：「還是妳說吧。」

周安然看她們一臉為難的模樣，猜道：「是出了什麼和我有關的事嗎？」

是又有人當眾跟陳洛白告白了？

但以他的性格來看，應該也不會答應啊。

難道是出了別的事情嗎？周安然的心懸起來。

謝靜誼嘆了口氣：「算了，我說吧。就是我們聽見了一點和妳有關的流言。」

謝靜誼頓了一下：「說妳同時吊著陳洛白和妳物理學院的那位男同學，又跟杜亦舟不清不白。」

其實傳來她這邊的話更難聽一點，謝靜誼也不好直接跟她說。

周安然聞言，稍稍放下心。

柏靈雲看她這副模樣，奇怪地問道：「妳怎麼像是鬆了口氣的樣子？」

周安然沉默了一下，也沒瞞她們：「我剛才還以為，妳們要跟我說陳洛白怎麼了呢。」

謝靜誼：「……妳就別操心他了，操心一下妳自己吧，這種流言雖然假得要死，但也很麻煩的，一來妳不好闢謠，二來要是傳得太廣，肯定會影響到妳的名聲。」

周安然點點頭：「妳知道是從哪裡傳出來的嗎？」

「不知道。」謝靜誼搖頭，「不知道對方是不是故意的，反正沒在網路上傳，如果是的話，那還挺聰明的，這樣要查源頭就比較難了，但也是因為沒在網路上傳，暫時傳得不廣，就在我們院裡傳，大概是我們院裡的人。」

「妳來之前，我們兩個就在討論到底是誰傳出來的，關鍵是妳也沒得罪過誰啊。」柏靈雲突然想到什麼似的，「妳們說，會不會是聶子蓁啊？她有一次不就當著然然的面，說了類似的話嗎？」

謝靜誼想了想，又搖了搖頭：「我覺得不太像，就我接觸的這幾次來看，她是有點心直口快，但人倒是不壞。」

「那會不會是哪個喜歡陳洛白的女生？」柏靈雲繼續猜。

「也可能是哪個男生呢。別忘了，然然也拒絕過人，有的男生的舌頭比女生長多了，心眼也小得要死。」謝靜誼說著，又抬頭看向周安然，「然然，妳要不要跟陳洛白說一下？看他有沒有什麼辦法。」

周安然猶豫了一下，搖搖頭：「他前幾天忙著練球，落下一堆作業，今天一直在補作業，我再看看吧。」

「好。」謝靜誼說，「其實還有個辦法。」

周安然：「什麼辦法？」

謝靜誼衝她眨眨眼：「妳馬上和陳洛白在一起然後詔告天下，依我們陳大校草的關注度來看，大概會馬上傳遍全校，這個謠言就立刻不攻自破了。」

周安然：「……？」

這算是哪門子的辦法？

「妳們喝奶茶吧，我去看書了。」

柏靈雲拉住她：「別走啊，妳昨晚沒回來，我們都沒好好問妳。昨天下午，陳洛白在場上和妳說什麼了啊？我看他像是親了妳一下似的。」

「沒有，他只是和我說了句話。」周安然的臉倏然一熱，她昨天被嚴星茜和盛曉雯審訊了一整晚，沒想到回宿舍又是新的一輪。

她把奶茶拿出來，幫她們兩個插好吸管，直接堵到她們嘴邊，「妳們再不喝，奶茶都要涼了。」

謝靜誼笑到不行：「好吧，看在奶茶的份上，今晚先勉強放過妳。」

周安然逃回座位上。

剛把書拿出來，想靜下心來看一會兒，寢室門就突然被敲響。

周安然的位子離門口更近，她起身去開門：「誰啊？」

「是我。」聶子蓁站在門口，「我來找妳是想跟妳說，那個流言不是我傳的。」

周安然不由皺了一下眉。

連聶子蓁都聽說了嗎？

這個流言傳得範圍，好像比她預想中的還要廣。

「周安然，妳皺眉是什麼意思啊？是不相信我嗎？」聶子蓁看著她，「我跟妳說，妳跟我不熟，妳可以不相信我的人品，但妳不能懷疑我的智商啊。」

周安然：「……？」

聶子蓁：「我要是真的打算在背後造謠，傳妳的壞話，我那天肯定就不會當面酸妳了，這不是趕著送把柄給妳，好讓妳懷疑嗎？都是能考上A大的人，妳不會覺得我會蠢到這種地步吧？」

周安然突然覺得她有點可愛：「不會，靜誼說應該不是妳，她說妳人挺好的。」

聶子蓁鬆了好大一口氣：「那就好，反正在背後說人壞話這種事，我從來都不屑幹的。」

她說完，又探頭往裡面看一眼：「謝靜誼，謝謝妳啊，改天請妳喝奶茶。」

「好說。」謝靜誼也沒跟她客氣。

聶子蓁走後，周安然坐回自己的位子上，只是書上的字，她一個都看不進去。

她還是第一次被人傳這樣的謠言，說完全不介意、不難受，肯定是不可能的。

周安然打開通訊軟體，翻開和陳洛白的聊天室，慢慢把這段時間和他的聊天記錄看了一遍，不知怎麼，心裡突然又靜了下來。

她拿著手機趴在桌上，思考著要怎麼處理這件事。要是知道源頭，還能用法律手段，但現在連源頭都不知道，她一時也沒想到什麼好辦法。

臨近九點的時候，周安然的手機突然響起。

她還以為是陳洛白忙完了，急忙拿起手機，卻看到電話是賀明宇打過來的。

周安然疑惑地眨了眨眼睛。

她拿起手機，走到陽臺接聽。

賀明宇的語氣聽起來有些遲疑：『我聽到了……一些謠言。』

周安然眉頭緊皺：「傳到你們那裡了？」

『沒有，我在你們班的男生宿舍聽到的。上次去你們系上旁聽，認識了你們班的一個男生。』

賀明宇先解釋了一句，又問她，『妳已經聽說了？』

周安然「嗯」了一聲。

賀明宇語氣愧疚：『不好意思啊，我沒想到會給妳造成這樣的困擾。』

周安然靠在欄杆上：「你不用道歉啊，是我比較不好意思，把你牽扯進來，該道歉的人是造謠者。」

『周安然。』賀明宇突然叫了她一聲。

周安然：「怎麼了？」

『妳——』賀明宇頓了頓，『我——』

他說了一個字又停下。

「你怎麼了？」周安然問他。

不等賀明宇回答，那邊突然傳來另一道男聲，由遠及近，可能是聲音有些大，很清晰地傳到了她這邊。

『你法學院的那個同學，我們學校的那位校草，叫陳洛白吧？他好像為了周安然跟我們院的一個學長打起來了，就在樓上宿舍。』

周安然抓著手機的指尖倏地一緊：「他是在說陳洛白跟人打架？」

賀明宇：『是。』

他剛想說「妳別急，我幫妳問清楚」，電話那頭的女生已經著急地回了他一句：「不好意思啊，我先掛了。」

耳邊傳來通話終止的提示聲。

賀明宇垂下眼，突然覺得剛才沒說出口的那些話，也沒有再說的必要。

剛才匆匆跑來陽臺的男生，察覺到他的情緒明顯有些不對，疑惑地問道：「怎麼了？」

「沒事。」賀明宇抬起頭，「你剛才說，陳洛白跟你們院的學長打起來了？」

男生：「是『差一點打起來』，沒打成，陳洛白被室友攔住了。」

陳洛白這邊確實沒打成。

元松和周清隨都跟他一起過來了。

一進來，元松就在後面拉住他，周清隨也半擋在他面前，他臉上的表情依舊很淡，勸他的語氣卻很認真：「你如果動手的話，反而會變成理虧的那一方。」

陳洛白閉了閉眼，壓下心裡那股躁意，緩緩鬆開拳頭，對後面的人說：「元松，你鬆手。」

「有話好說嘛。」元松沒鬆，「祝燃說你曾經說過，打架是最不划算的事情。」

「不打。」陳洛白也不知該氣還是該笑，「鬆開，我拿個手機。」

元松半信半疑的。

剛進來的時候，他感覺陳洛白那個沉得要死的臉色，是真有幾分要把人狠揍一頓都不解氣的意思，他給周清隨使了個眼色，才緩緩鬆開手。

陳洛白把手機拿出來，冷冷地看了這間宿舍的主人之一一眼，點開一段錄音：「這些話是你說的吧？」

錄音裡先是一點雜音，而後有一道男聲響起：『周安然也就只有那張臉看起來純潔，勾著陳洛白和物理學院那個男生不放就算了，居然跟杜亦舟也不清不楚的，誰不知道杜亦舟能把交往還不到一天的女朋友，拐到床上去——』

後面的話太過不堪入耳，陳洛白直接按下暫停。

鞏永亮聽著錄音，瞬間面沉如水，他怒目看向旁邊的伏曉烽：「你錄的？」

他說這句話的時候，旁邊只有伏曉烽在。

伏曉烽看他怒火中燒的模樣，往後退了一步：「他是沁姐的表弟，我得罪不起，而且周學妹只是不給你聯絡方式，你就這樣造謠她，我確實看不過去。」

鞏永亮：「你——」

「你們有什麼恩怨，回頭自己再算。」陳洛白打斷他，語氣冰冷，「她那些謠言都是你傳的吧？」

鞏永亮：「什麼謠言，你有什麼證據證明是我傳的？」

「我有本事查到你這裡，就有本事讓那些人過來指證你。」陳洛白懶得跟他廢話，「別掙扎了，給你兩個解決方案。」

「一是跟她道歉，然後不管跟誰傳了謠言，都一一去解釋一遍。」

「二是我拿這段錄音去找你們院長，再跟你走法律途徑。」

他個子高，五官又深邃，臉一沉下來，顯得特別有氣勢。

鞏永亮莫名慌了一瞬，他勉強冷靜下來：「你唬誰呢？周安然跟你們幾個走得很近是事實，我不過是據此推斷了一下，只是話說得有些超過而已，鬧到我們院長面前，他們最多也只是讓我道個歉，至於走法律途徑，你們才剛入學了多久，就拿這個來嚇人了？」

「先不說這段錄音能不能當證據，就算可以，頂多只能告我公然侮辱之類的，你們自己學法律的應該比我更清楚，打官司有麻煩，你費時費力幾個月，還有空讀書嗎？到頭來，就算打贏了，我最多也只是道個歉。」

「這樣吧，我那些話確實說得有些過分，我跟周學妹道個歉，這件事就算了結了。」

「除了公然侮辱，還有誹謗罪，而且——」陳洛白轉了轉腕上的手錶，語氣冷嘲，「誰說我需要親自陪你折騰？」

周安然趕到男生宿舍時，就看見陳洛白正站在宿舍樓下。

她跑得有點急，猝不及防地看到他，腳步差點沒站穩。

陳洛白伸手扶了一下：「慢點。」

周安然一路跑過來，心跳還快著，也顧不上喘勻氣，急忙打量他幾眼，又繞到他身後看了一下：「你沒事吧？」

陳洛白看她這副緊張的模樣，唇角彎了一下：「沒事，沒打成。」

周安然這才大大地鬆了口氣：「怎麼差點和人打起來了啊？」

陳洛白本來不想讓她知道這件事，但現在已經讓她知曉，他也沒瞞著：「找到造謠者了。」

周安然倏然一愣。

所以真的是因為她嗎？

她記得他向來不喜歡跟人動手，當初湯建銳差點被欺負，祝燃想動手都是他攔住的，最後以籃球比賽解決。

陳洛白見她杏眼睜圓，呆愣愣地看著他，突然有點不爽，他都表現得這麼明顯了，差點為了她打架，她有必要這麼驚訝嗎？

他動了動指尖，這次沒忍住，抬手捏了捏她的臉頰。

可能是因為她臉上還有點嬰兒肥，她那幾個朋友，還有他表姐都喜歡時不時捏一下她的臉。

陳洛白手癢很久了。

指腹下的觸感細膩又柔軟，陳洛白的喉嚨像是也癢了一下，他克制著沒再做別的動作，把手收回來，放進褲子口袋裡。

面前的女生抬手捂了捂臉頰，抬眸看向他時，露出了「你怎麼捏我的臉」的表情，面上仍有驚訝，卻又多了幾分害羞。

陳洛白那點不爽突然又沒了：「不問問我造謠的人是誰嗎？」

周安然把捂著臉的手放下來：「誰啊？」

「鞏永亮，認識嗎？」陳洛白問她。

周安然早就把那天聚餐時的小插曲拋諸於腦後，聽見這個名字多少有些意外，但她的社交圈確實小，也沒得罪過什麼人，想想對方那天的表現，又覺得不那麼意外。

她朝他點了點頭：「我室友她男朋友隔壁房的，上次她男朋友請吃飯的時候，他也跟來了。」

陳洛白想起剛才在他們宿舍聽到的話，黑眸瞇了一下：「他就是那天跟妳要聯絡方式的人？」

周安然又點點頭：「你怎麼知道是他啊？」

陳洛白沒跟她細說費了什麼功夫，只道：「妳俞學姐幫了點忙，這件事妳不用再擔心了，他跟哪些人傳了謠言，他自己會去解釋。」

周安然又是一愣。

能找到源頭她已經很驚訝了，以為最多是讓對方道個歉，怎麼還會答應一一去解釋？

「你是怎麼做到的啊？」

陳洛白插在口袋裡的手指突然有點癢：「嚇嚇他而已。」

周安然眨眨眼：「怎麼嚇的？」

「就跟他說——」陳洛白頓了頓，唇角勾了一下，「他不去解釋的話，以後見他一次打一次。」

周安然：「……」

這個人又在逗她。

她到現在都還記得，他那天在便利商店和她說為什麼要學法律時、那副閃閃發光的模樣，何況他向來不崇尚打架解決問題，她才不信。

「是拿法律手段嚇他嗎？」

陳洛白眉梢一挑，突然傾身靠近：「挺了解我的啊？」

距離突然變得好近、好近，周安然還是不習慣和他這麼親近，呼吸不自覺屏住，大腦變得有些遲鈍。

「我在跟你說正經的。」

陳洛白看她的臉瞬間變紅，又靠近了幾分：「我怎麼不正經了？」

周安然：「……」

她真的要招架不住了。

「那，既然你沒事的話，我就先回去了。」

臉皮怎麼這麼薄。

陳洛白笑著拉住她：「好了，不逗妳，先別走，正好讓他下來跟妳道個歉。」

周安然乖乖點了下頭，又瞥了被他握住的手腕一眼。

陳洛白的指尖緊了緊，男生宿舍外面人來人往，其實挺不適合的，他鬆了手，重新揣回口袋裡。

一分鐘後，鞏永亮從樓上下來。

周安然也不知道陳洛白是怎麼嚇他的，只覺得這位鞏學長不復那天當眾跟她要聯絡方式時的自信模樣，頭微低著，道歉的語氣也很誠懇。

「對不起，周學妹，我不該亂傳妳的謠言，希望妳能原諒我。」

周安然覺得晚上悶在胸口的那股氣終於散開：「我聽到了。」

鞏永亮抬起頭，又看向陳洛白：「你看，周學妹都已經原諒我了，那些謠言也沒什麼人相信，是不是——」

周安然打斷他：「我只說『我聽到了』，沒說原諒你了。」

雖然不知道他是怎麼查到源頭的，但想來也不會太容易，而且不管怎麼樣，傷害都已經造成，她怎麼可能因為一句輕飄飄的道歉就原諒。

陳洛白勾了一下唇角：「聽清楚了吧？時間不早了，我勸鞏學長還是早點上去跟該解釋的人解釋一遍，免得我後悔。」

等鞏永亮離開，周安然摸了摸還在發燙的耳朵，小聲對面前的男生說：「謝謝你呀。」

陳洛白：「不能白謝吧？」

周安然眨眨眼：「那我請你吃飯？」

「不用。」陳洛白頓了一下，手從運動褲口袋換回到外套口袋裡，摸了摸裡面的兩顆糖果，「妳明晚是不是有節選修課？」

周安然點了點頭：「是啊，怎麼啦？」

「不是要謝我嗎？」陳洛白用手指撥了一下口袋裡的糖果，「我明晚陪妳去上課？」

他要陪她去上課？周安然心裡輕輕一跳。

周安然疑惑地抬頭看向他：「這算什麼謝禮呀？」

陳洛白揣在口袋裡的手動了一下，還是沒忍住，又伸出來在她臉上輕輕掐了一下：「難不成隨便哪個男生，都有資格陪妳去上課？」

周安然捂了捂臉頰，搖搖頭：「當然不是。」

陳洛白：「所以，這為什麼不算是謝禮？」

周安然慢了半拍才明白他的意思，心臟一下變成了怦怦亂跳。

「所以——」陳洛白說了兩個字又停下。

周安然：「所以什麼？」

「所以——」陳洛白垂眸看著她，黑眸仍深邃，「我有資格陪妳去上課嗎？」

周安然的心跳亂得厲害。

但他這幾乎已經算是某種明示了，所以她好像，也不需要再隱藏些什麼。

周安然很輕地朝他點了點頭。

再也沒有人比他更有資格。

陳洛白勾了下唇角：「走吧，送妳回去。」

周安然的心跳還快著，跟著他走了幾步，才突然想起來：「你不是還要補作業嗎？我自己回去就好了。」

陳洛白偏頭瞥她一眼：「不差這點時間。」

周安然唇角彎了下，頰邊的小梨渦若隱若現。

陳洛白一路把她送回宿舍樓下，看著人進了宿舍，背影消失後，他才轉身往自己的宿舍走。

才走沒幾步，手機就響了兩聲。

陳洛白把手機拿出來看了一眼，訊息是賀明宇傳來的。

賀明宇：『送她回宿舍後有空嗎？』

賀明宇：『有空的話，聊聊？』

陳洛白停下腳步：『等等學生餐廳見。』

進學生餐廳前，陳洛白順路買了兩罐啤酒，他在學生餐廳隨便找了個位子坐下，拉開拉環，沒喝兩口，賀明宇就出現在門口。

賀明宇在他對面坐下，陳洛白把另一罐啤酒推過去。

「聊什麼？」

賀明宇接過啤酒，開環仰頭喝了一大口，沉默著沒接話。

陳洛白也沒催他，手指隨意撥弄著啤酒罐拉環，點開手機去看通訊軟體，沒看到周安然傳什麼訊息，又退出去。

賀明宇喝了大半罐酒，咽下嘴裡發苦的酒液，這才緩緩開口：「高一那場球賽，幫你的人是她，不是嚴星茜。」

陳洛白有些驚訝地抬起頭：「我知道。」

「你知道？」賀明宇也驚訝，「她還是告訴你了？」

陳洛白搖頭：「嚴星茜說溜嘴了。」

「好。」賀明宇嘴裡仍發澀，「那你應該早就知道她的心思了吧？」

陳洛白點頭，在心裡揣摩了一下，才道：「你跟我說這件事，是不打算繼續追她了？」

「從高中到現在，她眼裡只看得到你一個人，我真的追她，也只會給她造成困擾。」賀明宇低頭笑了一下，「可能連朋友都做不成了。」

陳洛白撥了撥拉環：「謝了，不過說實話，我其實更希望你和她連朋友都做不成。」

賀明宇：「那大概要讓你失望了。」

他說完，把剩下那半罐酒一口氣喝了，將空罐子輕輕放到桌面上：「對她好一點。」

陳洛白拿啤酒罐碰了碰他那個空罐子：「那我應該不會讓你失望。」

周安然回到宿舍後，坐下看了一會兒書，才想起剛才忘了問他為什麼會提前在樓下等她。她把手機拿出來，想著他應該已經回宿舍補作業了，最終也沒去打擾他。

第二天接近滿堂，她也沒看太久的書，早早漱洗完上床睡覺。閉上眼時，想起他明天說要陪她去上課，周安然的唇角又緩緩翹起一個小小的弧度。

一夜無夢。

隔日晚上的選修課，只有于欣月和周安然選了同一節。晚上和于欣月一起從後門進去教室後，周安然突然停下腳步：「欣月，我今天想坐後面。」

「為什麼？」于欣月不解。

周安然摸了摸耳朵：「陳洛白說要來陪我上課。」

于欣月點頭：「懂了，那我自己坐去前面，妳之後可以找我借今晚的筆記。」

周安然：「……？」

她怎麼感覺，于欣月好像被另外兩個人教壞了。

這節在大教室上課。

陳洛白第一節課有事，說是第二節下課才會過來陪她，周安然就沒占著視野好的座位，挑了右後排靠著門的位子坐下。

第一小節課上完，下課時間過半，等的人還沒來。

周安然不禁把手機拿出來，猶豫著要不要問問他，還沒決定，旁邊突然有熟悉又清爽的氣息侵襲而來。

她偏過頭，看見高大的男生在她身旁坐下。

陳洛白今天穿了件黑色的衝鋒衣，眉眼間似有倦意，他落坐後把手隨意往桌上一搭，腦袋靠上手臂，就這麼側趴著望向她，也不說話。

周安然被他看得臉熱：「看著我做什麼？」

陳洛白很輕地笑了一下，沒回答她的問題，只低聲說：「有點睏，我睡一下，妳幫我注意一下老師。」

周安然看著他眉眼間那點倦意：「你昨晚是不是又熬夜補作業啦？你還是回去睡吧？」

陳洛白的聲音仍輕：「說好要陪妳上課的。」

于欣月一語成讖。

周安然第二節課根本聽不進任何東西。

他們的位子偏角落，不太引人注意，但也因為如此，前面根本沒什麼人坐，只要講臺上那位老教授的目光往這邊一挪，或許就能看見。

大概是某人睡得實在明目張膽，半節課過後，臺上老教授的目光開始頻頻朝這邊看過來。

第一次看過來的時候，周安然沒捨得叫醒他。

第二次，也沒捨得。

直到老教授第三次看過來，周安然咬了咬唇，狠心在桌下推了推他的手臂。

旁邊的人沒反應。

周安然只好繼續推他，但動作又不敢太大，她目光盯著黑板，手落上去的時候就沒找好位子，一下從他手臂滑到他腿上。

她臉倏然一熱，趕緊想把手收回來，卻被一隻大手倏然抓住。

掌背上是男生滾燙的掌心。

她掌心下是他粗糙牛仔褲的布料。

周安然的心臟很重地跳了一下。

她沒看見老教授的眼神第四次朝這邊望過來，直到對方聲音響起。

「右後方那個穿著黑衣服的男生，你起來一下。」老教授的語調慢悠悠的，「旁邊的女孩，叫一下他。」

周安然：「……」

她恍然回神，發現右手還被他壓在他牛仔褲上。

男生仍趴在桌上，像是還沒醒，剛才只是意識不清下的一個動作。

周安然的右手動不了，只好用左手重重推了他一下。

陳洛白終於抬起頭。

「老師叫你。」周安然小聲提醒他。

老教授背著手：「這位同學，麻煩你起來回答一下我剛才的問題。」

周安然被他鬧得什麼都沒聽見，想幫他也幫不成。

但某人的心理素質明顯比她好上一大截，這種情況也不見任何緊張尷尬，他不疾不徐地站起來，課桌下的那隻手仍握著她的手，像是忘了放開，聲音帶著幾分睏意，語氣卻輕鬆：「不好意思啊，老師。我不是您這節選修課的學生，是來陪人上課的，答不出來。」

他態度坦蕩，講臺上的老教授又向來開明，反而沒辦法生氣。

男生模樣出眾，是見過一次就不容易忘記的長相，確認他並非這堂課的學生，老教授笑著打趣：「來陪人上課還睡覺啊？」

周安然臉一熱。

然後聽見某人慢悠悠地回道：「下次不敢了。」

他這句說得實在曖昧。

似是在說下次不敢在課堂上睡覺，又更像是說下次不敢在陪她的時候睡覺。

他本來就引人關注，教室裡瞬間響起起鬨般的喧嘩聲。

周安然臉燙得厲害。

「好了，坐下吧。」老教授抬手壓了壓，「你們也別吵了，羨慕的話自己也找一個去。」

周安然：「……？」

教室重新安靜下來，有人還沒放開她的手。

她心臟重重跳著，不知是不想打擾他人上課，還是出於什麼私心，也沒提醒他。

老教授重新開始講課。

教室裡的學生圍觀了一小段插曲後，又重新投入學習中。

只有教室右後排的兩個人，始終無法靜下心。

少年隱祕的心思悄悄藏在課桌下，藏在無人看見、相握的雙手裡。

起先鬆鬆抓著，後來有人緩緩分開了另一隻小手，一點一點地將十指交扣進去。

十一月中旬的北城已經初見嚴寒，關了門的教室裡仍有寒風輕輕流轉，緊握在一起的雙手卻起了細密的汗，因為緊貼在一起，分不清到底是誰的，只知道彼此的掌心都越發燙得厲害，心跳也壓不住似的，一下重過一下。

後半節課，周安然半個字都沒聽進去。

直到下課鈴聲突兀地響起，她驀地回過神，手指下意識動了一下，又被那人更緊地握住。

周安然剛緩下來的心跳又重新加快，終於忍不住小聲提醒他：「下課了。」

陳洛白「嗯」了聲，目光從黑板緩緩轉到她臉上：「等他們先走，有話跟妳說。」

周安然：「……？」

他怎麼又有話想跟她說？

上次他說有話要跟她說，然後在空蕩蕩的 Live House 裡彈唱了一首小星星給她聽。

今天不可能也要在教室彈吉他給她聽吧？

教室裡的學生陸續離開，于欣月走的是後門，在他們位子附近停了一下：「然然，妳現在不走是吧？」

周安然的心臟飛快地跳著，只要于欣月的視線再偏一點，就能看到她的手正被一隻大手握著。

「暫時不走，妳先回去吧。」

好在于欣月還沒被那兩人徹底教壞，也沒打趣她，點了點頭，就抱著書從後門離開了。

幾分鐘後，教室終於安靜下來。

周安然卻始終沒聽見他開口，她忍不住輕輕問了一句：「你要跟我說什麼啊？」

陳洛白揣在衣服口袋裡的另一隻手也早出了汗，他下顎繃緊了一下，先緩緩鬆開了她的手。

周安然的指尖顫了一下，慢吞吞地把手一點點縮回自己這邊。

陳洛白看著她這點小動作，忽然笑了一下。鬆開她的手後，驀然加劇的緊張好像在一瞬間緩了下來，他沒再遲疑，把一直握在口袋裡的兩顆糖果拿出來，放到她身前的桌上。

看清他放過來的東西後，周安然倏然一愣。

「見過這顆糖果嗎？」

周安然的心跳快得厲害，沒答話。

然後她聽見身旁的男生緩慢接道：「我知道這糖果，還是因為高中有人往我課桌裡塞了兩顆。別人往我課桌裡塞情書，她只往我課桌裡塞了兩顆糖果，我還以為是誰亂塞的，不過——」

他突然停頓了下來。

周安然的心臟重重跳著，忍不住抬頭去看他，目光瞬間撞進男生帶笑又專注的眼中，他看著她，像是意有所指。

「還挺甜的。」

周安然的指尖蜷了蜷：「你怎麼連這個也知道？」

這件事她連嚴星茜都沒說過。

她以為，那兩顆糖果永遠都是只有她一個人知曉的祕密。

陳洛白：「那天早上去找嚴星茜，看見她口袋裡掉了一顆出來，她當時情緒有點崩潰，哭著說是妳買給她的。」

周安然：「……」

原來還是在嚴星茜這裡被發現的。

不過，好像也沒關係了。

之前不敢讓他知道，是因為怕他知道後，她也會像其他女生一樣，成為被他疏遠的對象之一，會連偷偷喜歡他的資格都失去。

但現在，她好像已經提前得到了他明目張膽的接近。

她好像……有點猜到他今晚要跟她說什麼了。

「周安然。」陳洛白很輕地叫了她一聲。

周安然的聲音也輕：「嗯。」

「糖果、球賽還有那晚的藥，我知道的只有這些了。」陳洛白看著她，「還有沒有其他我錯過、妳又覺得遺憾的事？」

周安然的鼻尖驀地發澀，她重重搖了下頭：「沒有了。」

她怎麼可能還有遺憾？

陳洛白把抓了許久的糖果放到她面前，手裡感覺有些空，手指不由緩緩收緊：「那妳應該也能猜到，我接下來要跟妳說的話了。提前想了很多臺詞，但還是覺得應該要正式、清楚、明白地跟妳說一遍這四個字。」

「周安然。」他又很低地叫了一聲她的名字。

周安然抬起頭。

男生漆黑的眼望著她，神情比此前任何一個時刻都要認真，因為下顎線緊繃著，又顯得像是有些緊張。

他停頓的這一秒，時間像是突然被無限拉長。

周安然的心跳從沒像現在這樣快過。

然後她聽見陳洛白一字一字道——

「我喜歡妳。」

即便剛才已經和他牽過手，即便早有預感，可真切聽他親口說出這句話時，周安然的鼻尖還是酸得無以復加。

她眼一眨，就有眼淚掉下來。

這是陳洛白第三次看她哭。

第一次他一無所知，只當她是普通同學，不明白那天為什麼他越哄、她哭得越厲害，不明白她為什麼朝他笑得那麼勉強。

卻也是從那天起，他開始注意到她。

第二次他遲鈍得沒察覺到自己的心思，在被叫到辦公室後，卻本能地猶豫著，不想把那封情書的真相告訴她，捨不得讓她再次感到難堪。

也因此慢了一步，眼看著她搶先擋在他面前，看她緩緩在他面前半蹲下來，語帶哭腔地說「他怎麼可能喜歡我」。

那瞬間，他說不清心裡是什麼感覺，只知道他大概一輩子都忘不了這一幕了。

這是第三次。

她哭得無聲無息，仍舊漂亮。

陳洛白的心臟卻像是揪緊般倏地發疼，他抬手想幫她擦淚，手指快落到她眼角時又猶豫著停住。

在課堂上睡覺被老師當眾叫醒回答問題，也不見絲毫緊張的人，語氣卻在這時明顯帶了點慌。

「妳別哭，要是還沒準備好，我可以繼續等妳。」

周安然的視線有些模糊，下意識搖搖頭。

從二中轉學那天起，她就以為自己此後會走向一條和他毫不相干的路。

在他鮮花著錦的鼎沸人生中，不斷會有新的人加入，她永遠都只能在暗處當一個沉默的旁觀者。

可兜兜轉轉，他居然出現在她的前路等待她。

還是不敢相信，就像是在做夢。

周安然看著眼前修長、被視線模糊的那隻手，本能地握上去，像是想握住一點真實感。

陳洛白垂眸看著抓在他手指上的細白小手，半懸在空中的心臟終於緩緩落下，空著的另一隻手也終於敢落到她眼角。

聲音帶笑，像是在逗她，因為壓得低，又更像是在哄她。

「周安然，妳還沒答應當我女朋友呢，沒名沒分的，手不給牽啊。」

周安然又搖搖頭，有點被他逗笑，鼻尖還是有不停漫上來的酸澀。

「沒有不答應。」

怎麼可能不答應。

她那麼、那麼、那麼喜歡他。

就算只是夢，她也想要長長久久地做下去。

從教室出來後，周安然跟在他旁邊，都還覺得如踩雲端，輕飄飄的，每一步都像是落不到實地。

她忍不住悄悄偏頭去看他。

男生的下顎線條鋒利流暢，鼻梁高挺，不管是皮相還是骨相，都十分優越，側臉似畫般好看。

這個曾經照亮二中大半女生青春的男生，這個曾經她只敢躲在人群裡，偷偷看著的男生，居然成了她男朋友。

還是好不真實。

周安然悄悄看著他，也沒注意到和他的距離越來越近，她垂在一側的手背無意間碰上他的手背，外面風涼，她又是畏寒體質，手早就涼下來，他手背卻還是溫熱的。

像是被燙到似的，周安然下意識想縮回手，下一秒，手卻被他倏然握住。

不同之前在教室時，他一點一點地分開她的手指，像是給足她反應和拒絕的時間，這一次男生的動作格外強勢，沒等她反應過來，她再次跟他十指交扣，掌心也與他的掌心緊緊相貼。

陳洛白的目光也轉過來，黑眸中帶著明顯的笑意：「妳這一路看了我多少次？」

周安然：「……」

可能是緊緊交握的雙手給了她前所未有的信心和勇氣，周安然的耳朵尖熱起來，卻難得沒避開他的視線，輕聲反問：「不能看嗎？」

「當然可以。」陳洛白笑看著她，大拇指指腹在她手背上輕輕摩挲了一下，「要不要我停下來，讓妳仔細看一下？」

分不清是因為他這句打趣的話，還是因為剛才那點親昵的小動作，周安然的臉倏然熱了幾分，還是有點招架不住，她撇開視線：「不……不用了。」

陳洛白像是很輕地笑了聲：「也好，反正我們來日方長，妳以後再慢慢看。」

秋末的晚風開始帶著明顯的寒意，周安然只覺得心臟像是泡在一汪滾燙的溫泉中。

她嘴角一點點彎起來。

到宿舍樓下後，來來往往的人變多，落到他們身上的目光也開始增加。

周安然不是第一次被他送回宿舍，卻是第一次被他牽著送回宿舍，才剛緩下來的耳朵又開始發燙，但也沒主動鬆開他的手，只是很輕地說：「我到了。」

陳洛白也很輕地「嗯」了聲。

周安然有點捨不得跟他分開，也有點怕跟他分開，可看著他眉眼間的倦意，她同樣捨不得讓他忍著睏意，跟她站在寒風中浪費時間。

「那我上去了，你早點回去休息。」

面前的女生微低著頭，白皙的耳朵不知何時又染上層薄紅，睫毛輕顫，粉潤柔軟的雙唇微抿著。

陳洛白的目光在她唇上落了一秒，鬆開她的手：「嗯。」

就只回她一個「嗯」字嗎？

周安然有點失望，反應過來後，又覺得自己好像有點貪心。

被他牽著送回宿舍樓下，是她以前想都不敢想的事情，她壓下那點奇怪的失落：「那我進去啦。」

剛轉過身，就聽見陳洛白又叫了她一聲。

「周安然。」

周安然轉過頭。

夜色中，高大帥氣的男生突然朝她張開雙臂：「不抱一下妳男朋友再進去嗎？」

周安然有點愣住。

陳洛白卻沒等她反應，伸手拽住她手腕一拉。

周安然驀地撞進他懷裡，被他雙手扣住腰，一點點收緊，她臉貼在男生堅硬的胸膛上，鼻間滿是他身上熟悉的氣息，耳邊是他和她一樣快的心跳聲。

她的心慢慢安定下來。

陳洛白在人來人往的宿舍樓下，靜靜抱了她片刻。

臨近鬆開前，周安然感覺他像是稍稍低下頭，呼吸間的熱氣貼在她耳邊，聲音很輕、很輕。

「晚安，女朋友。」

周安然一進宿舍，謝靜誼和柏靈雲就尖叫著朝她跑過來。

「然然，妳真的和陳洛白在一起啦？」謝靜誼一臉興奮。

周安然一驚：「妳怎麼知道？」

柏靈雲：「妳剛才跟他在樓下抱了兩三分鐘，大家又沒瞎，我們宿舍這一片的人都看到了，這件事明天可能會傳遍學校。」

周安然：「……」

她感覺自己的臉真的要冒煙了。

「妳真行啊，然然。」謝靜誼捏了捏她的臉頰，「陳洛白這種男神級別的人物都被妳搞定了，怎麼做到的啊？」

周安然摸摸耳朵：「我不知道。」

重逢以來，好像都是他更主動。

于欣月今晚不知為什麼沒有去圖書館，此刻也沒跟著這兩人一起瘋，她去外面陽臺拿了點東西，進來後看向周安然：「然然，陳洛白好像還在下面。」

周安然愣了一秒，隨手把手上的書往桌上一放，只拿著手機，急急忙忙地跑去陽臺。

謝靜誼和柏靈雲兩人也跟著跑出去看熱鬧。

周安然趴在陽臺上，看見身形頎長的男生站在剛剛抱過她的地方，像是某種心有靈犀，他突然抬起頭。

目光和他在半空中對上，周安然的心跳又快了一拍。

她低頭傳訊息給他：『你怎麼還沒走？』

C：『想再看妳一眼。』

周安然的指尖頓了一下，心跳好快、好快：『那你看到了啊。』

C：『嗯，走了。』

周安然又從手機上抬起頭。

陽臺下，高高瘦瘦的男生把手機放回口袋裡，他高舉起手，朝她隨意揮了一下，然後轉身步入夜色中。

等他的身影澈底消失，周安然才回了寢室裡。

謝靜誼跟在她身後：「嗚嗚嗚，我也想談戀愛了。」

「談戀愛跟談戀愛是不一樣的。」柏靈雲接話，「我和謝子晗確認關係的那天，他送我到宿舍樓下就飛快地跑走了。」

「也是。」謝靜誼嘆氣，「就算找到男朋友，他也不會跟我說什麼『想再看我一眼』。」

周安然：「……？」

這兩人哪是在說什麼想談戀愛，分明是在打趣她。

周安然紅著臉，伸手去撓她癢：「靜誼，妳偷看！」

謝靜誼笑著躲開：「就偷偷看到了那一則，別生氣嘛，陳洛白本來是我們全校隨便都可看的大帥哥，現在變成妳一個人的了，我偷偷看你們放閃也不過分吧。」

周安然臉皮薄，實在鬧不過她們，索性逃為上計：「我要去漱洗了。」

漱洗完，周安然帶著手機和他今晚給她的兩顆糖果，早早爬上床。

她平躺下來，打開和嚴星茜她們的群組，指尖在畫面上停了停，乾脆又轉身趴在床上。

兩顆檸檬汽水糖就放在枕頭邊。

周安然看了兩顆糖果一眼，又摸了摸自己的耳朵，低頭打字：『那個……跟妳們說一件事。』

等了幾秒，群組裡沒有人回答。

可明明二十幾分鐘前，嚴星茜和張舒嫻還在裡面聊天的，難道又去忙了嗎？

周安然抿了抿唇，還是把那句話打上去：『我和陳洛白在一起啦。』

這則消息一傳出去，群組裡接連跳出來好幾則訊息。

盛曉雯：『二十分鐘。』

張舒嫻：『要原諒她嗎？』

嚴星茜：『給她個機會解釋吧。』

周安然：『嗯？妳們在說什麼？』

那三個人像是忽略她似的，依舊自顧自地聊著。

盛曉雯：『可是連祝燃都比我們早二十分鐘知道。』

張舒嫻：『這點確實不能忍。』

嚴星茜：『但畢竟不是她告訴祝燃的。』

周安然：『什麼情況呀（委屈 jpg）。』

嚴星茜：『妳去看一下祝燃的最新貼文。』

周安然眨眨眼。

她點開社群軟體，很快就看到祝燃的新貼文。

祝燃：『姓陳的還能更重色輕友一點嗎？』

配圖是一張通訊軟體的對話截圖。

祝燃：『我這週末去你們學校。』

C：『別來，沒空。』

祝燃：『你這週末不就只有一場球賽要打嗎？怎麼就沒空了？這週作業很多？』

C：『陪女朋友。』

祝燃：『！』

祝燃：『你和周安然在一起了？』

C：『嗯，所以別來了。』

祝燃是他最好的朋友，他告訴祝燃，完全在她意料之中。

但周安然看著那句「陪女朋友」，嘴角還是慢慢地翹起來。

周安然長按圖片，把這張截圖保存下來後，才重新退回主畫面，打開四人群組，剛才那一串看不懂的對話，現在再看就再明白不過。

她有點心虛。

周安然：『我看完了。』

盛曉雯：『那解釋一下吧。』

張舒嫻：『在一起多久了？』
嚴星茜：『祝燃都知道了，我們還不知道！』
周安然：『沒多久，今晚才剛在一起。』
張舒嫻：『今晚？』
周安然：『晚上第二小節課結束後，他才跟我告白的。』
周安然：『我一漱洗完就跟妳們說啦。』
只是沒想到，他會比她更早告訴祝燃。
盛曉雯：『你們那堂課八點半才結束吧？到現在也才過一個小時而已。』
周安然：『是啊。』
嚴星茜：『算了，那原諒妳吧。』
張舒嫻：『看在妳還算及時的份上。』
盛曉雯：『我的意思是，到現在也才過一個小時出頭，剛才祝燃發文的時候，他們也才剛在一起半個多小時吧。』
盛曉雯：『有人這就忍不住放閃了啊？』
嚴星茜：『是哦。』
張舒嫻：『盲生！妳發現了華點！』
盛曉雯：『然然，看來陳洛白比我預想中的還要更喜歡妳啊。』
周安然：「……？」

是這樣嗎？

張舒嫻：『不過祝燃這麼一發，就等於半公開了，妳等著吧，這兩天大概會有不少人來找妳問情況。』

這則訊息剛跳出來，周安然的手機也響了一下。

她還以為是被張舒嫻說中，這麼快就有人來找她問情況，一退回畫面，就看到訊息是他傳來的。

C：『剛才去洗澡了。』

C：『看祝燃的貼文才知道。』

C：『介意嗎？』

周安然有點不明白：『介意什麼？』

C：『介意這麼快就公開我們的關係。』

周安然：「……」

他剛才在樓下當眾抱她，其實跟公開也沒什麼差別了。

而且她怎麼可能會介意，他大大方方地公開，她高興還來不及。

周安然：『不介意。』

C：『那我也來發一篇。』

周安然：『發什麼？貼文？』

C：『嗯。』

C：『祝燃那則一發，好多人都在問，懶得一一回答。』

意思是……他親自來公開？

周安然有點好奇他會發什麼內容。

她點進他的個人頁面，反覆刷新，一直沒刷出新內容，心跳在期待中漸漸開始加快。

直到一分鐘過後，貼文終於被刷出來——

C：『別問了，是我們高一班上的周安然，我主動追她的，惦記很久了。』

十瓶汽水 寶寶，張嘴

惦記很久了是多久？

周安然盯著這則貼文發呆。

她好像也沒細想過，他到底是什麼時候喜歡上自己的。

一開始是根本不敢想，後來他表現得越來越明顯，她越來越招架不住，就變得沒有心思去想這個問題。

但此刻再回想，好像從重逢的那一晚開始，他對她的態度就有點特殊。

主動跟她要聯絡方式，再跟她要課表，找她幫忙，然後請她吃消夜，送她回宿舍……

一步一步，都是他在主動。

周安然退回主畫面，有點想問問他，卻先收到了祝燃傳來的訊息。

祝燃加她之後，一直沒找她聊過天，這還是他第一次傳訊息給她。

祝燃：『周安然，我把妳加進一個群組啊。』

周安然：『什麼群組？』

祝燃：『就一些高中的老同學，他們想跟妳打聲招呼敘敘舊，可以吧？』

祝燃的朋友，多半也是他的朋友。

周安然也沒拒絕：『可以啊。』

應下後，她立刻被祝燃拉進群組裡，周安然聽見手機響了一聲。

她再次退到主畫面，看見最上方多了一個群組聊天室，第一則訊息是祝燃傳的。

祝燃：『把她拉進來了。』

周安然剛看完這則訊息後，下一秒，她的手機突然瘋狂震動起來，一聲接一聲，新群組裡的訊息也一則接一則跳出來。

頂著陌生的頭貼和熟悉的名字，內容卻相當一致——

湯建銳：『大嫂好。』

黃書傑：『大嫂好。』

邵子林：『大嫂好。』

包坤：『大嫂好。』

周安然：「……？」

陳洛白的頭貼跟在這排訊息後出現。

C：『你們有病啊？別嚇她。』

不知怎麼，周安然好像輕易就能想像出，他笑罵這兩句話時的聲音和模樣。

她愣愣地看著這一排名字。

全都是他高中最要好、經常跟著他在球場上打球的那群男生。

鼻尖莫名有些酸。

她當初無數次從球場上路過，無數次偷偷看他和朋友打球時，怎麼也沒想到有一天，會被拉進他的朋友圈裡，被他這群朋友打趣著叫「大嫂」。

祝燃：『你們看，某人護得多緊。』

C：『好不容易追到的，不護緊一點，跑了你能賠？』

湯建銳：『賠不了，賠不了。我們所有人加在一起，也抵不了大嫂的一根手指頭。』

陳洛白直接傳了一則語音訊息。

周安然點開，靠在耳邊，聽見他的語氣明顯帶著笑：『滾。』

是和高中時，她無數次偷偷聽他笑罵他們時一樣的語氣。

C：『別理他們。』

周安然眨眨眼，這句是跟她說的吧？

黃書傑：『別。』

黃書傑：『我們畢竟和大嫂同班一年多，聊天敘舊總可以吧？@周安然。』

黃書傑：『等放假了，妳跟洛哥一起來跟我們聚聚吧。』

湯建銳：『洛哥，你這句話也不帶個主詞。』

C：『想去嗎？』

湯建銳：『我們也不知道你是在問誰啊。』

邵子林：『不可能是問你就對了，別自作多情。』

祝燃：『好了好了，你們再打趣周安然，有人可能會逼我把大家踢出群組。』

祝燃：『你回他一下吧@周安然。』

周安然摸了摸耳朵。

周安然：『到時候有空就去啊。』

這邊聊完後，周安然退回主畫面，才發現張舒嫻不久前在她們四個人的群組裡標註她。

可能是剛才這邊訊息密集，手機頻繁響動，她沒注意到。

張舒嫻：『陳洛白在社群軟體上公開了@周安然。』

嚴星茜：『什麼？陳洛白是怎麼公開的？妳怎麼知道啊？』

張舒嫻在群組裡傳了一張陳洛白的貼文截圖。

張舒嫻：『妳對他有什麼誤解，他在我們學校跟男明星的待遇沒差多少好嗎？祝燃那則貼文一發，我好幾個高中群組就沸騰了，有些人還在陰陽怪氣地猜然然是靠什麼手段把陳洛白拿下的，我本來想嗆回去，結果有人先傳了這張截圖，那幾個人就集體閉嘴了。』

張舒嫻：『超爽，哈哈哈，我都懷疑陳洛白可能是故意的。』

盛曉雯：『自信一點，把「可能」去掉。』

盛曉雯：『陳洛白那個人多聰明啊，肯定知道他和然然在一起後，會引起什麼樣的議論。他要是只想公開或放閃，大可以換點更親暱的內文。』

盛曉雯：『妳們還記不記得，他當初加入我們聚會群組時說的第一句話？』

嚴星茜：『什麼？』

張舒嫻：『我記得好像是「別找她了，想知道什麼直接問我」。』

盛曉雯：『這則貼文也有這麼點意思。』

盛曉雯：『就衝他這麼保護然然，這門婚事我也同意了。』

嚴星茜：『哼，我勉強同意吧，看他之後的表現。』

周安然稍稍發愣。

她今晚的心情一直輕飄飄、亂糟糟的，剛才的重點又在他那句「惦記她很久了」上面，這會兒看到盛曉雯在群組裡的分析，才慢半拍反應過來，他這則貼文裡的維護之意。

心裡好像有一塊地方軟軟地塌下來了。

手機又在這時突然響了一下。

周安然退出去，看見俞冰沁傳了一則訊息給她。

俞冰沁：『和他在一起了？』

沒指名道姓，但她們兩個都心知肚明。

可能是身分關係的變化，周安然再看到她的訊息，莫名覺得不好意思，她抿抿唇，紅著臉回：『嗯。』

俞冰沁又多傳了一則給她：『他要是欺負妳就跟我說。』

周安然：『好，謝謝學姐。』

隨後是董辰在一直沒解散的聚會群組裡標註她。

董辰：『@周安然，妳和陳洛白在一起了？什麼情況？』

嚴星茜先回了他。

嚴星茜：『他們在一起有什麼好驚訝的？』

董辰：『這不值得驚訝嗎？他們兩個在高中的時候完全不熟吧，怎麼突然就在一起了？』

嚴星茜：『他們兩個上次聚會的時候，就很明顯了好不好？是你自己遲鈍看不出來。』

周安然趴在床上忍不住笑出來。

嚴星茜怎麼好意思罵別人遲鈍，她自己就是個最大的遲鈍鬼。

之後陸續又有其他人傳訊息過來詢問情況，但可能是因為他發了那則維護意味極強的貼文，來問她的人比預想中少了許多，問的重點也都從「她怎麼會和陳洛白在一起」變成「陳洛白怎麼會主動追她」。

等一一回覆過後，時間也不早了，周安然再次退回主畫面，剛打開和他的聊天室，沒等她傳訊息給他，他的訊息就先跳了出來。

C：『睡了嗎？』

周安然唇角彎起：『還沒。』

周安然：『你怎麼還沒睡呀？』

C：『準備睡了。』

C：『明早一起去圖書館？』

周安然想起上次謝靜誼和她說的八卦：『我室友之前聽說，你其實都不會去圖書館複習。』

C：『之前確實不會去，嫌麻煩。』

C：『現在不是有女朋友了嗎？』

周安然看著「女朋友」三個字，唇角又翹起來。

周安然：『那明早一樣七點五十分在圖書館門口見？』

C：『早一點吧。』

周安然：『早一點圖書館也沒開門呀。』

C：『七點二十分，學生餐廳門口見，一起吃個早餐？』

周安然的心跳又快起來：『好。』

C：『明天見。』

周安然：『明天見。』

鎖定手機螢幕後，周安然又有點睡不著。

大腦持續處於興奮狀態中，也有點不敢睡。

她重新解鎖手機，把今晚和他的聊天記錄和他發的那則貼文，又仔細看了一遍，最後拿了一顆檸檬汽水糖握在手心。

心裡飄浮著的某些東西，好像才終於落定。

不知過了多久，睡意緩緩襲來。

迷迷糊糊間，周安然想起今晚被一堆訊息打斷，也忘了問他那句「惦記很久了」是什麼意思。

不過也不急吧。

畢竟他說，他們來日方長。

她可以慢慢發現。

周安然第二天是被鬧鐘吵醒的。

怕吵到室友，她習慣性在第一時間就先按下鬧鐘，意識還有些昏沉，半夢半醒間轉了個身，臉突然被一個小小的硬物硌到，有極輕微的一點痛感。

周安然閉著眼，伸手把東西抓到手裡，聽見一點窸窣響動，朦朧睜開眼，看清手裡拿著的是一顆小小的糖果。

一顆小小的檸檬汽水糖。

意識在這一瞬間陡然清醒過來。

周安然從床上半坐起來，找到手機解鎖螢幕。

把行動數據打開後，手機就出現了一堆訊息提醒。

周安然點開通訊軟體，新訊息幾乎都是在問她和陳洛白的戀情，她往下滑了滑，找到他被壓到很下面的頭貼。

指尖點開和他的聊天室，第一眼先看到的是那則「明早見」。

再往上一點，是他說「現在不是有女朋友了嗎」。

周安然攥著手裡那顆糖果，剛才半夢半醒間那一點慌張，又如同潮水一般迅速退去。

她輕著動作下床漱洗。

于欣月比她還早，人已經不在宿舍。

她漱洗完出來，柏靈雲也起床了，謝靜誼有些貪睡，到現在都沒有動靜。

室友還在睡，周安然不方便，其實也沒剩多少時間能化妝，想著這段時間見他，為了不那麼刻意，她大多都沒化妝，最後還是素著一張臉出門。

到了學生餐廳門口，她就看見陳洛白和前幾次一樣，早在約定地點等著她。

男生今天又穿了那件綠白色的棒球外套，看起來清爽又帥氣，肩上背了個黑色的雙肩包，還是和高中一樣的習慣，肩帶只隨意掛在了右肩上。

周安然走到他面前，停下來，看見他臉上仍有倦意，輕著聲問：「又沒睡好嗎？」

陳洛白忍著哈欠：「嗯。」

「那你吃完早餐，要不要再回去睡一會兒？」周安然問他。

「不用。」陳洛白垂眸看見女生很乖地站在自己面前，眼底有明顯的關心，「過來讓我抱一下就好。」

這天天氣很好，陽光從雲層裡透出來，在男生的黑髮上鍍上一小層金邊。

早上七點十五分，這間歷史悠久的頂級學府早已甦醒，林蔭道上有穿行而過的腳踏車，也有腳步匆匆的學子，學生餐廳裡燈火明亮，已經初見熱鬧。

高大帥氣的男生站在她面前，朝她張開雙臂。

他不像昨晚一樣，直接把她拉過去，就這麼靜靜地笑看著她，像在等她自己走進他懷裡。

旁邊似乎有人駐足，目光朝這邊落過來。

周安然的臉緩緩熱起來，卻也沒遲疑地朝他走去。一步，兩步……然後跟他之間僅剩的距離完全消失。

清爽的氣息將她團團包裹。

陳洛白收緊手臂，將她重重扣進懷裡。

周安然感覺他的臉好像在她肩膀上輕輕埋了一下，嘴唇不知有沒有碰到她脖頸，她分不清，只聽到他的聲音在耳邊響起。

「早啊，女朋友。」

吃完早餐，周安然和他一起去了圖書館。

落坐後，趁著剛開館，自習室裡還不算完全安靜，周安然偏頭問他：「你要不要再像上次那樣睡一會兒，我等一下叫你。」

「不用。」陳洛白看她坐在中間的位子上，「換個位置吧。」

怎麼突然要換位置？

不過這麼點小事，周安然也沒多問，起身跟他交換，從他的左手邊換到了他的右手邊。

周安然把書和筆拿出來，左手隨意垂在一側，右手拿著筆打算做筆記，沒等她看兩行，左手突然被旁邊的人握住。

她轉過頭去。

陳洛白週日熬夜補作業，昨晚又到半夜才睡著，是真的睏，這週大概又要忙，也抽不出太多時間陪她，所以捨不得睡覺。見她轉過來，只笑著瞥她一眼：「妳看妳的書，我充一下電。」

周安然：「……？」

握她的手算什麼充電？

這是什麼奇怪的說法，她難道是什麼充電器嗎？

但不管是什麼亂七八糟的說法，她都捨不得抽走，就由他這麼握著，她轉過頭，打算繼續看書。

可他這次沒像昨晚一樣，只是簡單地牽著她。

他像是在玩她的手。

可能是經常打球，男生的指腹有些粗糙，很輕地劃過她掌心，再細細輕撫了幾下。

周安然差點沒把筆拿穩。

然後手指被他輕輕捏了捏，接著是指尖。

周安然忍不住轉過頭。

陳洛白垂著眼，仍很輕地在揉著她的指尖，從大拇指一個個捏到小指，然後又滑進她指縫。

他每做一個動作，周安然的臉就更熱一分。

像是終於察覺到她的視線，陳洛白抬起頭，嘴角勾了下，聲音壓成氣音，語氣聽起來有些欠揍：「怎麼不好好看書？」

周安然：「……？」

他怎麼！還好意思問她！怎麼不好好看書！

他這樣，她要怎麼好好看書啊。

但自習室早已安靜下來，周安然也不好跟他辯駁，更不好意思跟他辯駁，乾脆把頭轉回去。

周安然本想由著他隨便玩，反正只是手而已。

但她以為他今天約她來圖書館，是真的想讀書，所以隨便坐在自習室內最多的六人大桌。

很快，她對面的三個位子都有人坐下。

隨後是他旁邊的位子。

是個陌生女生。

對方只要一垂頭就能看見他們的小動作，周安然的臉又要燒起來，她抽了下手，卻被他握得更緊，掌心像是被懲罰似的，很輕地被他撓了一下。

微癢的感覺一下鑽到心裡，周安然下意識咬了咬唇。

也不好跟他說話，她只好像上次一樣，低頭在筆記本上寫了句話推過去。

陳洛白緩緩抬眸看了一眼。

上面秀氣的小字寫著：『你旁邊有人坐下了。』

陳洛白又隨手玩了下她的指尖，偏過頭，看見女生正望向他這邊，一張小臉早已紅透，偏圓的杏眼眸光盈盈，像是被欺負了，又像是在求他的模樣。

他的喉結不受控地滾了一下，鬆開手。

周安然瞬間鬆了口氣。

陳洛白看見她這個小動作，又稍稍有點不爽，伸手把她手裡的筆搶過來，低頭寫了行字推過去。

『怕什麼，又不是偷情。』

周安然：「……？」

他又在說些什麼亂七八糟的啊。

周安然看著「偷情」兩個字，不知道要怎麼回他。

而且他這次和上次一樣，好像又沒有要把筆還給她的意思，周安然鼓了下臉頰，從包包裡把備用的筆拿出來。

筆尖在紙上停頓片刻。

『沒怕，但是會打擾到別人，你好好寫作業，晚上別熬夜了。』

陳洛白看著這一小行字，心裡突然軟得不行，筆在手裡轉了下，寫了兩個字後把筆記本推過去。

周安然垂眸一看，上面寫著龍飛鳳舞的兩個大字——

『遵命。』

不知怎麼，她突然想起那次球賽開始前，班導老高在講臺上跟他們說會提前五分鐘讓他們下課，還警告下樓時不准吵到其他班上課。

她回過頭，看見後排的他做了個敬禮的動作，懶洋洋地笑著說：「遵命。」

周安然的唇角緩緩彎起。

陳洛白說話算話，接下來一個多小時都沒再鬧她。

兩人第二節都有課，九點三十分一到，就收拾了下東西，一起出了圖書館。

出了圖書館大門，陳洛白把剛才從她那裡搶來的筆還給她。

周安然接過來塞回包包裡，想起上次的事，又問他：「我上次那支筆和那本本子呢？」

陳洛白瞥她一眼：「沒收了。」

周安然：「你沒事沒收我的筆和本子做什麼？」

陳洛白停下來，把她往旁邊拉了拉，避開門口進進出出的人群。

女生面帶疑惑，像是真不明白他那天為什麼要搶走她的東西。

陳洛白其實是不想讓她和賀明宇當朋友的，他很介意在他來不及注意她的那段時間裡，已經有別的男生比他更早注意到她，而且和她成了朋友。

但賀明宇已經說了不再追她，他也不至於低劣到，在她面前去拆穿賀明宇隱藏許久的心思。

陳洛白伸手捏了下她的臉。

見她立刻抬手捂住被他捏過的地方，臉上明明白白地寫著「你怎麼又捏我的臉」。

她平時都是乖乖由著別人捏的，但他這麼碰她一下，她的反應好像特別大。

「周安然，妳小不小氣？」

周安然：「……？」

怎麼又扯到她小不小氣了？

剛想問他，陳洛白又伸手在她臉上掐了下，然後俯身靠近，聲音幾乎貼在她耳邊響起：「我人都是妳的了，妳還跟我計較一支筆和一本本子啊？」

等到了教室，周安然半邊的耳朵都還是燙的，滿腦子都是他那句「我人都是妳的了」。

謝靜誼她們幫她占了位子，她坐下後，發現聶子蓁今天又很巧地坐在她前面。

離上課還有幾分鐘，前排的聶子蓁突然在這時轉過頭，上下打量她幾眼：「周安然，妳真的跟陳洛白在一起了啊？」

從昨晚到現在，這個問題，周安然已經被問過無數次。

雖然跟聶子蓁不熟，周安然也沒特別隱瞞，誠實地點點頭。

聶子蓁酸酸地看她一眼，嘀咕道：「妳真是走了狗屎運。」

周安然：「……？」

「算了。」聶子蓁盯著她看了幾秒，像是下定某種決心似的，突然道，「我跟妳說一件事吧，就當是謝謝妳之前相信謠言不是我傳的。」

周安然微愣：「什麼事啊？」

聶子蓁又猶豫了一下：「我先跟妳說好，這件事我是聽別人說的，對方說了事情保真，我也不是為了要破壞妳和陳洛白的感情，就是想讓妳有個心理準備。」

周安然聽見「陳洛白」三個字，心莫名懸起來：「到底是什麼事啊？」

聶子蓁反身趴過來，聲音稍稍壓低：「陳洛白在高中時期，有個念念不忘的女生。」

周安然：「？」

怎麼好像有哪裡不對？

聶子蓁繼續小聲道：「妳只有高一跟他同班，高二就轉學了，對吧？」

周安然點點頭：「是啊。」

聶子蓁：「那妳不知道也正常，我那個朋友就是你們南城二中的，她說陳洛白高二剛開學的時候，寫了封情書給那個女生，但那個女生沒答應，還轉去了其他城市，陳洛白好像因此消沉了一段時間，後來還為此跟他一個好朋友鬧翻了。」

周安然：「……？」

這件事，怎麼聽起來好像很熟悉，又不那麼熟悉？

聶子蓁說著，又酸酸地看了她一眼：「雖然我不知道他怎麼會喜歡妳這種類型的，但妳的性格軟得不行，那個女生要如果不無理取鬧倒還好，萬一又看見陳洛白喜歡別人，覺得不甘心，回來惹事生非，我覺得妳肯定招架不來。」

周安然沉默了下：「沒事的。」

「妳是不是不相信我？」聶子蓁不太高興。

周安然搖搖頭：「沒有，但是——」

「但是什麼？」聶子蓁打斷她，「妳果然不相信我。」

周安然又跟她確認：「妳確定妳那個朋友跟妳說，情書是他高二開學時寫的嗎？」

聶子蓁面無表情：「所以妳還是不相信我。」

周安然：「沒有。」

「沒有不相信的話，妳為什麼要說但是？還要跟我確認這種細節？」聶子蓁反問她。

周安然：「因為——」

「因為什麼？」

周安然又沉默了下：「因為妳說的那個人，可能是我。」

聶子蓁：「？」

也湊過來聽八卦的謝靜誼：「？」

「妳不是說妳和他只是普通的高中同學嗎？」聶子蓁一副大受欺騙兼難以置信的模樣。

周安然：「是高中同學，但是——」

「等等。」聶子蓁還是覺得難以置信，「妳確定我說的那個女生就是妳？」

雖然細節沒辦法完全對上，周安然還是點了下頭：「如果妳能確定那封情書是高二開學寫的，那妳說的那個人應該是我，而且妳不是說，那個女生後來轉學了嗎？」

他高中應該沒寫過情書給任何人。

依他的性格，就算寫情書給誰也不會藏著，就像他昨晚剛和她在一起，就大大方方地宣布了戀情，還讓她進了他的朋友圈。

如果他還寫了別封情書的話，張舒嫻她們肯定會知道。

周安然補充道：「不過，我不是他念念不忘——」

話還沒說完，就被聶子蓁打斷，她擺擺手：「算了算了，反正是誤會了，我才不想聽妳炫耀和放閃。」她說完就把頭轉回去。

謝靜誼本來就愛聽八卦，此刻好奇得不行：「她不聽，妳說給我聽啊，到底什麼情況？妳不是說你們高中不熟嗎？」

「是不熟。」周安然解釋道，「那封情書不是寫給我的。」

聶子蓁又緩緩轉過來。

謝靜誼瞥她一眼：「妳不是不聽嗎？」

聶子蓁神情彆扭了一瞬，又很快坦然：「好奇是人類的本能。為什麼說那封情書不是寫給妳的？」

周安然：「那封情書是他幫別人寫的，被人夾在我課本裡，所以造成了一點誤會。」

「他幫別人寫的情書，為什麼會夾在妳的課本裡？」謝靜誼好奇問。

周安然沉默了一下。

當初的事，她還沒仔細問過他，但在昨晚加入的那個群組裡，她沒有看見宗凱。

但不管宗凱當初在其中做了什麼，殷宜真在那件事情裡，應該是無辜的，周安然就沒說得太細。

「類似於一個惡作劇吧，反正那封情書只是他幫忙動筆，不算是他寫的，也不是寫給我的。」

聶子蓁：「……」

聶子蓁覺得她的智商受到了侮辱。

她明知道謠言可能很離譜，為什麼因為別人信誓旦旦地保證，就隨便相信了呢？

後座的女生停頓了幾秒，突然又朝她笑了一下，像是一點都不覺得她信了這種謠言很蠢，反而笑得格外甜，頰邊有兩個淺淺的小梨渦：「不過還是謝謝妳啊。」

聶子蓁：「……」

靠。

好像有點知道陳洛白為什麼會喜歡她了。

「不用。」聶子蓁轉過頭去，「反正我沒幫到妳。」

接下來幾天兩個人都很忙，見面的地點不是在學生餐廳就是在圖書館。兩人偶爾會一起在學生餐廳吃完飯，再一起去圖書館。

周安然發現，陳洛白好像有點喜歡玩她的手。

每次剛進圖書館，他都不會立刻安分地看書，總會先把她的手拉過去。

周安然轉頭問他，他就笑著說是充電。

她最初會害羞，幾次之後還真的有點習慣了，問也不問，就由著他把手牽過去。

反正他向來有分寸，不太會鬧她，也不太會打擾別人，通常玩上兩三分鐘就會鬆開手去看書。

週五下午，法學院有場球賽，周安然那時正好有課沒辦法去看，但和陳洛白約好晚上一起去Live House看俞冰沁他們彩排。

和室友一起吃了晚餐後，于欣月照常去圖書館，周安然要回去放東西，跟柏靈雲和謝靜誼一起回了宿舍。

到宿舍後，周安然放好東西，也沒立刻走。

陳洛白打完球和隊友一起吃飯，這會兒剛回宿舍洗澡。

周安然在位子上坐下，打算再趁機看一下書，便聽見謝靜誼開口，「妳們兩個今晚都要去約會吧？」

周安然點點頭。

其實也不是第一次和他去聽排練了，卻是第一次以情侶的身分過去，也算是約會吧？

柏靈雲：「是啊。」

周安然翻開書。

片刻後，又聽見謝靜誼的聲音響起：「約會還要帶洗面乳啊？」

柏靈雲咳了一聲：「那個……我今晚不回來了啊。」

周安然轉過頭，可能還在記重點，一下沒反應過來：「靈雲，妳今晚不回來，是要和謝學長過夜？」

謝靜誼和柏靈雲齊齊朝她看過來。

謝靜誼「噗哧」一聲，從座位上站起來：「我一個單身狗都秒懂，然然這個正在談戀愛的人，怎麼還一副懵懂的模樣？」

柏靈雲也不收東西了，直接走過來捏了捏她的臉：「然然，妳和我們陳大校草進展到哪一步啦？」

周安然其實一說完就反應過來了，但現在明顯晚了。

謝靜誼也走過來捏了捏她的臉：「接吻了嗎？」

柏靈雲視線往下，在她胸口停了停：「那個，也沒有嗎？」

周安然：「？！」

什麼跟什麼啊！

她這兩個室友的尺度怎麼突然這麼大！

周安然重重地搖頭。

「搖頭是什麼意思啊？」謝靜誼沒打算放過她，「沒接吻，還是沒——」

周安然臉紅得像要滴血，急忙打斷她：「……都沒有。」

「啊？」柏靈雲有點驚訝，「妳這週不是有好幾天十點多才回來嗎，真的什麼也沒做？」

周安然：「……圖書館十點才閉館啊。」

謝靜誼也驚訝：「陳洛白這麼能忍嗎？」她目光往下挪了挪，「我都忍不住。」

謝靜誼說著，直接伸手摸了一下。

周安然：「！」

周安然默默把椅子往後挪。

謝靜誼趴在柏靈雲的肩膀上笑：「不好意思啊，搶先妳男友一步了，但是我真的好奇平胸的觸感很久了。」

周安然真的快要招架不住：「妳們不是一個要去開會，一個要去跟男朋友約會嗎？怎麼還不去？」

謝靜誼：「時間還早呢，急什麼。」

「我也不急，謝子晗今晚等我多久都是應該的。」柏靈雲接話。

周安然：「……」

「對了，然然。」謝靜誼看她羞得腦袋都快埋到胸口上了，勉強放過她，換了個尺度小一點的問題，「我們校草平時是怎麼叫妳的啊？」

這個話題比剛才安全許多，周安然小小鬆了口氣：「就叫名字啊。」

「和我們一樣叫妳然然？」柏靈雲問。

周安然搖搖頭：「不是，就叫名字。」

「連名帶姓地叫妳啊？」謝靜誼有點驚訝。

周安然：「是啊，怎麼了？」

謝靜誼：「妳問問靈雲，謝學長平時是怎麼叫她的。」

「大部分的時候叫雲雲。」柏靈雲主動回答，「偶爾會叫寶貝、親愛的。」

「……」

等被陳洛白牽著手往 Live House 走去的時候，周安然都還在思考，他為什麼總是連名帶姓地叫她。

倒不是認為他這樣叫她是生分。

她只是覺得，陳洛白好像有點喜歡叫她的名字。

好多次，明明他就看著她，不需要稱呼，但他還是會很低地先叫一聲名字，再跟她說話。

周安然想著，不由偏頭看了旁邊的男生一眼。

他剛洗完澡，還在前兩天抽空去把頭髮剪短，清爽的碎髮搭在額前，身上有好聞的沐浴乳香氣。

要不要問他呢？

但這個人在她面前，已經越來越不正經了。

她要是問他，可能非但得不到什麼正經回答，還要被他調侃打趣。

一路猶豫著到了 Live House 門口，進了外面第一扇門，周安然還是忍不住叫了他一聲。

「陳洛白。」

輕軟的聲音鑽入耳中，陳洛白腳步一頓，轉頭看向她，眸光深了一些：「這是妳第二次叫我的名字。」

只是第二次嗎？周安然回想了一下。

確實是這樣。

她之前幾乎不會叫他的名字。

唯一一次，是在學校天臺叫住他，跟他道謝。

可能是因為，在之前漫長的暗戀歲月中，陳洛白這三個字，就是她所有心事的縮寫。

叫一聲，她的祕密就像是會隨之暴露出來。

但是現在，他不再是她的祕密，而是可以光明正大地牽手擁抱的男朋友。

她也終於能坦蕩地叫出他的名字。

「再叫一聲。」陳洛白突然低聲開口。

周安然抬起頭。

Live House 還沒營業，兩扇門中間這一段沒亮燈，只有門外和裡面的光線透過來，隱約照亮了男生輪廓分明的臉。

是無論看了多少次，都會讓她心動的模樣。

周安然很輕地又叫了他一聲：「陳洛白。」

最後一個「白」字話音剛落，周安然就看見面前的男生突然低下頭，那張讓她魂牽夢縈的臉瞬間朝她靠過來。

然後，某種東西很輕地在她唇上碰了一下。

像羽毛一樣。

周安然隔了兩秒才反應過來，剛才落到她唇上，是像羽毛一樣，很輕的一個吻。

陳洛白剛才親了她。

陳洛白拉開距離，隨意地把右手插進口袋裡，看著面前的女生先是一臉茫然，而後終於反應過來似的，從臉到耳朵都紅透了，那點羞怯在黯淡的光線下也尤其明顯。

他勾了一下唇角：「再叫一聲？」

周安然其實還有點茫然，她指尖動了動，有點想碰一下自己的嘴唇，又沒好意思，聽見他這句話，反應又慢了半拍。

怎麼又要她叫他？

她剛才聽他的話叫了他一聲，他就親了她。

現在……

念頭沒轉完，就聽見面前的男生笑著說：「放心，這次不親妳。」

周安然：「……？」

「不叫嗎？」陳洛白頓了頓，重新靠過來，左手很輕地落在她臉頰上。

周安然的心輕輕一顫，感覺他大拇指指腹在她唇邊輕輕撫過，聲音也輕，像是帶著笑。

「那是想要我繼續親妳？」

周安然：「……」

她大半的注意力都在他輕撫著她臉頰的手上，分不清是羞是惱，還是想反駁他這句話，又下意識地叫了他一聲：「陳洛白！」

和剛才一樣，她話音剛落，陳洛白就低頭親了上來，落在她臉頰上的左手稍稍往下一挪，有點強勢地半扣住了她的下巴。

和剛才不一樣的是，他這次沒有親完就立刻退開。

男生的雙唇很輕地落在她唇上，停了片刻，像是克制著在給她一點反應的時間，又像是壓不住衝動和渴求，轉瞬輕吮住她的唇瓣，生澀地含吻了幾下。

從他剛才再次親下來的一瞬，周安然就感覺腦中像是有什麼轟然炸開，一切的反應都變得遲鈍，卻清晰地感知著他的親吻。

心跳快得像是要爆炸，垂在一側的手指蜷了蜷，收緊，又鬆開，最後緊緊抓住了他的外套拉鍊。

陳洛白又含著她的唇吻了幾下，稍稍退開點距離，又沒完全退開，鼻尖抵著她的鼻尖，耳朵也有些紅：「妳是不是有事情想問我？」

周安然反應還很慢，手指抓著他外套一角，隔了兩秒才回答他：「你怎麼知道？」

陳洛白的指腹在她唇角輕輕蹭了下：「妳一路上欲言又止地偷看了我多少次，妳自己不知道？

不然我還能再忍幾天。」

周安然有點不明白：「忍什麼？」

陳洛白的目光落回她唇上，因為剛才的親吻，上面已經染上了一層水色，他喉結滾了一下，又重新親上去。

含著她唇瓣吻了幾下，舌尖碰到她唇縫，怕嚇到她，停頓了一下，到底沒抵進去，又再次退開。

「妳說呢？」

周安然：「……」

忍著不親她嗎？

她攥了攥他的衣角，沒好意思把答案說出來。

陳洛白看她睫毛顫得厲害，也沒逼她，說回剛才的話題：「想問我什麼？」

周安然猶豫了下，還是好奇居上：「你為什麼總是喜歡連名帶姓地叫我啊？」

陳洛白沒想到她是想問這個問題。

他垂眸看了她片刻，突然低頭親了親她的眼角，也不知道自己當初害她偷偷哭了多少次。

「妳不是說我記不住妳的名字嗎？罰我自己多叫上幾千、幾萬遍，就永遠忘不了了。」

周安然的心像是被人輕輕掐了下似的。

原來不止有「陳洛白」這個名字是周安然的心事。

「周安然」這個名字，好像也在不知不覺間，成了陳洛白的心事。

她攥著他衣角的指尖鬆開，第一次主動抱住了男生的腰。

「記住就好，不用叫那麼多次。」

陳洛白剛才都不敢主動抱她。

少女柔軟地貼在他胸前，他稍稍僵了一下。

陳洛白的喉間澀了一下，像是轉移注意力一樣，接著問，「怎麼突然問這個問題，是不喜歡聽我這麼叫妳，還是想聽我叫妳別的稱呼？」

周安然不知怎麼，腦中突然閃過之前在宿舍時，柏靈雲的那句「寶貝、親愛的」，連忙搖了搖頭。

陳洛白看她反應這麼大，眉梢輕輕一挑：「真的是想聽別的稱呼啊？」

周安然：「沒有。」

陳洛白：「想聽什麼？」

周安然有點羞惱：「真的沒有。」

她每次越是害羞，陳洛白就越忍不住想欺負她，又用指腹碰了碰她唇角，壓著聲音笑問：「不說我就繼續親妳了。」

周安然：「……？」

她以前怎麼會覺得他哪裡都好，這個人明明壞透了。

「看來是想要我繼續親妳。」

「陳洛白！」

陳洛白笑著「嗯」了聲，摟住她的腰，將她抵在裡面的門上，又低頭親了上去。

唇瓣再次被他含住，周安然下意識抓緊他外套後面的布料，仰頭承受著男生仍生澀的親吻。

心跳快得厲害，腿也有點發軟。

俞冰沁的歌聲隱約從裡面傳出，被牆內的隔音材料阻隔，模糊得完全聽不清。

片刻後，不遠處卻響起了很清楚的清咳聲。

周安然還沒反應過來，下一秒，陳洛白已經退開，迅速將她的腦袋扣到他肩膀上。

一道有點熟悉的女聲在旁邊響起，聽起來像是第一次聚會時，在KTV拿烏梅給她吃的那位何學姐。

「待在門口做什麼，裡面有好幾間空房，保證你們不會被任何人打擾。」戲謔打趣的口吻。

周安然的臉快要燒起來，腦袋在他肩膀上埋得更緊。

陳洛白察覺到她的動作，伸手擋住她的臉，回頭笑道：「何學姐，妳就別打趣了，等一下她害羞不理我了，我還得哄。」

「好。」何學姐還是像初見那般善解人意，「看在然然的面子上，我今天就當什麼都沒看見。」

俞冰沁的歌聲隨之清楚了一瞬，又重新模糊。開門的聲音響起。

幾秒後，扣在周安然後頸的大手鬆開，應該是何學姐已經走進去了。

周安然卻還是不好意思抬頭。

陳洛白看她像隻小鴕鳥一樣，忍不住笑了聲，手指捏了捏她紅得像要滴血的耳朵：「進去嗎？」

「進去吧，來都來了……」

被他牽著進去後，周安然看見何學姐和一位姓鄔的學姐同坐在一張卡座上。

聽見他們進來的動靜，兩人同時轉過頭。

鄔學姐的目光在他們交握的手上落了一下，笑著調侃：「把我們小團花拐走了，陳洛白，你是不是得請客啊？」

周安然抬頭看見何學姐在一旁小聲跟她說：「放心，我沒說出去。」

她的臉又熱起來，也小聲回：「謝謝。」

「什麼沒說出去啊？」鄔學姐好奇問道。

何學姐：「這是我和然然之間的小祕密。」

鄔學姐像是還想追問。

陳洛白卻在這時接了句話：「請客是吧？好，等我忙完這陣子的球賽，想吃什麼我都請。」

鄔學姐的注意力被轉回來：「這可是你說的啊，我們記住了。」

臺上還在排練。

鄔學姐騙了頓飯，心滿意足地不再八卦。

周安然被男生牽到旁邊的桌邊坐下，落坐後，手也沒被他放開。

像是在圖書館一樣，指尖被他隨意捏著玩。

臺上唱了什麼，周安然也沒能聽進去。

直到俞冰沁他們五人走下臺。

俞冰沁在他們面前停下，從口袋裡拿了個小盒子丟到周安然懷裡：「見面禮。」

周安然慌忙接住，愣了一下：「什麼見面禮？」

鍵盤手鍾薇學姐笑嘻嘻地接話：「當然是表姐給未來表弟妹的見面禮啊。」

周安然突然覺得手裡的小盒子有點燙手，臉也燙。

俞冰沁：「給社團新人的見面禮，之前一直忘了給妳。」

周安然臉上的熱度稍減：「謝謝俞學姐。」

俞冰沁難得打趣了她一句：「還叫俞學姐啊？」

偏偏旁邊的某人不但不幫她，還懶洋洋地接了句：「是啊，還叫俞學姐啊？」

周安然的臉又重新熱起來，她肯定不好意思叫表姐，最後折中改口道：「謝謝沁姐。」

陳洛白像是有些不滿，好整以暇地笑看著她：「就叫沁姐啊？」

俞冰沁看不下去：「別欺負她。」

「好吧。」陳洛白懶懶地轉過頭，「那妳把鑰匙借我。」

周安然：「？」

樂團的一位吉他手瞬間起鬨：「我們這些老前輩快走吧，把場子讓給人家小情侶。」

鍾薇不滿道：「你要自認老前輩就別帶上我，老娘永遠十八歲。」

「真的十八歲的人都自稱小仙女，哪有自稱老娘的？」

「你找死啊？」

一群人打打鬧鬧地出了 Live House，直至聲音徹底被隔絕在門外。

偌大的空間又重新安靜下來。

周安然低頭坐著，聽見旁邊的人突然開口。

「過來。」

她偏過頭，看見男生朝她張開雙臂。

周安然抿了抿唇，起身走過去，剛站到他面前，就被他拉著坐到了腿上。

陳洛白抬手扣住她後頸往下壓了壓，另一手鬆鬆地攬著她的腰，一言不發地吻住她。

周安然的手原本垂在一側，不知怎麼，最後好像不由自主似的緩緩抬起來，摟住他脖頸。

極靜的空間裡，一時只剩細碎的親吻聲。

親了她許久，陳洛白才側了側頭，壓著有些混亂的呼吸，像是把某些心思也壓下去，手指撥了撥她頰邊的頭髮：「明天帶妳換個地方自習？」

懷裡的女生呼吸也亂得厲害，也不知有沒有聽清楚他的問題，甚至也不問他要帶她去哪裡，就很乖地點了點頭：「好。」

陳洛白剛調整好的呼吸瞬間又變亂。

他扣在她頸後的手往下壓了壓，唇貼上去，輕咬著她唇瓣，又吻了她片刻，耳邊聽著她輕軟的聲音，又重新退開，像是再也忍不住似的，壓著聲哄她。

「寶寶，張嘴。」

十一瓶汽水　二十六號

周安然的腦中像是又有什麼轟然炸開。

分不清是因為他忽然改變稱呼，還是因為他後面那句溫柔、低哄又帶著一點命令的話。

她乖乖張開嘴，陳洛白立刻把舌尖抵進來。

少年生澀又霸道地開始在她口腔中探索。

周安然的呼吸間全是他的氣息，唇舌都被他強勢攻占。

在這極盡親密的一刻，在被他深深吻著的這一瞬，她才終於有了一點真實感。

有了一點，她確實在和陳洛白談戀愛的真實感。

這個吻持續了好幾分鐘。

空蕩蕩的 Live House 裡，一時只剩下令人臉紅心跳的親吻聲。

周安然缺氧到快喘不過氣的時候，男生才從她嘴裡退出來。

陳洛白含著她唇瓣又親了片刻，才徹底退開，額頭與她相抵，仍是呼吸可聞的距離，聲音仍低著，「檸檬糖吃了？」

周安然還沒從大腦缺氧的狀態中恢復回來，隔了兩秒，先緩緩朝他搖了搖頭。

他告白時給她的那兩顆糖果，她怎麼捨得吃掉。

她像是想起什麼似的，又點點頭：「出來前，室友給了我一顆別款的檸檬糖。」

懷裡的女生被欺負得眼裡全是水色，雙唇被親得泛出一種幾近豔色的紅，聲音也軟得厲害。

陳洛白扣在她頸後的手動了動，再次吻上去，舌尖探進她唇中時，依稀還能嘗出一點很淺的檸檬香氣。

親了片刻，他才再次退開，聽見她細細喘著，抵著她鼻尖很輕地笑：「難怪我們然然這麼甜。」

我們然然。

聽見這幾個字，周安然的心尖又輕顫了下。

這個人欺負歸欺負，但她不過問了他一句，他好像就真的覺得她是想聽其他稱呼，今晚已經一連換了兩個。

周安然攥著他的外套，還是有點不好意思：「都吃完這麼久了。」

「也甜。」陳洛白又在她唇上碰了碰，低著聲問她，「還沒把我送給妳的吃掉嗎？」

周安然搖搖頭：「還沒。」

「當初——」陳洛白頓了頓，指尖在她頰邊輕撫著，「為什麼會把那兩顆糖果塞到我抽屜裡？」

周安然攥在他肩上的手稍稍一緊。

陳洛白其實早就想問她，但不確定她想不想和他聊過去的事情，一直不敢問，見她不說話，他指腹又在她眼尾安撫似地碰了碰：「不想說也沒關係。」

周安然搖搖頭：「沒有不想說。」

就是不太習慣，也不好意思把自己那點小心思剖開擺在別人面前。

但他想聽，她也不會不願意說。

「是臨時決定的。」周安然回想了一下那天的細節。可能是當時太過緊張，腦中的弦緊緊繃著，也可能僅僅是因為和他相關，所以好幾年過去了，現在再回憶起那一瞬的動作和心情，也記憶猶新。

「你那天看起來很不開心，我當時又和你不熟，不知道怎麼安慰你，後來在當值日生的時候，發現口袋裡還有兩顆汽水糖，想起你平時也喝汽水，就偷偷塞進去了。」

周安然頓了頓，把這些事情在他面前攤開來講，還是有點羞恥，於是把腦袋埋進他肩膀，才繼續道：「想著如果你會吃，又剛好喜歡這個味道，能稍微開心一點。」

陳洛白心裡突然軟得不行。

他高中那張課桌被塞過無數東西，有真心實意的情書，也有精心準備的貴重禮物。但別人塞東西給他，幾乎都是希望從他這裡得到什麼回饋，可能是實質的東西，也可能是感情。

好像沒人像她那麼傻，偷偷塞兩顆糖果，只是希望他那天能高興一點。

她當時根本連句話都不敢跟他說。

要多喜歡他，才會冒著可能暴露的風險，卻又什麼都不求地，往他課桌裡塞東西。

在今天之前，陳洛白都很後悔當時誤將那兩顆糖果，當成湯建銳或者其他人給他的，就隨意地吃了。

但此刻的他又覺得無比慶幸，慶幸沒浪費她當時的一番心意。

陳洛白偏頭親了親她：「我早就把那兩顆糖果吃掉了。」

周安然一愣，倏然抬起頭。

陳洛白碰了碰她的臉頰：「我當天晚上就吃了。」

女生眼睛瞬間亮起，彷彿夜空中的星星。

也像他那晚在這裡唱給她聽的其中一句歌詞——

「Like a dimond in the sky.」

陳洛白：「我那天會不高興，是因為前一天晚上聽見我媽跟我爸說要離婚。」

攥在肩膀上的小手，像是瞬間加重了力道。

陳洛白又笑著捏了捏她的臉頰：「沒離，他們兩個現在如膠似漆，感情好得很。」

周安然稍稍鬆了口氣。

陳洛白：「但我當時真的以為他們要離婚，那天回去後，家裡的阿姨又請假了，我沒吃晚餐，那時誤以為那兩顆糖果是湯建銳他們給的，就隨手拆開來吃了。」

再聽到他親口提及當初的誤會，周安然覺得有點窘迫。

「但吃完那兩顆糖果——」陳洛白的指腹落到她唇角，再次輕吻了她，「我那天真的有高興一點。」

周安然的鼻間突然泛酸。

她以為，那兩顆糖果早被他隨便扔了，最好的結局可能也只是被他塞進家裡某個抽屜裡。

和她當時的那點心思一樣，永無再見天日的一天。

沒想到卻早已窺見了一絲天光。

周安然又把腦袋埋回他肩上：「那就好。」

陳洛白撥了撥她的頭髮，又低頭去親她的耳朵，手落到她的下巴，半抬起女生的頭，繼續親她，聲音低著：「我替當初那個眼瞎又混蛋的陳洛白，謝謝我們然然。」

這一晚，他們斷斷續續地接了許久的吻。

陳洛白親她一會兒，又停下來，跟她說一會兒話。

以致於周安然這晚睡著後，都夢見陳洛白在親她。

隔日一早，周安然被鬧鐘吵醒後，臉紅紅地埋在枕頭裡悶了許久，才慢吞吞地爬起身。

在學生餐廳和陳洛白吃完早餐後，周安然被他牽著往校外走去時，她才想起來問他：「我們要去哪裡啊？」

陳洛白偏頭看她一眼：「到了妳就知道了。」

只要跟他一起待著，去哪裡都無所謂。所以周安然就沒繼續問，直到發現他帶她到了一個社區門口。

周安然眨眨眼：「我們是要去這個社區？」

他說帶她換個地方自習，她還以為是去校外的咖啡廳之類的地方，怎麼會是社區？

陳洛白「嗯」了聲：「我在這裡有一間房子。」

周安然有點驚訝：「最近買的嗎？之前沒聽你提過，也沒見你出來住啊？」

「前幾年買的，住在學校能多睡一會兒，而且之前要追人啊。」陳洛白停下腳步，目光意味深長地往她身上落了一下，「住外面怎麼跟妳偶遇？」

周安然的耳朵尖熱了一下：「那走吧。」

她往前走了兩步，發現牽著她的男生卻停在原地沒動。

周安然疑惑地回過頭：「怎麼了？」

陳洛白以為她多少會害羞，沒想到又是這種完全不多問，只相信他的態度，他眸色深了一些：「妳確定要跟我進去？」

周安然不明白他怎麼臨到門口又要這樣問，但還是點了點頭。

陳洛白看著面前的女生，喉結不受控地上下滾了兩下。

她好像總是這樣，不管他提什麼要求，她都會點頭答應。

就好像可以任他予取予求。

陳洛白往前走了兩步，停在她面前，分不清是想嚇她，還是想試探些什麼。

「不管我等一下會對妳做什麼，妳都願意跟我走？」

過了兩秒，周安然才慢半拍地明白他後一句話，臉瞬間燒紅起來。

她剛才完全沒多想，以為他真的只是單純想帶她過來自習，此刻才後知後覺地反應過來。

單獨跟他去他家裡，確實有點曖昧。

陳洛白看她的臉終於紅透，忍不住抬手在她臉上掐了一下，聲音像是有點咬牙切齒，「周安然，妳別把我想得太好了。」

周安然：「……」

可是他本來就很好啊。

要是他真的打算對她做點什麼，就不會跟她說這句看似嚇人、實則提醒的話了。

見她睫毛顫得厲害，整個人緊張得像是僵硬了起來，陳洛白的心忽然又軟了下來，不由有點後悔不該這麼嚇她。

可她再這麼由著他，不管他說什麼她都會答應，他也不知道自己會不會做出什麼不合適的事情。

陳洛白在心裡嘆了口氣，低著聲哄她：「逗妳的，在妳做好準備前，保證不碰妳。」

看她不說話，陳洛白又輕聲補了一句：「害怕的話，我們現在回學校？」

周安然回神，臉還有點紅，卻很輕地搖了下頭：「不用，我相信你。」

陳洛白的呼吸又亂了一拍。

他抬起手，不由在她臉上掐了一下。

周安然捂了捂臉，剛想問他怎麼又掐她，男生卻牽著她繼續往前走：「走吧。」

想到他剛才那句亂七八糟的話，周安然到底也不好意思再多問他。

他住在二十八樓。

房子的主色調是深灰色，空間十分寬敞，整片落地窗，客廳和餐廳一體式設計。

進門後，周安然看見男生先拿了一雙嶄新的女士拖鞋放到她面前。

她換上後，陳洛白垂眸看了一眼：「好像買大了，下次再換。」

周安然的唇角不由翹了一下。

換好鞋，陳洛白牽著她一路走到沙發邊，像是想起什麼，又朝冰箱那邊抬了抬下巴：「冰箱裡有飲料和水果，想吃的話，我幫妳洗一點？」

周安然搖搖頭，她才剛吃完早餐，現在完全吃不下東西，「先看書吧。」

男生鬆開她的手，散漫地往寬得似床的深灰色沙發上一坐：「妳先看，我躺一下。」

周安然：「……？」

剛想問他是不是昨晚沒睡好，手腕卻突然被他拉住，然後一扯。

周安然倏然跌進柔軟的沙發上，肩上的背包滑落下來，被他隨手拎起丟到一旁。

陳洛白攬著她的腰，在沙發上滾了一圈，變成半壓在她身上的姿勢。

周安然有些沒反應過來：「你幹嘛啊？」

陳洛白呼出來的氣息輕輕打在她臉上，語氣曖昧至極：「妳說呢？」

周安然想起他剛才在樓下說的那句話，臉再次不受控地燒起來。

半撐著身子、沒完全壓到她的男生，這時突然笑了，先是肩膀發抖，而後乾脆埋在她肩膀上，笑得胸腔不停震動。

周安然這才反應過來，他又在故意逗她。

她確實不該把他想得太好，他明明壞透了。

「陳洛白！」

她生氣的樣子也軟，叫他名字的時候就像是在撒嬌。

陳洛白剛才確實只是想逗她一下，此刻卻真的想做點什麼，他臉微側了側，唇在她耳朵上親了一下，又緩緩挪到她唇角，聲音壓著。

「寶寶，別的不能做，接吻還是可以的吧？」

陳洛白說話算話。

說了保證不碰她，除了接吻之外，確實沒再做其他的事情了，和昨晚一樣親了親她，就拉著她去了書房看書。

中午周安然在他家和他一起吃了頓午餐。

下午陳洛白要訓練，周安然跟他一起回學校，在球場看他練習了一會兒，就獨自回到了圖書館。

之後好一段時間，他們兩個的相處模式都像這樣。

籃球賽的賽程有些緊湊，陳洛白兼顧課業和比賽，基本上沒什麼空閒時間，週一到週五，他們不是在學生餐廳見面，就是在圖書館見面，週末也只是把讀書的地點從圖書館換去了他家。

但周安然沒在他家留宿過。

那天之後，陳洛白再也沒和她說過一句「越界」的話。他週末上午會去練球，下午周安然就跟著他去他家讀書，他晚上都會準時在門禁前把她送回來。

球賽如火如荼地進行到十二月中旬，終於迎來尾聲。

法學院往年只是中下游隊伍，今年在陳洛白的帶領下，一路殺進了決賽。

期間倒也不全是一帆風順，畢竟陳落白才剛入學沒多久，和隊伍還處在磨合期，中間好幾場比賽都打得跌跌撞撞，其中四分之一決賽，更是在比賽結束前的最後十秒鐘，靠著陳洛白一顆三分球逆風翻盤，險勝了有杜亦舟在內的商學院。

不過那場比賽過後，周安然明顯感覺他在這附近的大學中，知名度又大大提升了，最明顯的變化就是來體育館看他比賽的人越來越多，而她被他牽著走在學校路上時，或者被他送回宿舍樓下時，落到他身上，連帶著落到她身上的目光也多了不少。

周安然一開始還很不自在，現在居然逐漸習慣了。

決賽訂在十二月的第二個週六，下午三點半舉行。

祝燃這天過來看比賽，陳洛白要練球沒空，周安然去幫忙接他進來。

週六下午，周安然在出發前化了個妝。

她平時大多是頂著素顏去見他，但今天是要看他打決賽。

不過周安然的化妝技術一般，妝是柏靈雲幫她化的。

化好後，柏靈雲問她有沒有配飾，叫她最好再搭點配飾。

離約好的時間還有一陣子，周安然又把很少用到的配飾盒拿出來，最後和柏靈雲一起挑了她十八歲生日時，岑瑜送她的那條玫瑰金手鏈戴上。

比賽的場地就在校門附近。

周安然把祝燃接進來，兩人一同走進館內，一路走到最前排。

他們今天的座位和第一場一樣，就在法學院球員休息區的後面。

才三點五分，體育館裡已經來了大半觀眾。

兩邊的球員也早已入場，開始進行賽前的最後訓練。

落坐後，周安然的目光自然往法學院那半場望過去，依舊一眼就在人群中看到了陳洛白。

男生今天穿的是白色球衣，身後是大大的數字「26」。

周安記得他高中時的球衣號碼，就是他通訊軟體頭貼那位球星的號碼，不知怎麼換成了二十六號，不是他的生日，也不是自己的生日，不知道那是不是他喜歡的哪位球星的號碼。

陳洛白依舊在練三分球。

男生的身形高挑挺拔，姿勢流暢漂亮，每進一顆球，周安然就能聽見身後有喝彩聲響起，遠比第一場比賽要熱烈不少。

祝燃玩了下手機，偏過頭，瞥見她的手隨意垂在一側，外套的袖子往上縮，露出一截細白的手腕，上面戴著一條玫瑰金的手鏈。

「妳這條手鏈——」祝燃又頓了頓。

周安然偏頭：「怎麼了？」

祝燃：「沒什麼，我朋友也買過同一條送人。」

周安然低頭看了手上的鏈子一眼：「我這條也是別人送的。」

祝燃沉默了一下，像是突然想起什麼似的：「對了，周安然，妳以後都住在梧城了嗎？」

周安然搖頭：「可能明年會搬回來吧。」

「那就好。」祝燃笑了笑，「不然妳寒暑假還要跟阿洛異地戀，都在南城見面還是方便許多。」

周安然：「是啊。」

祝燃又說：「不過他舅舅家，就是沁姐家在梧城，梧城其實也相當於他半個家，他當初差點就去梧城讀書了。」

周安然有點驚訝：「真的嗎？什麼時候啊？」

祝燃張了張嘴，餘光瞥見有個高大的身影朝這邊走近，他將目光轉回去：「阿洛過來了。」

周安然也轉過去，看見男生一路走到場邊，彎腰從礦泉水箱裡拎出一瓶水。

陳洛白擰開瓶蓋喝了兩口，隨後大步走到她面前，自然而然地把沒喝完的礦泉水瓶塞進她懷裡，偏了偏頭：「你們在聊什麼呢？」

祝燃：「當然是趁機跟周安然說你壞話。」

陳洛白手一伸，直接半勒住他脖子，動作看起來又狠又快，語氣卻帶著笑：「討打是吧？」

祝燃艱難地轉了轉頭：「周安然，管管妳男朋友。」

周安然的耳朵熱了一下，抬手扯了扯男生的球衣：「他沒說你壞話，我們只是隨便閒聊了幾句。」

「周安然。」陳洛白瞥她一眼，「妳胳臂向外彎啊。」

周安然：「我沒有啊，他真的沒講。」

陳洛白鬆開祝燃，想伸手去掐她，指尖快碰到她那張白皙的小臉時，想起剛練了球，手有點髒，又停住，屈指輕輕在她額頭上彈了一下，笑容散漫：「幫親不幫理的道理，妳懂不懂？」

周安然：「？」

祝燃揉了揉脖子：「你收收你那套歪理吧，人家周安然知書達理，乖巧聰明，你可別把別人教壞了。」

陳洛白挑了下眉，語氣欠揍：「我怎麼教我女朋友，關你什麼事？」

祝燃還想反駁，手機卻突然響起，聽提示聲是語音或視訊，他也沒注意看就隨便接通。

咋呼的一道聲音響起，周安然聽著覺得有點像湯建銳的聲音。

『祝燃，你到A大的體育館了嗎？快給我們看看我們大嫂現在長什麼樣子。』

周安然：「……？」

祝燃連阻止的話都還來不及說，手機就被陳洛白搶了過去。

陳洛白轉過手機，調整了一下角度，涼涼地透過鏡頭瞥了對面的人一眼：「我為什麼要給你們看我女朋友？」

湯建銳的聲音弱了點：『洛哥，好巧啊，你怎麼剛好在祝燃旁邊？』

「是挺巧。」陳洛白淡淡道，「不然怎麼能知道你們還有這種打算。」

另一道聲音插進來，聽起來有點像是黃書傑的聲音。

周安然偶爾會看他們在群組裡聊天，知道湯建銳和黃書傑都留在南城讀書，想到這會兒兩人正在一起。

黃書傑：『洛哥，你別這麼小氣嘛，我們就是有點好奇大嫂現在長什麼樣子，想看她有沒有什麼變化。』

「我女朋友有沒有變化——」陳洛白的語氣懶洋洋的，「和你們兩個有什麼關係？」

湯建銳：『洛哥，你像藏寶貝一樣藏著大嫂也沒用啊，反正寒假聚會的時候，我們還是能見到的。』

「那寒假再說。」陳洛白勾了一下唇角，「掛了。」

『別——』

通話裡的聲音戛然而止，陳洛白隨手把手機丟回祝燃懷裡。

祝燃慌忙地把手機撈起：「靠，陳洛白，我手機他媽的才剛換，我要是沒接住的話，你賠嗎？」

「賠什麼賠？」陳洛白涼涼地瞥他一眼，「你沒事跟他們商量些什麼呢，我沒找你算帳，你就該知足了。」

說完陳洛白也懶得再搭理他，目光轉向旁邊的女孩，看見她唇邊的兩個小梨渦淺淺地露出來。笑得又甜又乖。

陳洛白的手又癢了一下，最後還是捨不得弄髒她的臉，依舊很輕地在她腦門上輕彈了一下。

「我去訓練了。」

周安然乖乖地「哦」了一聲，抬手捂了捂額頭。

陳洛白剛要轉身，就看見她腕上戴了一條玫瑰金的手鏈。

他伸手拉住她的手腕。

周安然眨眨眼：「不是要去訓練嗎？」

「今天怎麼戴了——」陳洛白頓了一下，「手鏈？」

周安然低頭看了腕上的鏈子一眼：「室友說讓我挑點配飾，就挑了一條。」

陳洛白的指腹在她腕間的手鏈上，很輕地碰了一下，聲音輕著：「很好看。」

周安然的唇角彎了一下：「快去訓練吧。」

訓練結束後，比賽很快就開始了。

法學院這場的對手是電機學院。

如果說法學院跌跌撞撞地打進決賽，是令人意外的黑馬，電機學院會進決賽，是在所有人的意料之中。

說來也奇怪，A大電機學院這幾屆，居然接連招了好幾個會打籃球的入校，隊內有包括校隊隊長王均卓在內的三個校隊球員，雖然其中一個也是大一新生，但能進校隊，本身就是一種實力證明。

他們正是上一屆的衛冕冠軍。

比賽一開始，法學院就被壓著打。

法學院之前的球賽也常有不順，但碰上這種壓制型的對手還是頭一次，隊裡有一兩個球員明顯被打趴，開始跟不上陳洛白的節奏。

周安然握著他礦泉水瓶的指尖不由緊了緊。

祝燃突然開口問：「對方的十號是校隊的？」

周安然仔細一看，對面的十號正是校隊隊長王均卓。

她點點頭：「是啊。」

「四號和七號也是？」祝燃又問。

周安然看著場上，繼續點頭。

祝燃嘆了口氣：「阿洛這場難打了。」

周安然雖然跟周顯鴻看過不少球賽，但畢竟只能算是半個球迷，和祝燃這種常年看球的球迷沒辦法比。

聽見他說比賽難打，她的心不由高高懸起。

祝燃突然又說：「周安然，妳還記得妳那天說過的話吧？」

「什麼話？」

祝燃：「就那天陳洛白請妳吃飯，我說『到時候要是你輸球了，丟臉可不止丟到我面前』，然後妳接著說的那句話。」

周安然眨眨眼：「只要他盡力，就不會覺得他丟臉？」

祝燃點頭：「嗯，妳記得就好。」

周安然知道祝燃是在幫他，外加提點她。

但她還是有一點不服氣。

「他不一定會輸。」

這段時間他的所有比賽，只要她沒課，她都會過來看，很清楚知道法學院為什麼能打進決賽。

因為不管多難，他都沒放棄過任何一場。

不管是高中還是現在，他一直都是既有天賦、又很努力的人。

周安然再次望向場中的男生：「對手再強，他也不會輕易認輸。」

祝燃突然笑起來：「看來是我多慮了。」

周安然掛心場上的情況，沒再說話，繼續認真看比賽。

祝燃低下頭，打開通訊軟體的群組聊天室。

湯建銳那群人一直在裡面瘋狂標註他。

這個群組是他們最初創立的，一群男生偶爾講起話來葷素不忌，所以那天他把周安然拉進去的群組，是當天另外創立的。

湯建銳：『老祝，洛哥已經開始比賽了吧，你偷拍一張周安然的照片給我們看吧@祝燃。』

黃書傑：『是啊，影片就不用了，照片就好@祝燃。』

祝燃低頭打字：『誰叫你們剛一接通就亂講話，我都來不及阻止。』

湯建銳：『我哪知道洛哥正好過來？你現在偷拍張照片吧，反正他在打球，也不會知道。』

祝燃：『你們找死別帶上我，我不拍。』

黃書傑：『什麼找死不找死的，洛哥沒這麼小氣。』

祝燃：『他在周安然的事情上，就有這麼小氣。』

祝燃：『高中的時候，他有給你們看過他手機裡任何一張周安然的照片嗎？』

祝燃：『他就是個重色輕友的狗東西。』

湯建銳：『我太他媽好奇洛哥談戀愛是什樣子了！』

祝燃：『還能是什麼樣子？有夠噁心的。』

黃書傑：『怎麼個噁心法？』

祝燃：『前一秒還在罵我，下一秒跟周安然說話的聲音，能溫柔個八百度。』

黃書傑：『不過你們這位大嫂確實不錯。』

祝燃：『那是肯定的，我們洛哥眼光多高，他看中的人能差到哪裡去？』

黃書傑：『你這樣說讓我更好奇了，不行，我不存暑假旅遊基金了，我下週想去北城，正好還沒去過A大。』

湯建銳：『去！』

黃書傑：『銳銳，你去嗎？』

祝燃：『來吧，正好他這週打完比賽，下週應該有空請客了。』

湯建銳：『但我已經快把這個月的錢花完了，你們誰先借我點機票錢。』

祝燃：『找洛哥借啊，不牽扯到他老婆，他還是很大方的。』

祝燃鎖上手機螢幕，見場上正好暫停，又偏了偏頭：「周安然，妳問問嚴星茜她們有沒有空，湯建銳和黃書傑下週可能會過來，要是有空的話，正好找她們過來一起聚聚。」

周安然點點頭：「好，我晚上問問她們。」

暫停結束後，法學院這邊換了兩個人上場。

換上來的兩名球員倒沒有被打趴，但他們本來就是板凳球員，實力比首發球員要差上一截。

他們上場後，法學院依舊處於落後狀態，比分差距仍在拉大。

第一節結束時，雙分比分打成十二比二十，電機學院領先八分。

中間休息時間，陳洛白徑直走到觀眾席旁，拿起周安然懷裡的水，擰開瓶蓋剛喝兩口，就感覺垂在一側的那隻手被一隻細軟的手握住。

他垂眸看了一眼，有些意外，唇角卻不自覺彎起來：「這是做什麼？」

周安然還是第一次在有其他人的情況下，主動對他做出這種親密的動作，尤其是，第一次就當著上千觀眾的面。

羞恥度有些爆表，但她沒有絲毫猶豫地把手穿進他的十指間，與他的手交扣了一下，聲音很輕，「幫你充電啊，下一節加油。」

陳洛白抓著瓶子的手一緊，感覺心裡像是被什麼充滿似的，又像是被什麼輕輕撓了一下。

他垂眸看了女生緋紅的耳朵一眼：「現在只有牽手的話，已經沒辦法充電了。」他突然俯身靠近，貼著她發燙的耳朵說：「中場出來讓我親一下？」

周安然：「……？」

直到第二節比賽正式開始，周安然的臉都還在發燙。

這個人真的越來越混蛋了。

居然在大庭廣眾之下跟她說這種話，還好聲音是壓低的。

周安然側頭看了看，祝燃正低頭看著手機，完全沒往她這邊看。

應該是沒聽到吧？

祝燃沒聽到，其他人應該也沒聽到……吧？

場上有尖銳的哨聲響起，周安然轉回目光，看到裁判判了電機學院一個隊員阻擋犯規。

她把剛才被某人撩出來的那些思想強壓下去，繼續認真看比賽。

法學院最初被打趴的兩個球員，又重新回到場上。

不知是節間休息時，陳洛白和他們說了什麼，這兩個人這節開始後，明顯又找回了狀態，不再會出現跟不上陳洛白節奏的情況。

加上陳洛白出球合理，該投的時候投，該傳的時候傳，進攻和防守就重新順暢起來。

但電機學院那邊畢竟有好幾個實力堅強的球員，彼此配合又還算有默契。

第二節兩隊突然陷入膠著狀態，電機學院沒讓法學院討去太多好處，法學院也沒讓他們再將比分拉大。

第二節結束時，兩隊單節比分持平，仍維持在八分差。

比賽進入中場休息後，兩隊球員各自往更衣室走。

周安然咬了咬唇，手指抓緊包包的帶子，又鬆開，再抓緊，又鬆開，最後還是偏頭跟祝燃說：

「我過去跟他說句話。」

祝燃像是完全沒多想，只是隨意地點點頭：「好。」

周安然起身，忽略從身後落過來的不少目光，硬著頭皮走進旁邊的通道。

陳洛白已經走到更衣室門口，大半隊友都已經進去，走廊裡腳步聲雜亂，他其實沒聽出什麼，卻像是突然有某種直覺。

臨進門前，他忍不住回頭看了一眼，目光一瞬停住。

不遠處的女生大概是看見他回頭，也停下腳步，她大概是匆匆追過來的，正細喘著氣，胸口上下起伏。

走廊的光線有點暗，陳洛白依舊能清晰看出她臉紅得厲害。

陳洛白心裡像是有什麼轟然倒塌，隨即又有某種柔軟的東西填了進去。

他知道她臉皮有多薄，所以節間休息的那句話逗她的成分居多，他沒想到她真的會跟過來。

就像他也沒想到，她今天會當著那麼多人的面牽住他的手，說要幫他充電。

陳洛白轉頭看向隊友，語氣聽起來仍淡，只有他自己知道垂在一側的手，早在看到她的那剎那，已經緊緊收起來了。

「你們先進去，我等一下就過來。」

還沒進去的兩個隊友回頭看了一眼，見周安然就站在不遠處，了然地笑起來，又起鬨：「快去快去，不過別耽擱太久啊，我們還等著你回來講戰術。」

陳洛白笑著把他們推進去，順手把門帶上，隔絕了這群人的視線後，他才走過去，停在女生的面前。

周安然也不知道自己怎麼會突然就跟過來，眼下忽又有點退縮。

尤其是，面前的男生此刻看她的目光和平時不太一樣，像是燃著某種火星子。

他打滿了整個上半場，球衣的領口已經半溼，額間、脖頸、鎖骨和手臂，所有露在外面的皮膚滿是細密的汗珠，以往這種時候，他身上總會有種少年氣和荷爾蒙兩股氣質不相上下、衝撞出來的獨特矛盾感。

但今天可能是他看她的眼神分外不同，荷爾蒙那端加了重重的砝碼，天秤倒過去，整個人就顯得格外性感。

周安然被他看得心口發顫，下意識有種想逃的衝動，她也真的這麼做了：「那個……你下半場加油啊，我先回去了。」

剛一轉身，手腕就被他抓住。

「跑什麼？」

陳洛白的手心熱得厲害，周安然感覺手腕像是被燙了一下似的，還來不及回話，就已經被男生拉進了一旁的消防通道。

他臉上沒什麼表情，一手把門推上，另一隻手將她推到門上，一語不發地低頭吻了上來。

周安然第一次見他在她面前如此強勢霸道。

在近一個月裡，他沒少親她，已經不再像第一次那樣，低哄著要她張嘴，男生一隻手扔撐在門板上，另一隻手捏了捏她的下巴，舌尖熟練地抵進她的嘴裡。

他的氣息鋪天蓋地，她的呼吸全被他攫取，牙關和上顎被掃過，舌尖被重重吮了幾下，有發麻的感覺。

然後他很快退出來。

很短暫，卻又格外深入的一個吻。

男生抵著她的額頭，看她的目光像是仍帶著未燃盡的火星子，低聲叫了她的名字，像是在壓抑著什麼，低頭咬了一下她的唇瓣，才接著說後一句話。

「周安然，妳怎麼這麼乖。」

周安然是第一次在學校跟他接吻。

還是在無數觀眾正在等著看他比賽的體育館裡。

分不清是因為隨時可能被人撞見，還是因為他現在這副和平日截然不同的模樣，太讓人臉紅心跳，明明這個吻已經結束，周安然還是覺得心臟像是快要爆炸。

她不明白他為什麼會突然說這句話，也沒空明白，她不能耽誤他太多時間，用手指攥了攥他的球衣，輕聲催他，「現在充電充夠了吧，你趕快回更衣室。」

陳洛白垂眸看著她。

她今天化了妝，是和平時不太一樣的漂亮。

「不夠。」

周安然：「……？」

他還想怎麼樣啊？

現在是在外面，周安然的恥度只能支撐她做到這個份上了，她推了半壓著她的男生：「那也沒辦法，我回去了。」

陳洛白把她壓回去：「等等。」

周安然的臉燙得厲害：「你中場只能休息十分鐘，比完再親好不好？不然你要來不及了。」

陳洛白確實打算早點回去，不然剛才不會那麼輕易放過她，此刻叫住她是另有原因，沒想到還有這種意外之喜，他忍不住趴在她肩膀上笑了一下：「嗯，比完再親。」

周安然：「……？」

「但是然然——」陳洛白頓了頓，目光在她唇上停了一秒，靠到她耳邊壓低聲音：「妳口紅花了。」

回到座位上後，周安然特意看了時間一眼。

四點十分。

籃球比賽通常十分鐘算一節，加上犯規、罰球等死球時間以及暫停和節間休息，他們上半場一共打了三十七分鐘左右。

因為她剛才進通道的時候，特意看了一下時間，當時是四點七分。

扣除她補口紅和走回來的時間，她應該也只耽誤了他一分多鐘。

周安然稍稍鬆了口氣。

畢竟中場休息也不能讓他一刻都不得停歇。

還剩下八分多鐘，完全足夠他跟其他球員講下半場的戰術了。

手機突然響了一下。是她那兩位正坐在後面看球、不太正經的室友在群組裡標註她。

謝靜誼：『我看見了！』

柏靈雲：『我也看見了！』

謝靜誼：『有人剛才跟著男朋友往更衣室的方向走了！你們幹了什麼！』

柏靈雲：『@周安然。』

周安然：「……」

剛才在消防通道裡的一幕幕，又突然在腦海中閃現。

周安然摸了摸臉頰：『沒幹什麼，就只是去跟他說句加油。』

謝靜誼：『真的嗎？（我不信.jpg）。』

柏靈雲：『就非得跑過去跟他說嗎？』

周安然：『是啊，他出去後才想起來的嘛。』

跟她們撒了個小謊，周安然還是有一點心虛。

但總不能說，她是去跟他……接吻吧。

謝靜誼：『妳跟過去也好。』

周安然：『為什麼這麼說？』

柏靈雲：『妳不知道，我們兩個在後面聽了多少女生的惋惜和感慨，說陳洛白怎麼有女朋友了，要是他還是單身，她們都想去追他了。』

謝靜誼：『妳男朋友今天確實很帥。』

周安然的嘴角牽起一個小小的弧度。

片刻後，下半場比賽開始。

前半節兩隊還和上一節一樣，打得有來有往，不相上下，但因為法學院第一節落後了八分，目前仍處於劣勢狀態。

轉機是在第三節後半出現的。

比賽打到現在，兩邊的球員都沒怎麼下場休息過，進入後半節後，體力都在迅速下降。

電機學院雖有三名校隊球員，但並非是打一級聯賽的專業球員，都是普通學生，實力雖然還行，體力看起來倒是很普通。

不知是有球員撐不下去，還是見己方還占上風，想保留體力迎接決戰，電機學院這邊輪流換下了三個校隊球員。

才大一的那位四號球員先下。

這位在三個校隊球員中實力最弱，他下去後，兩隊總實力的天秤只稍稍傾斜了少許。

但就這一少許的傾斜，也讓陳洛白抓住了機會。

周安然坐在場邊，看他利用電機學院新上場球員銜接不到位子的一個空檔，立刻在底角跑出一個漂亮的空位，原地跳投了一顆三分球。

橙紅色的籃球在半空中劃過一道長長的弧度後，穩穩落入框中。

全場瞬間掌聲雷動。

比分從四十二比五十，變成了四十五比五十。

兩隊只相差了五分。

電機學院那邊倒還穩得住，沒有立刻換回主力陣容，反而等四號休息足夠再上場後，又把七號校隊球員換下去。

七號下去後，法學院這邊也沒急著追分。

陳洛白趁機把法學院的主力球員，輪流換下去休息，他自己仍一直留在場上控制節奏。

第三節還剩最後不到兩分鐘的時候，電機學院則把王均卓換下去休息。

王均卓今年大四，是電機學院實力最強且最有經驗的球員，也是球隊的主將，他一下去，陳洛白立刻又將主力陣容換上來。

沒給電機學院太多反應時間，趁著王均卓不在，他迅速搶出兩個機會，自己投進一顆三分球，又幫隊友助功了一顆兩分球，直接打出五比〇，轉瞬就把比分拉平了。

王均卓連板凳都還沒坐熱，又急忙換回場上，但第三節的時間所剩無幾，他再上場時，電機學院並沒有多少發揮空間。

第三節結束，兩隊打成平手。

又到節間休息時間，兩隊球員各自往場邊走。

周安然低頭打開包包，開賽前陳洛白塞到她懷裡的那瓶水，他早就喝完了，但她現在每次過來看比賽，都會特意幫他再帶一瓶，不管他用不用得上。

從背包裡把水拿出來時，周安然囑咐祝燃幫忙看一下包包，也顧不上觀眾的眼神，徑直從位子上站起來。

陳洛白回到休息區，看她跑過來，稍稍愣了一下。

隨即，面前的女生就擰開手裡的礦泉水遞給他。

陳洛白勾了下唇角，聲音卻低得溫柔：「服務這麼周到啊？」

他連說這麼短的一句話都喘得厲害，周安然的鼻間有些發澀。

場上所有人都下場休息過，就只有他打滿整整三節，一秒鐘都沒休息，想必最後一節也不能休息。

「你別說話了，先休息一會兒。」

陳洛白笑著，很低地應了聲「好」，接過她手上的水，仰頭喝了兩口。

周安然等他喝完，又主動把水接過來，還拿了紙巾幫他擦汗，看他雙手撐腿，稍稍彎腰緩了一下。

最後一節開始，早就回到座位上的周安然，發現電機學院那邊換了防守策略。

法學院這邊一進攻，王均卓和另一名球員就會衝上去包夾陳洛白，逼他出球，不讓他有投籃的機會，四號和七號則帶著另一名球員，一起防守法學院剩下的球員。

法學院的其他球員本來就比電機學院球員的實力差上一截，四打三也沒占到一點優勢，又太過依賴陳洛白，雖然陳洛白還能在被雙人包夾的情況下，時不時找出合適的機會試圖幫他們助攻，但只要陳洛白這邊找不到機會，他們的進攻就會亂了節奏。

而電機學院這邊進攻時，陳洛白雖然能死死防住王均卓，但他再厲害也只能防一個人，電機學院的另外兩名校隊球員也都有不錯的投籃能力。

好在打到最後，大家的體力都急速下降，投籃的準確度也在下降。

但彼長我消中，法學院還是再一次落回到劣勢狀態中。

一開始落後兩分，後來又再多兩分。

只剩下最後半分鐘時，法學院落後了五分。

周安然攥著水瓶，彷彿聽見身後一陣又一陣的嘆息聲，像是在惋惜大局已定。

場上，電機學院那邊的球員，幾乎都露出了勝券在握表情，其中兩個人甚至擊掌慶祝了一下。

但有人還沒放棄。

時間還剩三十一秒，球權在法學院這邊，陳洛白帶球過半場後，王均卓照例和另一個球員過來夾擊。

陳洛白突破了幾次都沒成功，找機會把球傳給了法學院的三號球員。

電機學院的四號球員立刻過來防守他。

三號運了幾下球，完全找不到機會，又把球傳給陳洛白。

時間只剩十五秒。

籃球比賽一次進攻限時二十四秒，也就是說他們這次進攻只剩八秒。

周安然看見男生臉上沒有絲毫著急，耐心運了幾下球，一連數個假動作成功晃開電機學院另一名球員後，又立刻做出突破的姿勢。

王均卓伸手去攔，陳洛白卻往後一退，隨即起跳。

周安然感覺眼前這一幕好像和高一時的某個場景，隔著時空重疊了一瞬。

耳邊似乎都還聽得見黃書傑在喊「後撤步三分！洛哥太神啦！」。

橙紅色的籃球劃過半空，壓著二十四秒計時器結束的提示音，穩穩地空心入網。

但時間只剩七秒鐘，兩對還差三分。

球權歸電機學院。

電機學院這邊發球後，甚至都不用再進攻，只要成功耗完這七秒，就能拿到勝利。

在底線發球時，王均卓和四號一起過來防守陳洛白，法學院的其他人沒能攔截成功。

電機學院順利把球傳到他們的九號球員手上。

周安然的心高高懸起，指尖攥著礦泉水瓶，沒注意力道，瓶身凹陷了一截。

然而下一瞬，不知是電機學院的四號有些鬆懈，還是陳洛白做了什麼極快的假動作，周安然還來不及看清，男生就已經擺脫了兩人的夾擊，還順手截走了電機學院九號球員手上的球。

時間只剩不到三秒。

王均卓在場中大喊：「回防！」

電機學院的人迅速朝陳洛白追去。

周安然能看出電機學院所有人的腳步都不及他快，沒人能追上他。

但是時間要來不及了。

剩下的這點時間，甚至都不夠他帶球回到前場。

他人才剛到中線，計時器上只剩一秒。

周安然攥緊水瓶，看見一身白球衣的男生突然原地起跳。

終於趕過來的王均卓伸手去防守他。

橙紅色的籃球從陳洛白的手中飛出去，不知是他有些脫力，還是被王均卓影響了重心，他人隨即摔倒在地。

幾乎是同一時間，終場的哨聲尖銳地響起。

球還在半空中，一秒鐘像是被拉長成一世紀。

喧鬧的球場在這一剎那，似乎都安靜了下來。

橙紅色的籃球在劃完那道弧線後，穩穩地落入了籃框之中。

LED螢幕上，紅色的比分從六十四比六十六，變成了六十七比六十六。

陳洛白超遠三分絕殺！

場上瞬間沸騰，掌聲雷動，歡呼聲不絕於耳。

周安然卻什麼也沒注意。

球一進，她就跑進了場中。

不過還沒等她跑到陳洛白旁邊，男生已經被離他最近的王均卓拉了起來。

王均卓的臉上多少有些遺憾：「恭喜啊，這都能被你翻盤。」

陳洛白拍了一下身上的灰，坦然道：「是你們最後輕敵了，不然贏不了。」

王均卓遺憾歸遺憾，卻也沒太把校內賽當回事，只是趁機問他：「真的不來校隊嗎？你這個水準打校內比賽太浪費了。」

「再說吧。」陳洛白偏了偏頭，眉眼間笑意明顯，「我女朋友來了。」

王均卓順著他的目光看了周安然一眼，了然笑道：「好，先不打擾你，回頭我再專程找你聊這件事。」

他說完轉身走開。

周安然趕忙走過去，拽住陳洛白的手腕：「你沒事吧，有沒有哪裡受傷？」

陳洛白伸手將她往懷裡一帶，聲音仍喘得厲害：「女朋友抱一下就沒事。」

周安然瞬間跌進一個熱烘烘的懷抱中。

他還有心思開玩笑，看來是真的沒事。

周安然稍稍鬆了口氣，耳朵尖緩緩熱起來。

但他看起來真的好累、好累，呼吸聲急促，頭一次在抱她的時候，稍微把重量往她身上壓。

周安然也沒掙扎。

場上的掌聲還沒停，觀眾也還沒退場，她站在場中間，反手抱住了陳洛白。

兩秒後，旁邊有人清咳一聲。

周安然偏頭看見他們隊裡穿著二十三號球衣的球員，不知何時走到了他們附近。

她的臉瞬間變得更燙，沒了那股擔憂的感覺，現在害羞的情緒占上風，她鬆開手，下意識想往後退一步，跟他拉開點距離。

陳洛白卻又壓著她的腰，把人抱得更緊，微微側了下頭，看向二十三號。

二十三號又咳了聲，臉上笑容燦爛：「也不是故意打擾你們的，就是大家讓我來問問你要不要去參加慶功宴，我們本來連進四強都沒想過，拿冠軍真的是破紀錄，等會兒慶功宴你一定要來，你可是最大功臣，剛才那個絕殺太精采了。要是捨不得，可以帶女朋友一起來。」

陳洛白把目光轉向懷裡的女生：「去嗎？」

周安然還是不喜歡人多的場子，但此刻想陪他的心情占上風，就點點頭：「好。」

二十三號笑著擺擺手：「好，那你們繼續。」

周安然：「……？」

她的臉還是燙的，本來想問他怎麼還不鬆開，忽然又想起另一件事：「我們去慶功宴的話，祝燃怎麼辦？」

「管他怎麼辦。」陳洛白懶懶地回道。

「陳洛白，你也太沒良心了吧？」祝燃的聲音突然響起。

周安然回過頭，看見他不知何時也到了場中，就站在她身後，陳洛白剛才應該早就看見他了。

祝燃一臉無語：「跟你老婆學學，人家這才有點當主人的樣子。」

周安然：「？」

陳洛白一手扔緊緊地抱著她，目光再次看過來的時候，突然多了幾分耐人尋味的意思：「那得看我老婆願不願意教我啊。」

周安然：「……」

怎麼祝燃隨口亂叫，他也跟著亂改稱呼。

周安然的臉越發滾燙，懶得接他這句話，只轉頭看向祝燃：「你晚上要怎麼辦啊？」

「確實不用管我。」祝燃說，「我要去看沁姐排練，等一下出去的時候，隨便在外面吃點東西就行。」

陳洛白眉梢輕揚：「聽到了嗎？他過來看球只是順便，妳以為他真的是衝著我來的？」

「衝你來，我大概會餓死。」祝燃翻了個白眼。

陳洛白笑著踢了他一下：「說完就趕緊滾吧。」

「當我稀罕呢。」祝燃又衝他翻了個白眼，然後朝周安然擺擺手，「走了啊。」

祝燃走後，陳洛白又很緊地抱了她一下，隨即才朝休息區的座椅抬了抬下巴，聲音仍低著：「去那裡坐著等我？我去跟他們握個手，等一下再過來找妳。」

周安然點頭：「好。」

去休息區坐下，周安然抬手碰了碰發燙的臉頰。

手機在這時響起。周安然打開通訊軟體，看見謝靜誼在群組裡傳了張照片。

她點開照片。

臨近滿座的體育館裡，絕大部分的觀眾都在起立鼓掌，場上，穿著電機學院球衣的男生們一臉落寞，法學院的幾個球員則在擊掌慶祝。

而她站在人群最中間，和穿著一身白色球衣的男生緊緊擁抱。

周安然似乎連指尖也燙了一下。

謝靜誼：『然然寶貝，妳今天好勇猛啊！我沒想到妳會衝下去。』

柏靈雲：『我也沒想到陳洛白會直接把妳扯進懷裡！這是在演偶像劇嗎？』

前段時間和她交換連路方式的聶子蓁，居然也破天荒地傳了一則訊息給她：『你們兩個有必要當著眾人的面放閃嗎？眼睛都要被閃瞎了。』

周安然：「……？」

她用餘光瞥見陳洛白已經和電機學院的人握完手，和隊友說了句什麼，就轉身朝她這邊走來。

周安然的臉又熱了一下，沒再回訊息，直接鎖上螢幕。

陳洛白很快走到她面前。

男生的呼吸已經沒像剛才那麼急促，額間、臉上和身上卻都還是汗。

周安然有點心疼，從包包裡抽出紙巾，起身去幫他擦汗。

面前的女生差不多只到他下巴，手高高抬起，腕間的玫瑰金手鏈在眼前輕晃，指尖隔著紙巾很輕地落到他額前。

陳洛白的喉嚨癢了一下，攥住她手腕，指腹在鏈子上輕撫了下：「別擦了。」

周安然眨眨眼。

「等一下要洗澡。」陳洛白低聲說。

不知是不是因為他此刻的模樣和看她的眼神，都和中場休息在走廊獨處的那時很像，有撲面而來的荷爾蒙，顯得格外性感，周安然聽見「洗澡」兩個字，莫名有點不自在。

她目光垂下，手抽了一下，沒抽動，仍被他緊緊握著，她輕輕「哦」了聲，問他：「那你現在是要回宿舍洗澡嗎？」

陳洛白聲音仍低：「慶功宴地點離公寓很近。妳要回宿舍嗎？不回的話，跟我一起去公寓？」

周安然垂眸看著他攥在她腕間的手，可能是剛打完球，手背上的青筋明顯凸起。

她很輕地點了下頭。

去公寓的路上，陳洛白都沒怎麼開口說話，不知是不是打滿全場太累。

周安然悄悄瞥他一眼，能看見他嘴角微微抿著。

到公寓後，陳洛白進浴室洗澡。

周安然在客廳等他，她拿著手機回覆謝靜誼和聶子蓁，又跟她們隨便聊了一會兒，直到陳洛白從浴室出來。

室內有暖氣，男生穿了一件素白T恤和黑色長褲，頭髮像是隨便擦了一下，還在滴水。

他在她旁邊坐下，雙手張開，好像還是有點累，聲音一直低著：「過來。」

周安然把手機放下，乖乖起身走過去，在他懷裡坐下。

陳洛白沒再說話，低頭把臉埋在她肩膀上。

像是有一顆髮梢上的水珠，順著她的脖頸滑進去，冰得她心口一顫。

周安然攥了攥他上衣肩線上的布料，叫他的名字：「陳洛白。」

陳洛白很低地「嗯」了聲，卻沒抬頭。

「你是不是不高興啊？」周安然輕聲問他。

陳洛白抬起頭，有點意外，又好像在意料之中。

畢竟高中時，她就偷偷發現過他不高興，偷偷往他課桌裡塞糖果哄他。

「被妳發現了啊。」陳洛白抬手捏了捏她的臉頰，這一下午他有好幾次都想這麼做，卻捨不得弄髒她的臉，「是有點不高興，今天打得不太好。」

周安然眨眨眼：「不是都拿冠軍了嗎，哪裡打得不好啊？」

陳洛白的手順勢停在她臉上：「不是他們最後輕敵又鬆懈的話，我們可能會輸，妳第一次以女朋友的身分看我打決賽，就差點輸球，多少有點丟臉。」

他不開心……是因為覺得差點在她面前輸球嗎？

周安然的手不禁攀上他的肩膀，聲音輕著：「但是電機學院的陣容深度，本來就比你們強啊。」

「還知道陣容深度？」陳洛白眉梢輕揚，眼裡多了點笑容，像是心情又好了一點，語氣也有調侃意味，「妳真的為了我，認真地研究起了籃球比賽？」

周安然的臉又熱起來：「我跟你說正經的。」

陳洛白笑了一下，聲音仍低，格外縱容的態度：「好，妳說。」

「而且你贏球才不是因為他們輕敵，是因為你直到最後一刻都沒有放棄比賽，這還叫不好的話，我都不知道什麼叫好了，而且——」周安然頓了頓。

陳洛白：「而且什麼？」

周安然不太好意思地把臉埋在他肩上：「不管輸贏，你都是我心中的第一名，不會丟臉的。」

因為她把頭埋到了他肩上，陳洛白輕撫在她臉上的手指隨之落空。

他的手在半空中頓了一秒：「妳剛才說什麼？」

周安然還是不太習慣講這種話，卻又想說給他聽。

她攥了攥他T恤的布料，像是找到點勇氣，壓下不自在與羞怯，重複一遍：「不管輸贏，你永遠都是我心中的第一名。」

陳洛白才剛和緩下來的呼吸倏然一重。

她今天好像一直在給他驚喜。

一、二節節間的時候，她主動去牽他的手。

中場休息，她跟著他出了體育館。

三、四節節間跑下來送水給他。

終場結束，她第一時間跑過來，緊張地問他有沒有受傷。

現在猜到他不開心，壓著內斂的性格，講這些她平常根本不會說的話來哄他。

心口似是一直在被她用柔軟的情緒填滿，這一刻已經滿到不行，不做點什麼，像是要爆炸。

陳洛白抽出手，指尖落到她下巴，半強迫地讓她抬起頭：「記得妳中場休息的時候，和我說過什麼話嗎？」

他突然換了話題，周安然愣了一下：「什麼話？」

「想不起來也沒關係。」

周安然還想繼續問。

下一秒，男生就偏頭吻了上來。

他這次親得比在消防通道時還要猛烈。

舌尖強勢地抵開她牙關，呼吸完全被攫取。

因為這個吻，周安然忽然想起剛才那個問題的答案。

她中場休息的時候，好像和他說過比完賽再繼續親？

可能是因為他今天的模樣實在太吸引她，也可能是因為察覺到他心情不好，而她現在沒辦法只用偷偷往他課桌裡塞東西的方式哄他——

周安然攀著他的肩膀，在第一次親吻的時候，忍著羞怯，主動回應了一下。

女生將柔軟的舌尖探進他牙關的那一瞬，陳洛白腦中那根緊繃著、名為理智的弦像是猝然斷裂。

他扣在她後頸的手緊了一下，又鬆開。

反應過來的時候，她衣服已經亂了，細膩和柔軟在他指尖溢開。

陳洛白陡然清醒。

他趴在周安然的肩上，聲音啞得厲害：「抱歉。」

周安然仍攥緊著他的T恤，臉早已紅透，輕著聲：「沒事。」

陳洛白的呼吸倏然一亂。

「周安然。」他緩了緩情緒，「妳別這麼乖。」

周安然的呼吸也亂，這好像是他今天第二次跟她說「乖」這個字，她很輕地搖了下頭：「不是乖。」

「那是什麼？」陳洛白靠在她肩膀上問。

周安然咬了咬唇。

他可能不知道她到底有多喜歡他。

喜歡到，他剛才再越界幾分，她都不會阻止；喜歡到，他第一次帶她來公寓的那天，跟她說那句話時，只要他再堅持幾分，她可能就會點頭答應了。

但她不好意思告訴他這件事。

沒等到她開口，陳洛白抬起頭，看見她唇上和眼底都是水色，像是被狠狠欺負了。

剛才卻也沒阻止他。

「不是乖，那是什麼？」

「……」

「不說我就繼續了？」

周安然撇開頭，不看他。

隔了兩秒，陳洛白聽見很輕的一聲。

「嗯。」

客廳一時安靜下來，只剩亂得厲害、分不清是誰的呼吸聲，和一些細碎又輕微的響動。

周安然緊緊攥著他的手臂。

像是想拉開，又像是想更好地把自己送上去。

過了片刻，又好像是過了許久。

周安然感覺陳洛白親了親她的耳朵，呼吸和聲音都壓在她耳邊，燙得她一陣臉紅心跳：「寶寶，能看看嗎？」

那晚，法學院的慶功宴吃了什麼、其他人聊了什麼，周安然都沒太注意。

她到場後，就一直安靜地坐在陳洛白旁邊，桌上的菜轉了什麼到她面前，或者陳洛白夾了什麼放到她碗裡，她就吃什麼，心思早就不知道飄到了哪裡去。

又一次隨意夾了一筷子菜後，周安然依舊看也沒看就打算吃掉，臨到嘴邊，手腕突然被抓住。

陳洛白的聲音在旁邊響起，他這一晚上跟她說話都好溫柔，這次還多了幾分笑意：「怎麼什麼都往嘴邊送？」

周安然愣了一下，偏頭看他。

目光在無意間落到他唇上後，又像是被燙到似的，倏然轉開。

周安然重新低下頭，這才看見自己剛才夾的是一塊八角。

她視線稍稍一挪，又看見他攥在她手腕上的那隻手，沒有剛打完球時那樣熱，也沒有剛洗完澡時那麼涼。

腕骨上有著一顆她曾經偷看過好多次的棕色小痣。

而這顆小痣在不久前，隨著那隻骨節分明的大手時張時縮、時揉時撚間，在她眼前晃了許久。

陳洛白的聲音又在耳邊響起。

男生先是很輕地笑了一下，又低聲問她：「想吃什麼，我幫妳夾。」

周安然哪還吃得下東西？

她搖搖頭，「不吃了。」

陳洛白態度縱容：「好，餓了再陪妳吃。」

不吃飯，周安然勉強拉回幾分心思聽他們聊天，話題在不知不覺間轉到了球衣號碼上。

「對了，陳洛白，你的球衣號碼為什麼是二十六號啊？」

「我記得凱爾·柯佛好像就是二十六號吧。」

「對啊，他的三分球滿厲害的。」

「不是。」有一隻手突然搭到了周安然的肩膀上，陳洛白把她往懷裡帶了帶，聲音仍有笑意，

「是她名字的總筆劃。」

十二瓶汽水　帶妳私奔

周安然回到宿舍時，謝靜誼和于欣月都還沒睡，柏靈雲的床和桌子則是空的。

謝靜誼看見她有些驚訝：「我還以為妳今晚和靈雲一樣，不會回來了呢。」

有了上次的經驗，周安然瞬間明白她的言下之意，但她還是不好意思和她們聊大尺度的話題，只好裝不懂：「我為什麼不會回來？」

謝靜誼：「那妳為什麼臉紅啊？」

周安然：「……」

算了，她根本騙不過她，也說不過她。

「我要去漱洗了。」

逃進洗手間，周安然第一時間解開衣服裡面的扣環，她今晚一直覺得不太舒服，總感覺那種陌生又親密、讓她心尖發顫的觸感，一直停留在上面。

尤其是，後來她答應他那句話後，某人最後還得寸進尺地低頭親了上去。

周安然晃晃腦袋，把記憶中那些令人面紅耳赤的畫面全壓回去。

漱洗完，周安然躺上床。

手機響了一聲。

C：『還沒睡？』

周安然：『嗯，但是準備睡了。』

周安然：『妳到宿舍了吧？』

C：『到了。』

C：『紅了沒？』

周安然：「？」

什麼紅了沒？

剛想問他，他後兩則訊息先跳出來。

C：『出門前看起來好像有點紅。』

C：『下次輕一點？』

周安然反應過來，臉倏然一燙，手機好像也燙得拿不住。

她把手機丟到一邊，轉身趴在床上，臉埋進枕頭裡。

手機安靜兩秒。

像是沒等到她回答，那邊又繼續傳訊息過來。

又響了一下。

兩下。

三下。

周安然在枕頭裡埋了幾秒，還是忍不住又把手機拿過來。

C：『算了，妳肯定不好意思說。』

C：『我明天自己看。』

她又把手機丟到一邊。

周安然：「？」

第二天是週日，早上周安然吃完早餐，照舊跟他一起去公寓，進門換好鞋後，她想了想，還是紅著臉道：「我今天有個論文要寫，有好多資料要看。」

陳洛白側頭看她，目光在她臉上停了一下，又像是微妙地往下挪了一點，唇角似乎勾了下，語氣懶懶的：「沒事，妳看妳的，我看我的。」

周安然：「……？」

可她又捨不得拒絕他。

她已經寫了差不多一半的論文，今天有一整天的功夫，耽誤一點時間應該也沒事。

等被他牽著進去書房，她試探著攤開書，又把帶來的筆記型電腦打開，然後看著他在她旁邊不緊不慢地打開自己的電腦，周安然才反應過來，這個人剛才又在逗他。

有點生氣，卻又有一點被尊重的甜絲絲的感覺。

周安然這個論文寫得不是很順，忙了差不多一整天，傍晚吃完晚餐後，又寫了一個多小時，接近八點才完成。

那時天色早已全暗，華燈一盞盞燃起，五光十色的霓虹照亮著這座已經不算太陌生的城市。

周安然揉了揉脖子，一偏頭，就看見陳洛白坐在旁邊靜靜地看著她。

「寫完了？」

周安然點點頭，頰邊的小梨渦露出來。

「一起出去看個電視？」陳洛白低聲問她。

周安然：「你作業寫完了嗎？」

「債太多。」陳洛白把她拉起來，「也不急這一下。」

周安然跟他在一起一個多月，來公寓的次數不少，卻從未和他一起看過電視，想著他也能適當休息一下，就由著他牽著起身。

回到客廳，陳洛白牽著她坐到沙發上。

周安然偏頭問他：「我們要看什麼呀？」

陳洛白沒直接回答，先開了電視，按了幾下遙控器，最後停在體育頻道，他把搖控器隨便丟回茶几上，手搭上她的肩膀，將她往懷裡一帶，這才開口：「一直沒空陪妳看場球賽。」

周安然將目光轉向電視。

從還沒在一起到現在，他好像一直在不停幫她彌補當年的遺憾，其實應該已經習慣了，但周安然盯著電視上的畫面，鼻子還是忍不住酸澀了一瞬。

當年連球隊名稱都不清楚，只認得一位現役球員的周安然，懵懂地跟著周顯鴻看第一場球賽時，是半分也沒想過，有一天會被他抱在懷裡，說要陪她一起看球賽。

周安然摟住他的腰，往他懷裡貼了貼。

陳洛白察覺到她的小動作，眉梢輕輕一揚：「怎麼突然這麼黏人，陪妳看個球賽就主動抱我啊？」

周安然：「……」

陳洛白捏了捏她的臉，意味深長的語氣：「那以後多陪妳看幾場。」

這個人現在就正經不了幾分鐘。

鼻間的酸澀瞬間消失。

周安然紅著臉把他的手拉開，坐回剛才的位子，「比賽要開始了。」

周安然那次在教室聽他和祝燃聊天，說半夜看球賽氣到睡不著，還以為他看球多少有點脾氣，但其實沒有。

可能是當初那場球賽確實打得太糟糕，今天這場兩隊表現都很一般，他也顯得淡定安靜。

只有偶爾她問一些技術性問題時，陳洛白才會仔細地跟她講解。或者是哪一節看到一半，他會靠過來，往她嘴裡塞顆糖果。

他公寓裡的零食和飲料換來換去，只有那款汽水糖的庫存一直都很充足。

球賽七點三十五分開始，打完已經是晚上十點鐘。

周安然本來想催他去寫作業，卻突然想起自己忘了件事：「對了，昨天祝燃和我說，湯建銳他們下週末要過來，讓我問茜茜她們要不要一起來聚會。」

陳洛白隨手勾著她頭髮玩：「嗯，祝燃跟我提了一句，反正我還欠他們一頓飯，趁著聚會一起請了，妳去之前那個群組裡問吧，看董辰他們要不要一起來？」

周安然點點頭，打開群組。

周安然：『@所有人。』

周安然：『你們週末有空出來聚一下嗎？』

嚴星茜：『湯建銳他們可能要過來，他說正好欠你們一頓飯，趁著聚會一起請了。』

張舒嫻：『妳說的「他」是誰啊？』

盛曉雯：『就是說啊，妳不說清楚我們怎麼會知道。』

連董辰也來湊熱鬧：『不知道加一。』

周安然：『是啊，周安然，妳不說清楚，我們怎麼會知道呢？』

周安然：「……」

手突然被一隻大手握住。

陳洛白攥著她的手往語音鍵上一按，笑著說：「我請。」

他鬆開手，訊息傳出。

很短的一則語音訊息。

因而群組很快有新回覆跳出來。

嚴星茜：『我錯了，早知道會被閃，我就不該問。』

張舒嫻：『不該問加一。』

盛曉雯：『不該問加二。』

周安然無奈：『你們正經一點。』

周安然：『到底有沒有空啊？』

嚴星茜：『加一。』

盛曉雯：『當然有啊，沒有空都得抽空去！』

張舒嫻：『我也有！我下週末終於有空了！』

董辰：『加一。』

嚴星茜：『學人精啊？』

董辰：『傳個一就學妳了？嚴星茜，妳要不要臉啊？懶得跟妳吵。』

董辰：『你來嗎？@賀明宇。』

賀明宇：『不去了吧。』

董辰：『為什麼？你下週末不是沒事嗎？』

賀明宇不知是不是在忙，都沒再回覆。

周安然眨眨眼。

「賀明宇說不去。」她猶豫了一下，還記得某人好像有吃過一點賀明宇的醋，先問了他一聲，「要不要問問他？」

陳洛白：「我問吧。」

周安然看他態度淡定，猜他當初應該只是介意，她也幫賀明宇買了杯咖啡而已，她點點頭：「好，那我先問問舒嫻要不要和湯建銳他們一起過來，也比較有個照應。」

陳洛白隨口「嗯」了聲，仍一手搭在她肩膀上，另一手則拿起手機單手打字：『真的不來？』

在群組裡沉默的人，卻立刻回覆他：『你不是不希望我和她當朋友？』

陳洛白：『我想了一下，也不能這麼小氣，她高中也只有你們這兩個異性朋友，而且你就算來了，也很可能和她連話都說不上。』

賀明宇：『最後一句才是主要原因吧。』

陳洛白勾了下唇角：『來吧。』

陳洛白：『以後大家肯定會越來越忙，能聚在一起的機會只會越來越少。』

賀明宇：『好。』

陳洛白收起手機：「他會過來。」

周安然沒多想，「哦」了聲，又說：「你把湯建銳他們拉進群組吧？舒嫻沒有他們的聯絡方式。」

陳洛白「嗯」了聲，像是想起什麼：「我也該請妳們寢室的人吃飯，下個月要考試了，她們最近有空嗎？或是這次叫她們一起過來？」

周安然也想起那件事：「曉雯上次說想讓你請吃飯的時候，把你室友帶過來。」

陳洛白有點意外：「她還沒死心啊？」

「她說難得氣質對眼，先當個朋友，可以嗎？」周安然拉了拉他的手。

陳洛白的喉結滾了下：「好，我問問，要是大家都不介意，我之後連社團的人一起請了。」

「那就先問問吧。」

於是兩人低下頭，各自傳訊息詢問。

等幾方都敲定下來，時間已經過了十點四十分。

周安然放下手機。

陳洛白轉過頭：「聊完了？」

周安然點頭。

陳洛白也將手機隨便一丟，把她往懷裡帶了帶，剛才她無意識拉他手跟他撒嬌時，他就想這麼做了。

他聲音壓低：「我看看？」

周安然：「……？」

客廳安靜了片刻，某人的臉瞬間紅透。

「真的變紅了。」

陳洛白看著那上面淺淺的紅印，手伸上去：「我昨天也沒有太大力吧。」

周安然咬了咬唇：「你輕一點。」

陳洛白稍稍一頓，電光石火間，像是有某個遙遠的記憶突然閃現。

「那天也是妳吧？」

他手仍停在那裡，周安然的意識有些發飄：「什麼？」

「高一剛開學沒多久。」陳洛白回想了一下，「有天我趴在座位上補眠，有兩個女生從我位子旁邊經過，其中一個提醒另一個說話小聲一點，是妳吧？」

他當時還沒睡著，那一瞬覺得那道嗓音有種特殊的好聽，柔軟且帶著一點細微的顆粒感。聲音的主人應該比同伴更加細心溫柔。

但也僅止於此，並沒有太在意。

他平時也不會仔細去聽班上女生的聲音，之後這點記憶迅速淡化。

直到那天在天臺上撞見她哭，他覺得她的聲音聽起來有點耳熟，卻又因為記憶淡化，想不起曾經在哪裡聽過。

周安然卻還記得。

就是聽到他和祝燃聊球賽的那天。

「應該是我。」

陳洛白喉間一澀。

他高中真的和她錯過了好多次。

周安然見他低垂著眼沒說話，手一直停在那裡不動，她臉緋紅，低聲問他：「怎麼啦？」

陳洛白回過神，看見她紅著臉，很乖地躺在下面，看他的眼神滿是愛意。

「沒什麼。」他的手又開始動著，低聲叫她的名字，「周安然，讓我再幫妳彌補個遺憾吧？」

周安然看著那顆在眼前晃動的小痣，意識又開始發飄：「什麼遺憾？」

她哪裡還有什麼遺憾。

陳洛白：「快十一點了，妳今晚應該趕不上門禁了，大一的陳洛白代替高一的陳洛白陪妳睡個覺？」

周安然：「？」

她的臉快要燒起來，陳洛白卻趴在她肩膀上笑，笑得胸腔震動明顯，手仍沒停。

他的聲音很低，還帶著笑意：「想什麼呢？我說的是像高中那樣，陪妳趴在課桌上睡覺。」

周安然：「……陳洛白！」

陳洛白「嗯」了聲，又偏頭親了親她，聲音仍低：「逗妳的，妳睡主臥，我睡客臥。」

「陳洛白今晚不陪妳睡覺，但陳洛白以後會永遠陪著妳。」

聚會定在週六。

周安然和陳洛白那晚各方都問了一圈，大家都不介意多人聚會，可能是因為不管是周安然的室友，還是陳洛白的室友，亦或是社團的那些學長姐和他們的關係都不錯，並非是陌生人之間的社交，大概更像是去結識朋友的朋友。

嚴星茜她們上次來的時候，也去她宿舍待了一下，早和謝靜誼她們打過照面，而讓陳洛白把室友帶來，本來就是盛曉雯主動要求的，還有她宿舍的那幾個女生，早就對俞冰沁的樂團好奇已久，聽說社團的那些學長姐也要去，連于欣月都打算空出一整個下午的時間。

而張舒嫻和湯建銳幾人當天並不會返程，週日他們幾個高中同學還可以另外再小聚一下。

因為週六的聚會人數多，坐在同一桌乾對著吃飯，也不是那麼自在，陳洛白就沒訂餐廳，而是在他爸朋友的俱樂部訂了一間大包廂。

ＫＴＶ和桌遊設備一應俱全，食物和酒水全程供應，可以從下午一直待到晚上。

聚會當天，周安然先和陳洛白去俱樂部開包廂。

工作人員送完食物就齊齊離開，寬敞的包廂中只剩她和陳洛白兩人。

陳洛白隨手往口袋一摸，發現還有顆糖果，就順手拆開餵到她嘴裡。

包廂光線偏暗，周安然沒看見包裝紙，吃進嘴裡後，眼睛才微微一亮：「是檸檬口味的。」

「是嗎？」陳洛白垂眸，她右臉頰微鼓，看他的眼神亮晶晶的，又乖又漂亮，「那我也嘗嘗。」

周安然以為他還多帶了幾顆。

下一秒，陳洛白已經低頭親了上來。

周安然連忙伸手推他，頭微微一偏：「他們等一下就要過來了。」

陳洛白捏了捏她的下巴，眉梢輕輕揚了下：「那不是更刺激？」

周安然：「……？」

陳洛白看她眼睛微微睜圓，一副難以置信的模樣，又趴在她肩膀上笑了下。

「逗妳的，我還沒告訴他們包廂的號碼，沒人會過來。」他抬起頭，又捏了捏她的下巴，聲音輕下來，「好像還沒像這樣親過妳。」

周安然推在他肩膀上的手力道一鬆，陳洛白再次低頭靠過來。

這款汽水糖確實名副其實。

唇舌交纏間，像是有小氣泡在分不清是誰的口腔裡炸開，等這個吻結束時，兩人的嘴裡滿是同樣的檸檬甜味。

最先進來的是陳洛白的兩個室友。

他們宿舍也是四人房，原本住滿了，但其中一位室友在正式開學一週後，感覺法學不適合自己，順便看上了隔壁學校的熱門科系，然後瀟灑地直接轉學了。

之後他宿舍也沒再分配新的人進來，現在一直是三個人住在一起。

周清隨的話依舊不多，進來後只是淡淡地朝他們點了下頭，打完招呼就挑了個角落的位子坐下，拿出手機複習。

元松正好和他相反。他進來後，直接往陳洛白旁邊一坐，先拿叉子叉了塊西瓜吃掉，再笑著和周安然打招呼：「周妹妹。」

陳洛白抬腳踹了他一下：「叫誰妹妹呢。」

「好好好，不叫妹妹行了吧？」陳洛白明顯沒用力，元松還一臉誇張地捂著腿跟周安然告狀，「周同學，看見了沒，妳男朋友表面上看起來大方帥氣，其實私底下小心眼又愛整人，他剛才這麼對我，我跟妳爆他的料也不過分吧？」

周安然知道他們關係不錯，也沒當真，笑著問：「什麼料啊？」

元松：「就我們剛開學沒多久，他的腿還沒痊癒的那段時間，有一天——」

陳洛白淡淡地掃了他一眼。

元松稍稍一頓。

周安然眨眨眼：「怎麼了？」

元松看她一眼。

有一天，他去找他生科院的同學吃飯，得知他們院有個新生長得又清純又漂亮，基本上已經快成為他們公認的院花了。

剛好那天吃完飯，他和那位同學還正好撞上了那位「院花」。

元松還趁機偷拍了張照片。

回宿舍後，去外面打工的周清隨還沒回來，寢室裡只有陳洛白一個人。

元松過去找他炫耀：「我剛才碰到生科院的院花了，確實很漂亮，我都有點想追了，對了，我還拍了照片，你要不要看一下？」

最後那句話，元松也就隨口一問。

誰不知道他們這位新晉校草，對女生沒什麼興趣，不管誰來示好都只會碰壁，清心寡慾到宛如和尚在世。

然而那位清心寡慾的校草卻轉過身，淡淡地瞥了他一眼，和剛才阻止他的眼神一樣，帶著一點警告的意味：「別招惹她。」

元松當下還沒立刻明白。

陳洛白卻又朝他伸出手：「照片呢？」

元松這才知道他的意思，他笑著裝傻：「什麼照片？」

陳洛白是個聰明人，也不理他這些小把戲，把手往前伸了伸：「把照片傳給我，然後刪掉你手機裡的那張。」

元松這才恍然大悟。

原來不是什麼清心寡慾、和尚在世，是心裡有人了。

「憑什麼？」

陳洛白朝鞋櫃抬抬下巴：「就憑那雙鞋，怎麼樣？」

元松順著他指的方向一看，眼睛瞬間亮起。

他這位室友大方歸大方，但也稍微有點潔癖，不管球鞋多貴都隨便摸、隨便看，但不准借來穿。

「你願意借我穿了？」

「你作夢。」陳洛白瞥他一眼，「買一雙新的給你。」

元松當即鬆口：「照片是吧？我現在就傳給你，傳完後立刻當著你面刪得乾乾淨淨，只要你想要，我甚至能再幫你多拍幾張。」

陳洛白：「不用，鞋子給你，你以後離她遠一點。」

元松拍了張照片，就白得了雙鞋，樂得回座位上找朋友炫耀。

炫耀完，他才慢慢回過神，又覺得這樣好像不太行。

陳洛白買給他的那雙球鞋倒也不算是限量版，限量版早就沒了，但普通版也是一鞋難求，價格已經炒到了上萬。

一張照片換一雙上萬塊的鞋，他多少有點於心不安。

元松站起來，朝陳洛白的位子走過去：「陳洛白，那雙球鞋——」

他話音突然頓住，因為平日一直在位子上看書的人，此刻正靜靜地看著他剛才傳到他手機裡的照片。

陳洛白聽見他的話，轉過頭來：「怎麼了？你想換成其他款也行。」

「不是。」元松咬了咬牙，一狠心，「只是覺得，我用那張拍得有點模糊的照片換你一雙鞋，感覺你太虧了，照片送你了，你把球鞋退了吧。」

陳洛白把目光轉回去，仍盯著手機看：「不虧，很值得，你如果覺得不心安，就當作是我今年送給你的生日禮物吧。」

元松被「不虧、很值得」五個字勾起好奇心，他湊過去，八卦地問道：「生科院的這位院花和你是什麼關係啊？前女友？」

陳洛白沉默了幾秒才回他：「不是，是我高中同學。」

元松回過神，正好看見陳洛白側頭看向當初他拍過的那位院花，聲音比剛才和他說話時低了不少。

「別理他，他跟祝燃一樣，老愛誇大事實，有什麼想知道的，晚上回去問我就好。」

那女孩就真的沒再朝他這邊看，很乖地朝陳洛白點了下頭：「好。」

元松突然明白，陳洛白怎麼就栽在她身上了。

誰他媽頂得住啊？

元松拍拍手：「好，你們兩個繼續放閃吧，我去點首歌唱唱。」

祝燃、湯建銳和黃書傑三人是第二波到的。

包廂門一打開，黃書傑就聽見一陣魔音傳過來，他捂了下耳朵，偏頭笑看向湯建銳：「誰哪位兄弟在唱歌啊？走音的水準和銳銳有得比。銳銳，我覺得你等一下可以好好認識他。」

湯建銳伸手推他：「別拖拖拉拉的，先去看看我們大嫂現在長什麼樣子。」

周安然正在吃葡萄。

看見他們三個人進來，她把叉子放下，正打算打個招呼，就聽見湯建銳和黃書傑一起朝她喊了一聲——

「大嫂好。」

周安然：「……」

算了，還是別打招呼了。

湯建銳好奇地打量她幾眼：「周安然，妳現在的樣子跟高中不太一樣啊，要是單獨走在路上，我可能都認不出來了。」

陳洛白閒閒地拿了顆橘子朝他扔過去：「我女朋友有沒有變化，關你什麼事？」

湯建銳伸手接過橘子，一邊順手剝開，一邊道：「洛哥，你別這麼小氣嘛，我們只是先認識一下。」

「認完了吧？」陳洛白朝旁邊的位子抬抬下巴，「認完就滾去坐下，不是在路上就喊餓了？那邊有菜單，想吃什麼就請服務生進來幫你們點。」

湯建銳他們這班飛機延誤了一陣子，十一點多的時候在飛機上吃了幾口難吃的飛機餐，現在已經快兩點了，確實餓得厲害。

他把橘子塞進嘴裡，含糊道：「謝謝洛哥。」

「靠。」黃書傑從後面踹他屁股，「你好歹分我一點。」

湯建銳：「這麼多，你他媽是不會自己拿？」

黃書傑：「我這不是懶得剝嘛。」

「你怎麼不懶得吃呢？」湯建銳伸腳踹回去。

祝燃往點歌機走去：「我去那邊點首歌。」

他平時常來A大，早就和元松見過好幾次面，完全沒客氣，在點歌機前坐下後，看了坐在旁邊的元松一眼：「兄弟，你唱完這首，我切個歌？」

元松聽見湯建銳在點菜，頓時連歌都不想唱了：「你現在切掉也可以，我再去點一些吃的。」

祝燃快速點了首〈imagine〉，就切了歌。

周安然意外發現他的歌聲還不錯。

張舒嫻和湯建銳等人搭乘同一班飛機，嚴星茜和盛曉雯去機場接她，三個人又有一陣子沒見，進火車站時聊得熱鬧，聊著聊著就和湯建銳幾人走散了，也沒趕上同一班火車，所以湯建銳三人比她們早到。

不過祝燃這首歌一唱完，張舒嫻幾人也到了。

包廂門一推開，走在最前面的張舒嫻，就興奮地朝周安然揮了揮手：「然然！」

周安然很久沒見到她，頓時從座位上站起來。

陳洛白搭在她肩膀上的手瞬間落空，眼看著他女朋友跑去門口，親暱地跟門口那三個女孩抱在一起。

他稍微瞇了下眼。

唱完一首歌，已經坐回他旁邊的祝燃笑得幸災樂禍：「看來，你這個男朋友在周安然心目中的地位，還是比不上她的好姐妹啊。」

陳洛白涼涼地掃他一眼：「那也比你一直不敢告白，至今都還是單身要好。」

祝燃：「……」

黃書傑哈哈大笑：「你自己都說了，洛哥在大嫂的事情上一向小氣，還偏偏拿大嫂去刺激他，你這不是討罵嗎？」

祝燃：「你不也是單身狗？有什麼好笑的？」

「不好意思。」黃書傑往嘴裡塞了塊西瓜，「我很快就要脫單了。」

在一旁邊準備唱歌的湯建銳一驚，忘了自己還拿著麥克風，聲音瞬間響遍包廂：「靠，你有對象了？」

黃書傑手往下壓了壓：「冷靜、冷靜。我正在追一個學姐，還沒完全追到呢，別叫這麼大聲。」

周安然被幾個好姐妹拉著，在另一邊的沙發上坐下。

她把菜單遞到張舒嫻面前：「妳是不是也沒怎麼吃東西，要不要點一些菜？」

張舒嫻接過菜單，先衝她眨眨眼：「然然，妳現在這個樣子，好像請客的女主人啊。」

「她不就是女主人嗎？」嚴星茜往嘴裡塞了顆草莓。

周安然的臉一熱：「……都一個多月了，妳們還沒打趣夠啊？」

張舒嫻笑了一下：「當然不夠，誰叫妳每次一被打趣就會害羞。」

周安然懶得理她們，偏頭看向盛曉雯：「周清隨下午還有工作，他應該只能待兩個小時，妳如果有話要跟他說，就好好把握時間。」

盛曉雯點了點頭，開了瓶啤酒喝了兩口，起身走到坐在角落的男生旁邊：「周清隨，加個聯絡方式吧？」

周清隨抬頭看到她，無奈地笑了一下：「我真的沒空。」

盛曉雯：「就先加個聯絡方式聊一下嘛，我也沒空啊，不會太打擾你，我還要考外交官呢。」

說最後一句話的時候，女生的眼裡好像有某種熠熠生輝的光亮，周清隨的指尖動了一下。

幾秒後，他點頭：「好。」

不一會兒，董辰和賀明宇也來了。

賀明宇的話依舊不多，倒是董辰一進來就先瞥了嚴星茜一眼，嘴賤道：「一段時間不見，嚴星茜，妳怎麼又變胖了？」

嚴星茜立刻氣炸，抬手抓起一包洋芋片朝他砸過去：「董辰，你找死啊！你才胖了，你全家都胖了！」

周安然：「……」

董辰確實是活該。

大概是發現說錯話了，董辰避開洋芋片攻擊，摸了摸鼻子：「不是，我是說一段時間不見，妳變漂亮了。」

但嚴星茜明顯不相信他：「你當我傻嗎？」

兩個人又吵起來。

隨後周安然的幾個室友也來了，接著是俞冰沁帶著社團的學長姐走進包廂。

周安然看見謝靜誼幾人去找俞冰沁和其他幾位學長姐搭話。

人一到齊，包廂裡就分外熱鬧起來。

唱歌的唱歌，聊天的聊天，玩遊戲的玩遊戲。

周安然也陪幾個好姐妹聊了一會兒。

然後張舒嫻推了推她：「然然，妳還是坐回陳洛白的身邊吧？他已經往我們這邊看了好多次了。」

周安然偏頭往那邊看了一眼，男生正在和祝燃說話，嘴角微勾著，笑得懶洋洋的。

她轉回來：「我再陪妳們聊聊吧。」

嚴星茜：「沒事，妳晚上再陪我們聊吧，我們主要是怕他不高興，等一下就不肯結帳了。」

周安然：「……？」

周安然確實已經坐在這裡一個小時了，雖然知道她們是在開玩笑，卻還是點了點頭：「那我等一下再來陪妳們。」

說完她走回去，重新坐回陳洛白旁邊。

陳洛白側頭，目光朝她落過來，嘴角仍帶著散漫的笑意，語氣莫名有點涼：「終於想起妳男朋友了？」

周安然：「……」

他們旁邊都有人坐，她也不好說些哄他的話，只是藉著黯淡光線的掩蓋，指尖輕輕攥住他食指晃了一下。

陳洛白反手攥緊她的手，怕弄痛她，又放輕力道，低頭靠過來，微咬著牙。

「周安然，妳別在這時候撒嬌。」

周安然無辜地看向他：「……我沒撒嬌啊？」

她只是想哄他一下。

陳洛白仍低著頭，和她靠得很近，看她的目光帶著某種熟悉的火星子，像是想親她。

周安然屏住呼吸，有點緊張。

祝燃的聲音插進來：「大庭廣眾的，某些人別放閃了啊。」

陳洛白終於退開點距離，又涼涼地掃他一眼。

「注意一下，你不要臉，人家周安然還要呢。」祝燃又看了周安然一眼，「周安然，妳要不要唱歌？」

湯建銳立刻附和：「是啊，大嫂，要不唱首歌吧？我還沒聽過妳唱歌呢。」

陳洛白看向這兩人：「起什麼鬨，不知道她臉皮薄啊？」

祝燃：「我們哪知道你老婆臉皮薄不薄？捨不得她唱，那你自己唱吧。」

「好。」陳洛白難得好說話，「我唱。」

他說著，偏頭看向旁邊的女生，聲音重新低下：「想聽什麼？」

周安然只聽過他唱小星星。

「都好。」

他唱什麼，她都想聽。

陳洛白伸腳踢了旁邊的祝燃一下：「去幫我點一首陳奕迅的〈無條件〉。」

周安然的心輕輕一動。

祝燃懶得動，大爺似地踢了踢旁邊的湯建銳：「聽見了沒，洛哥叫你去幫他點首〈無條件〉。」

湯建銳推了推黃書傑。

最後是坐在點歌機附近的元松幫忙點了歌。

舒緩的前奏過去後，陳洛白的聲音切進來。

這首歌其實不好唱，伴奏簡單，幾乎等於半清唱，前面幾句的音調起伏也不大，很考驗音質和技巧，唱得不好就會像是在說話。

但他聲音低而清澈，情感剛剛好，不過分充沛，有種娓娓道來的動聽。

包廂裡絕大部分的人都沒聽過他唱歌，或許是被歌聲打動，聊天的、吃東西的、玩遊戲的都偏頭朝他看過來。

周安然也一直側頭看著他。

男生只是淡淡地、沒什麼表情地看著KTV螢幕，並沒有看向她這邊，但只有她知道，他沒拿麥克風的那隻手，正緩緩分開她的手，然後緊緊地與她十指交扣。

螢幕上的光影在他臉上不停變幻，襯得男生的五官越發立體好看。

「來讓我問誰可決定，那些東西叫作完美至善。」

直到唱完這句，陳洛白才微偏了偏頭。

周安然看到他唇角像是多了點笑意，看她的眼神也像是帶著愛意。

然後，周安然聽見他繼續唱下一句。

「我只懂得，愛你在每天。」

這首歌後面的內容，他全是這樣一句一句地看著她唱的，一直唱到那晚他叫她看的那句歌詞。

這一次她親耳聽見他唱給她聽——

「仍然我說我慶幸，你永遠勝過別人。」

這場聚會從下午一直持續到晚上。

中間俞冰沁他們要去排練，還不到下午五點就提前離開。董辰學校有點事，說好明天再過來聚一聚，也提前走了，賀明宇和他一起。謝靜誼和柏靈雲晚上都有會要開，于欣月在俱樂部耗了一整個下午，有點想念圖書館，也和她們一同回去。

最後只剩下元松和他們一幫高中同學混在一起，還有一點要完美融入進這個團體的意思。

臨近晚上十點的時候，所有人都玩累了，大家坐在一起聊天，不知誰先起頭講起了鬼故事。

包廂黯淡的燈光正好成了烘托氣氛的最佳場景。

元松講得最起勁，最後鬼故事庫存用完，開始說起了現實：「我們學校好像就是蓋在墳墓上的，所以有幾個地方都鬧過鬼。」

「我媽說，我小時候說我自己見過爺爺，就在我爺爺頭七當天。」盛曉雯也接了一句，「反正我是不記得了，不過那時候我才四歲，大概是看了照片什麼的，就跟我媽說見到爺爺了吧。」

張舒嫻：「我們學校早些年蓋大樓的時候，不是也挖出過那個嗎？」

「我倒是真的在學校裡撞過鬼。」祝燃高深莫測地摸了摸下巴。

嚴星茜不信：「真的假的？」

湯建銳幾人明顯也不信。

「妳聽老祝瞎扯呢，不然妳問問他是哪天撞鬼的，這麼大的事，不至於連時間都記不住吧。」

祝燃：「怎麼記不住？就是高二第一學期開學後的第一個週五晚上，我們那週只上了兩天還是三天的課，放學後我去學校找阿洛，半路碰到一個長頭髮，穿著白裙，皮膚白得像鬼一樣的女──」

話還沒說完，陳洛白突然踹了他一腳，這一腳明顯比之前開玩笑的那種還要重。

祝燃怒道：「靠，陳洛白，你他媽踹我幹什麼？那個女孩不就是那天給你──」

他話音在瞥到陳洛白旁邊的周安然時，戛然而止。

祝燃就是突然想起了那位「女鬼妹妹」，所以隨口和大家瞎扯，沒想到陳洛白會這麼重地踹他，他一時口無遮攔，差點當著周安然的面說了不該說的。

但顯然已經來不及了。

盛曉雯那幾個女生明顯聽出了什麼，臉上的笑意全沒了，嚴星茜最護短也最衝動，直接問：「那個女孩給陳洛白什麼了？你怎麼不繼續說？」

祝燃恨不得把讓時間倒轉，封住自己的嘴巴。

他偏頭往陳洛白和周安然那邊看了一眼。

陳洛白這個當事人反倒很淡定，一手閒閒地搭在周安然的肩膀上，似笑非笑地看著他。

祝燃：「……」

看在多年朋友的份上，祝燃還是認真解釋道：「沒什麼，周安然妳別誤會啊，那女孩只是塞了兩根棉棒和兩個OK繃給他，但他連對方長什麼樣子都沒看清楚，那幾樣東西也完全沒用——」

話還沒說完，他又被陳洛白踹了一腳。

「陳洛白，你他媽有毛病啊？」

不都幫他解釋了嗎？還踹他幹什麼。

「等等。」嚴星茜突然想起一件事，「高二開學第一週的週五晚上……然然，妳是不是有回學校一趟，我記得我那天回老家了，妳傳訊息跟我說忘記帶試卷了，要回去拿。」

周安然的臉早已變燙：「……確實有回學校一趟。」

「等等。」祝燃這下終於反應過來了，「所以，那天那個『女鬼妹妹』是妳吧？」

這樣就完全解釋得通了。

陳洛白第一次踹他，是因為他當著他的面，編排周安然是女鬼。

第二次踹他，是因為他當著周安然的面，說他那天並沒有用她給的藥。

周安然紅著臉點點頭。

嚴星茜又有點糊塗了，她剛才是想問周安然有沒有撞上這件事，怎麼突然變成了這位「女鬼妹妹」就是周安然了？

「然然，妳那天不是回去拿試卷嗎？」

周安然：「是啊，然後正好看見他手上有傷，就送了一些藥給他。」

「好啊。」嚴星茜終於明白了，「所以妳還偷偷瞞了我們一件事。」

周安然：「……」

周安然可憐兮兮地看了她一眼。

嚴星茜露出了「晚點再跟妳算帳」的眼神。

「不是在講鬼故事嗎？」陳洛白慢悠悠地接了句話，「怎麼不繼續講了？」

盛曉雯見周安然有點不好意思，接上話：「是說到我們學校大樓鬧鬼了，是吧？」

話題再次被岔開，周安然稍稍鬆了口氣，然後臉頰突然被一隻熟悉的大手捏了捏。

「妳那晚是去拿試卷的？」陳洛白偏頭問她。

周安然點頭：「是啊。」

陳洛白之前一直後悔那天沒能及時抬頭看她一眼，也後悔浪費了她那天的一番心意，加上不知道她回學校的目的，因而完全忽略掉了一些細節。

「從妳送藥給我，到祝燃來學校，中間差不多有二三十分鐘——」陳洛白頓了頓，黑眸犀利地望著她，「什麼試卷需要拿這麼久？」

周安然：「……」

陳洛白看她睫毛輕顫了好幾下，在心裡嘆了口氣，捨不得逼她：「不想告訴我也沒關係。」

「沒有。」周安然搖搖頭，「送藥給你的時候，我已經拿到試卷了。」

陳洛白心裡輕輕一震，彷彿猜到了什麼。

包廂裡的人走了大半，他們兩個現在坐在最邊緣的位子，旁邊的女生仍舊害羞，聲音壓得很輕，像羽毛一般輕撓在他心上。

「那天你不是心情很不好嗎？我又幫不了你什麼，就坐在教室外面的走廊，悄悄陪了你一會兒。」

陳洛白垂在一側的手倏然收緊，慶幸與懊悔兩種情緒在心裡激烈衝撞。

想把她拉過來抱一下，又想對她做點更過分的事情，好壓下心裡這股激盪的情緒。

陳洛白閉了閉眼，輕著聲問她：「晚上跟我回公寓？」

周安然沉默了一下：「……我今天要陪茜茜她們去睡飯店。」

陳洛白點點頭：「所以妳的好姐妹比男朋友重要？」

周安然：「……」

她抓著他的手指，輕輕晃了一下：「我明晚陪你啊。」

陳洛白：「……」

又撒嬌。

不知是誰突然說了聲：「快十點了，不是說十點回去嗎？說好明天一起逛A大來著。」

「啊，快十點了嗎？」元松看了一下手錶，「真的耶，那我得先回去了，陳洛白，你今晚不回宿舍是吧？」

陳洛白朝他點了下頭。

「好，那我先走了。」元松起身出門。

祝燃也往他們這邊看了一眼：「那你今晚是回公寓嗎？」

陳洛白懶散地靠在沙發上：「不回公寓。」

周安然：「那你要住在哪裡？」

陳洛白用手指勾了下她的頭髮，唇角也勾了下：「住妳們飯店。」

周安然：「？」

「湯建銳他們訂的飯店，和妳們是同一家吧？」陳洛白捏了捏她的臉，又沒捨得用力，「怎麼，就准妳陪姐妹，不准我去陪我兄弟？」

一回到飯店，周安然就開始被「算帳」。

嚴星茜反趴在床上，板著臉：「說吧，我還是不是妳最好的朋友了？」

周安然求饒：「我真的錯了，就是不好意思跟妳們說嘛。」

嚴星茜本來就不是真的生氣，有些板不住臉，勉強撐了一下：「沒給一杯奶茶，我是不會原諒妳的。」

「明天請妳喝，兩杯也可以。」周安然欣然應下。

盛曉雯平躺在床上：「我們都聽見了。」

張舒嫻：「就是不知道我們還是不是某人最好的朋友了。」

周安然：「沒說不請妳們啊，都請。」

「這還差不多。」

「勉強放過妳。」

「啊。」嚴星茜完全繃不住了，先噗哧一笑，又長長地感慨道，「我真沒想到，然然居然會跟陳洛白談戀愛。」

張舒嫻：「我也沒想到。我記得我有一次還說，如果我是陳洛白，我肯定會喜歡然然這種又清純又溫柔的，現在想想，我簡直就是預言家。」

盛曉雯也感慨：「而且我們居然和湯建銳他們玩到了一起，高中幾年沒能玩在一起，現在倒是成了朋友，時間真神奇啊。」

周安然眉眼彎彎，她其實才是最感到不可思議的人。

嚴星茜像是突然想起什麼似的：「對了然然，我有天不是還跟妳說過，上帝幫陳洛白開了條通天大道嗎？沒想到那條通天大道，居然成了我好姐妹的男朋友。」

周安然笑著應了聲：「記得，妳那天下午在回去的路上，還跟我唱了一路的〈通天大道寬又闊〉。」

頓了頓，想起她們總說她瞞著她們，周安然又紅著臉補充了一點：「那天晚上，我在筆記本上寫了一堆通天大道，我媽媽進來送牛奶給我的時候，我總感覺自己在寫他的名字，還下意識地藏起來。」

嚴星茜幾人突然有些好奇：「阿姨看到後是什麼反應？」

「當時沒什麼反應，後來還偷偷跟我爸說，讓他不用擔心我早戀，說我還沒長大，還喜歡看

《西遊記》呢。」周安然當初偷聽到這句話的時候，還有點不高興，覺得何女士不夠尊重她的隱私，現在想起來，只覺得溫馨又好笑。

嚴星茜幾人一起笑出聲。

嚴星茜又問她：「妳已經告訴叔叔和阿姨，妳和陳洛白談戀愛的事了嗎？」

「還沒呢。」提起這個話題，周安然又有點苦惱，「還不知道該怎麼告訴他們。」

嚴星茜想了想：「妳都上大學了，他們應該不會再反對了吧？不行的話，我之後再幫妳講講好話。」

周安然：「等回去的時候再想想該怎麼跟他們說吧。」

嚴星茜像是突然想起什麼似的：「啊，我今天忘了唱〈通天大道寬又闊〉了，確實很好聽。」

「算了吧。」張舒嫻拆她臺，「妳一到KTV就只記得妳偶像，怎麼可能記得其他人？」

嚴星茜：「嗚嗚嗚，我好想念我家偶像啊，他什麼時候再來北城開巡演啊？要是他來北城開演唱會的話，然然、曉雯，妳們陪我去看吧？」

「喂，我還在呢。」張舒嫻不滿。

嚴星茜：「如果妳願意來，我當然更開心啦。」

張舒嫻：「……嗚嗚嗚，我當初為什麼沒多考幾分。」

盛曉雯：「不過然然，陳洛白會放妳來嗎？妳今晚跟我們住在一起，他看起來都不太願意。」

周安然：「肯定會啊。」

他今晚也就語氣酸了一下，根本沒阻止她。

他好像一直都很尊重她的意願。

不過分開到現在，他都沒傳過任何一則訊息給她。

不會是還在不高興吧？

但他也好久沒和湯建銳他們聚一聚了，也可能是玩得正開心？

「又在放閃了。」張舒嫻推推盛曉雯，「妳就不該問。」

嚴星茜：「就是說啊。」

周安然：「我哪有！」

「妳的語氣這麼篤定，明明是拿准了他的性格，不經意間的放閃才是真的閃。」盛曉雯笑嘻嘻的。

周安然：「……妳們明天想吃什麼？」

「然然，妳轉移話題的能力太拙劣了。」

「所以妳男朋友明天還請客嗎？」

「妳們要是不打趣我，我明天就請妳們吃飯。」

「那還是算了，一頓飯的錢，我們還是有的，哈哈哈哈哈。」

「就是說啊。」

幾個女孩子在兩張併成一張的大床上鬧成一團。

夜越來越深，卻好像一直都有怎麼樣都聊不完的話題。

最後，大家都有點撐不住，迷迷糊糊地睡著了。

對於今天這場聚會，周安然確實是最感到不可思議的那一個，她做夢也沒想過，大腦似乎還處在某種興奮的狀態中，嚴星茜三人的呼吸都變得均勻後，她還了無睡意。

周安然輕著動作，伸手把燈關上，想著要不要傳訊息哄一下某人，但又怕他已經睡了。

安靜的房間中，她的手機突然震了一聲。

C：『睡了嗎？』

周安然先把手機切成靜音模式，又看了時間一眼，接近凌晨一點。

周安然：『準備睡了，你怎麼還沒睡？』

下一秒，手機跳出一則新訊息。

C：『出來？』

周安然的心臟重重地跳了一下。

兩分鐘後，她披上外套，輕著動作走出飯店房門。

門口，陳洛白又穿著一身黑，他懶懶地倚在門邊，聽見動靜，他直起身，朝她伸出手。

「跟我走嗎？」

走廊燈光偏暗，將男生的五官勾勒得格外帥氣動人。

哪怕已經跟他談了一段時間的戀愛，周安然還是會因為他這副模樣心動得厲害。

她一手鎖上門，另一隻手交到他手上，被他牽著往前走了好幾步，才顧得上問他：「你要帶我去哪裡？」

陳洛白回頭朝她笑了一下，那笑容看起來有點壞，又彷彿滿是壓不住的少年氣。

「帶妳私奔。」

周安然：「……？」

她心跳仍快著，又莫名覺得，就算他此刻真的帶她私奔，她可能都會被他蠱惑得點頭答應。

她們這間房離電梯有些距離。

陳洛白沒帶她進電梯，走了一小段路，就直接帶她轉進了樓梯間，然後一路往上走了兩層樓才轉出來，直到停在一間房間前。

男生從口袋裡拿出一張房卡，把門打開。

周安然被他拉進去。

她被他反推著壓到門上，房門也被這股力道壓得關上，動作一氣呵成。

不知是忘了還是故意，陳洛白沒把房卡插到卡槽裡，房間裡一片昏暗。周安然抬起頭，只能看清他模糊的臉部輪廓和極亮的雙眼。

剛才幾乎是被他拉著跑上來的，她呼吸還沒喘勻，氣息亂得厲害：「你說帶我私奔，就是來這間房間？」

「私奔去哪裡不重要，重要的是——」陳洛白頓了頓，俯身靠近，聲音和呼吸間的熱氣都貼在她耳邊，「要做點壞事。」

——〈檸檬汽水糖〉未完待續——

高寶書版 致青春

美好故事 觸手可及

蝦皮商城同步上架中！

https://shopee.tw/gobooks.tw

高寶書版集團
gobooks.com.tw

YH 146
檸檬汽水糖（中）

作　　者　蘇拾五
封面繪圖　阿殁Amo
責任編輯　眭榮安
封面設計　也　津
內頁排版　賴姵均
企　　劃　何嘉雯

發 行 人　朱凱蕾
出　　版　英屬維京群島商高寶國際有限公司台灣分公司
　　　　　Global Group Holdings, Ltd.
地　　址　台北市內湖區洲子街88號3樓
網　　址　gobooks.com.tw
電　　話　(02) 27992788
電　　郵　readers@gobooks.com.tw（讀者服務部）
傳　　真　出版部(02) 27990909　行銷部 (02) 27993088
郵政劃撥　19394552
戶　　名　英屬維京群島商高寶國際有限公司台灣分公司
發　　行　英屬維京群島商高寶國際有限公司台灣分公司
初　　版　2024年2月

本著作物《檸檬汽水糖》，作者：蘇拾五，由北京晉江原創網絡科技有限公司授權出版。

國家圖書館出版品預行編目(CIP)資料

檸檬汽水糖 / 蘇拾五著. -- 初版. -- 臺北市：英屬維京群島商高寶國際有限公司臺灣分公司, 2024.02
冊；　公分. --

ISBN 978-986-506-878-3(上冊：平裝). --
ISBN 978-986-506-879-0(中冊：平裝). --
ISBN 978-986-506-880-6(下冊：平裝). --
ISBN 978-986-506-881-3(全套：平裝)

857.7　　112014111

凡本著作任何圖片、文字及其他內容，
未經本公司同意授權者，
均不得擅自重製、仿製或以其他方法加以侵害，
如一經查獲，必定追究到底，絕不寬貸。
版權所有　翻印必究